月光
紧追不舍

少一　著

CNS 湖南文艺出版社

图书在版编目 (CIP) 数据

月光紧追不舍 / 少一著 . -- 长沙 : 湖南文艺出版社 , 2023.12
ISBN 978-7-5726-1567-2

Ⅰ . ①月… Ⅱ . ①少… Ⅲ . ①短篇小说—小说集—中国—当代 Ⅳ . ① I247.7

中国国家版本馆 CIP 数据核字 (2023) 第 244832 号

月光紧追不舍

YUEGUANG JINZHUIBUSHE

作　　者 少　一
出 版 人 陈新文
责任编辑 杨晓澜　向朝晖　陈漫清
封面设计 刘盼盼
内文排版 玉书美书

出版发行 湖南文艺出版社
（长沙市雨花区东二环一段 508 号　邮编：410014）
网　　址 http://www.hnwy.net
印　　刷 长沙超峰印刷有限公司
经　　销 新华书店
开　　本 880 mm × 1230 mm 1/32
印　　张 11.75
字　　数 262 千字
版　　次 2023 年 12 月第 1 版
印　　次 2023 年 12 月第 1 次印刷
书　　号 ISBN 978-7-5726-1567-2
定　　价 56.00 元

芙蓉出品

目录
Contents

去背牛岭

一

政委让我去一趟背牛岭。

事情稍许敏感。他从大班台的屉子里拿出一封信让我看，表情不无神秘。我快速浏览一遍，内容大致是举报背牛岭派出所所长谈何易的“作风”问题。

政委说：“这个谈何易真不争气，他是不想下山了。”

其实，谈何易当初就不愿上山。四年前，他在城乡接合部的大龙坪派出所当副所长，带刑侦组抓大小刑事案件，干得风生水起。大龙坪派出所是全局为数不多的大所，二十几号兄弟。三名副所长中，论资排辈谈何易排最前头。这样的布局，只待单位人事调整，他就有望接任教导员职务，干得好，当所长也不是没有可能。可是，谈何易干工作像头牛，横起来也有股牛脾气。遇到具体案子难免跟上司磕碰，常常弄得人家脸上挂不住。有人试图说情，他这里更是行不通。他不在乎这些，反正老婆在人民医院大小也是个主任，有里儿有面儿；儿子在县城最好的学校读书，算得上学霸，不用他们操心；家里自住的房子位于县城黄金地段，是一百四十多平方米的大户型。他觉得自己从部队军转回县城当警察，混成现在这样子已经很知足了。“人的欲望是没有止境的，不必让自己活得太累。”他经常把这话挂嘴边，当成自己的人生信条。

他只想过平稳日子，安安稳稳退休，可是，好多事儿由不得他。就说四年前那次调整吧。背牛岭派出所所长老杨到龄退休，所长位子腾出来，局里需要安排人上山“补缺”。局长当时给候选人定下四个条件，让政委和我负责挑：四十五岁以上的，二十年以上党龄的，基层工作满十五年的，干工作还不能“水”，最好有点儿牛劲。我把全局二层骨干过了一遍细筛，最后只剩下谈何易，而且他还属牛，真是巧了。政委一向按“规矩”办事，他在党委会上提出，谈何易没干过派出所教导员，直接当所长破格了。大家讨论来讨论去，意见始终不统一。局长最后一板拍定：就是他。龚自珍那诗怎么说的？“不拘一格降人才”。背牛岭派出所需要这头“牛”！局长只是没想到，谈何易还是头犟牛。

谈何易听到消息头就大了。背牛岭，什么鬼地方啊！它像一只蘑菇藏在原始次生林的最高处，海拔超过两千米。从镇上去背牛岭，要先开一小时车，把车扔山脚下，再爬两个小时朝天坡。背牛岭三面环崖，只在北边的挂岩壁上凿有一条小道，也是唯一通往山顶的“路”。它宽不盈尺，外边是深不见底的峡谷，仅容一人攀缘而上，令恐高者望而却步。早些年，山上住着十二户人家，组成一个独立的村民小组。由于没有一条像样的路通往山顶，成年牛压根儿就吆喝不上去，村民需要耕牛只能从山下买了初生牛犊，捆住四蹄背上山，再把小牛犊一天天喂到能耕田耘地。

估计这就是背牛岭名字的由来。

背牛岭就这个条件，派出所自然也好不到哪去。所里常年只有三名警察，辖九个行政村，九千多人。所以，别说在背牛岭当警察不安心，当所长也未必就没想法。为稳住“警心”，局里像管孩子一样，对山里的警察打一把摸一把。规定凡在山区派出所工作的民警每月享受五百元“山区补助”，同时还规定凡在山区派出所工作未满五年的民警一律不得申请调离，这后一条说白了就是冲着背牛岭派出所来的。所以，山上的所长虽然级别待遇一点儿不差，可就是抓不到人。要不，局长也不会拿出四个条件，一举把谈何易给“框”进去。

同事们起哄说新所长得请客，谈何易哭丧着一张皱巴脸说：“请个鬼呀，我这应该叫‘发配’！”

话不中听，传到局长耳里，局长亲自找他任前谈话。

“谈所长，听说你不想履新？”

“是的。”谈何易梗着脖子毫不含糊。

“你倒是爽快，这种话也敢说。”

“作为一名党员，我心里怎么想，对组织就怎么说。这叫襟怀坦白。”

局长指出：“你既然提到组织，那我告诉你，安排你到背牛岭派出所当所长正是组织的决定，由不得你讨价还价。”

“算我倒霉。”

果然是头犟牛，局长这会儿不想跟他对着“顶”，便说：“谈所长，你从副职直接安排到所长岗位已属破格提拔，局里好多任职多年的教导员还在原地踏步呢，多少人眼珠子瞪得铜铃大盯着这个位置。我不需要你感恩组织，但你要懂得珍惜。”

谈何易说：“那就请组织上优先安排别人吧，我不要这个优待。”

局长正色道：“人事安排是党委定的，由不得你愿意不愿意。你要知道，警令畅通是对警察的起码要求。”“还有，”局长指着谈何易别在胸前警号上的党徽说，“别忘了你举起右手宣誓时说的话，要把自己的承诺当回事儿啊。”

话说到这份儿上，谈何易也就没法硬碰了。“局长，我儿子马上初中毕业，眼下正是叛逆期，压根儿就不听他妈的话。我这一上山，老婆管不住，儿子成绩垮下来，他的学业就毁了。儿子没出息，我这警察当得再威武也是失败的。”说着话，他手里的空纸杯被捏瘪。他觉得或许只有这样，才能引起局长对“希望工程”的重视。

“还有别的理由吗？”局长似乎在和谈何易打哑谜。

“没有。”

“真没有？”局长逼视着谈何易。

“真、真没有啊。”谈何易说话一结巴就露了底。

“你刚才不是说，心里怎么想，对组织就怎么说吗，这会儿怎么又支支吾吾的。”

谈何易被逼得只好吐真言：“背牛岭那是人待的地方吗？”

“背牛岭条件再艰苦，派出所总要有人去啊。”局长略微缓和一下语气，“我就知道你已经习惯了过安逸日子，这是意志衰退的表现，要不得啊。”

被局长的话击中要害，谈何易退而求其次：“局长，我有个冒昧的请求，要不我连副所长都让出来，只在大龙坪派出所干个普通警察得了，反正我这条锈掉的链条也不知道能撑到哪天。”

“你这是存心叫板是吧？还有没有组织纪律了？当警察也去背牛岭当去，你的岗位在那里。”看来局长的耐性也让他耗得差不多了。

谈何易本以为他脑袋上这顶所长的“乌纱帽”还是有人愿意戴的，他让出来，局长再做工作就多出点儿空间，谁知局里是一心要把他这颗硬钉子钉牢在背牛岭上。那还谈什么，就只剩表态了。

“既然局里要这么安排，我这把老骨头也只能交给背牛岭了。”

谁听不出这话里话外的情绪？可人家局长没计较，在谈何易的左肩上拍了拍，算是画上了句号。

就是这一拍，把他拍到背牛岭去了。后来，局长对政委说：“谈何易这人有犟牛脾气，干事儿也有牛劲，让他去肯定错不了。”

现在可好，眼看五年就要熬出头了。在这节骨眼儿上，他又偏偏惹出这档子糗事儿，岂不是和自己过不去吗？如果让人揪住小辫子，他“期满下山”的盼头也就要落空了。

我不想插手管这事儿，原因之一，民警的违纪违规问题，局里有专管部门，职责上轮不到我。第二，背牛岭派出所有分管副局长。谁家孩子哭谁哄去，扯上我干吗？第三，举报信没落名，你不知道人家什么来头，用意何在。男女之事本就微妙，按以往经验，这种匿名举报又多半是好事者捕风捉影弄出来的幺蛾子，查到最后不是一蹚浑水满身狼狈，就是证据不足不了了之。到时候，搞恶了同事关系不说，对组织也没法交代，两头不讨好。我可不想让这个烫手山芋沾上手。

“我出面不太合适吧？政委是否重新考虑人选？”所以，我说。

政委说：“哪来那么多废话，你那点儿小心思我还不知道？政工室是管队伍的部门，你一个当主任的，做民警的思想工作责无旁贷，不要推三挡四了。”

我还真没话说。

政委继续：“这件事不仅关系到谈何易的个人声誉和前途命运，还涉及公安队伍的整体形象，弄不好就毁了两个家庭。我们要从关心干部的角度出发，尽量稳妥、低调地处理好。”最后，我看他是有点儿动情了，一手搭着我的肩膀说：“谈何易这家伙跟他的名字一样还真不易，我们不能眼睁睁地看着自己的同事在这个问题上栽跟头，就算确有苗头，组织上也应及时提醒其注意啊。我相信你的判断和把握，才让你去的。”

政委这么安排，原来是经过深思熟虑的。

我懂了。

二

从县城去背牛岭的国道全程一百五十公里。

早些年，拉矿的重型货车把路压得稀烂。后来，为保住绿水青山，山里的煤矿、磷矿关闭了。前几年，又搭上脱贫攻坚的顺风车，县里对这条路进行改造，年底刚竣工通车。上路后我蓦然想起，打从谈何易上山后我还是第一次去看他，要不为这档子事儿，我还真想不起来往背牛岭跑。这么一想，我感到有点儿对不住自己的职责了。

这次去，我还特意带上局里的宣传干事小文，尽管有掩耳盗铃之嫌，但政委只是让我先去摸摸底，情况弄清楚之前什么都不能摆在明面上说。那么，以下基层“采访”的名义去还是个说得过去的由头。

出县城没多久，我们的车就上了白七水库的库区公路。这座大型水库据说是当年“老大哥”援建的项目，后来人家撤走专家，工程就延宕下来，直到二十世纪九十年代初才重启完工。公路围绕着水库向山里延伸，晴好的蓝天下山青水绿。撇开任务不谈，这还真是一次惬意的出行。三月的熏风已经催开路边的树芽，呈现出蓬勃生机。含苞待放的杜鹃让人心里充满火红的遐想，远处山上白的樱花和黄的山胡椒花开得耀眼，林鸟的鸣叫更是增添了一分动态的野趣。小文家境优渥，从小在县城长大，大学毕业后考上警察，进入机关耍笔杆子，平时难得有机会下去。他哪里知道自己只是个“群演”，一路上雀跃得不行，久不久就要摇下车窗，举起相机“咔嚓”几下，偶尔还冲着窗外吼几嗓子。

三个小时后，我们的车离开主公路，从一条简易路朝西头拐进去，没绕多远就看见两扇生锈的大铁门旁边的砖柱上挂着“背牛岭派出所”的牌子，白底黑字很是醒目。院子很大，收拾得也挺干净。这里原先是镇政府干部的宿舍楼，新修办公大楼后，镇政府迁走，派出所暂时借用旧楼——派出所的新址选地已在筹划之中。

谈何易不在所里，警察都不在所里。这不奇怪。此行使命特殊，我不便提前告知。迎接我们的是位大姐。她穿辅警服，佩戴辅警标志，笑吟吟地自我介绍说：“俺姓潘，叫潘月红，是所里的微机员兼炊事员。”问所长他们干吗去了，潘大姐说：“谈所长带民警下村去了，主要是上门给老百姓办户口、录信息，顺带也搞反电诈宣传，还有治安上那些扯皮的事儿。”

“什么时候回来？”小文急不可耐地问。

“时间可没个定准儿，有时十天半月，最少也要三五天吧。”辅警大姐说，“下去一趟不容易，光杂七杂八的器材和资料就装了两背篓。”

听说我们专程从局里上山“采访”，潘大姐就要给谈所长打电话汇报。我当即止住她，说我们的“采访”是随机行为，就采访基层最真实、自然的状态，先不用打招呼，那样有造假的嫌疑。说完，我就领着小文参观派出所院子。背牛岭派出所坐落在半山坡上，前面的院坪是用水泥和乱石浆砌起来的，院墙足有三米多高，怕人摔下去，院坪边上安装了铝合金栏杆。墙角早年植下的水杉树已经冲上来高过房顶，水桶粗的树干遒劲而挺直，只可惜树种稍显单一，缺少陪衬。粗糙的树身上或系着绳子、铁丝，或挂着牌牌，连树也是棵棵“在岗”。据说，这里的气候和土壤只适合水杉生长，故而看不到其他像样的树种。背牛岭的高山云雾茶倒是品质优良，全国有名。我们来得稍微早了点儿，离春茶采摘还差那么十天半月。要不然，场面可就热闹啦。

在外面转完一圈，潘大姐喊我们进屋喝茶。潘大姐个子高挑，我目测一下，有一米六八上下吧。这女人身段真好，就是个衣架子，随便穿一套辅警服都那么合身。她皮肤白净，喜相靓丽，说话时眉弯里都藏着笑，一点儿没有山里人的生涩，也不见外，招呼我们全然是一副主人姿态。应我们要求，她带我们先参观所长办公室。谈何易的房间十分简陋，一道墙隔出内外两间，外间办公，内间做卧室。我注意到他床上空空如也，没有棉絮，也没有被套和床单，连枕套都拆下了。潘大姐看出我的疑问，说：“所长出门去，我给他拆下来洗了。这是个机会。”原来，晾在院坪边水杉树之间绳子上的棉絮、被单是谈何易的。我想，这个潘大姐真是有心啊。

潘大姐丝毫没在意我想什么，自顾自地说："这房子建得早，没隔潮，一年四季湿气重，隔段时间，赶上好日头就得把被子搬出去晒一次。"听了这话，似乎真的有一丝凉意在往我的骨头缝里钻。

潘大姐还说："谈所长其他都好，就是不懂得照顾自己。我印象中，他从来就没洗过被子，每次都是我趁他下乡时拆下来洗。唉，这男人啊，别看他当所长，人前吆五喝六，可就是不会照顾自己，他心里只装着公家。"

再去看食堂。食堂在西头，由三间平房组成，一间做伙房，一间当餐厅，还剩一间自然用来储物。我发现餐厅的壁橱里放着一个玻璃坛子，里面装着酒，足有五公斤。酒呈浑浊的黄色，里面泡着中草药，我认得的只有枸杞、当归、五倍子、黄芪，还有一条灰不溜秋的死蛇。潘大姐看出我和小文的兴趣，介绍说，这是条"五步蛇"，毒性很大。

"五步蛇不是野生保护动物吗？"小文提出一个严肃的问题。

"五步蛇是森林公安从非法捕猎者手里收缴的，准备放生时，发现这条蛇已经不行了。从政策上讲，收缴的蛇如果放生无望，可以处理。"

小文问潘大姐："这种毒蛇泡的酒也能喝？"

"当然能喝。"潘大姐意味深长地笑笑，"不过，你别喝。"

"为什么？"小文不是装，他是真不懂。

"年轻人喝了容易上火……"

我脑海里浮现出早年电线杆上的那些小广告。

潘大姐一本正经地说："这叫以毒攻毒。这种酒最大的药效是祛寒除湿。"听起来，她很在行，料想也定能喝几杯。

储物的屋子，中间拉一块布帘隔开，外边置放一张木床，床边有简易梳妆台，摆着一些化妆品之类的，还搁着一部红色座机电话。

潘大姐说："这是俺的床。"

我暗自诧异，一楼几间除了办公室以外，东西两端就住着谈所长和潘大姐，所里两名年轻兄弟和一名辅警的宿舍却安排在二楼。孤男寡女的这么住着就不怕人家说闲话？谈何易当真身正不怕影子斜啊。我也不好直说："就问，这个谈所长，一点儿也不懂得怜香惜玉，怎么不把你安排在二楼住呢？"

"所长是要我住二楼的。但是，我每天弄早餐起床早，怕吵着他们年轻人。他们瞌睡大，白天工作又辛苦，尽量让他们多睡会儿。再说，食堂的东西都放这儿，我也得负责保管。"

我的目光落在那部座机上。

这回潘大姐灵醒，马上解释说："他们一下乡，所里就剩我一个人值班，晚上有什么事儿，接电话方便。"

我发现，潘大姐回答时不带任何掩饰，她的大方坦然反而显得我有点儿"做贼心虚"。我赶紧转换话题，转而询问潘大姐的家庭情况。她告诉我，她丈夫在南方一座城市打工，儿子在镇上读初中，寄宿，放月假才回来。她守着家里十几亩茶园，收入不比出门打工差多少，主要是为了照顾儿子。

我问："怎么会想到来派出所干辅警？"

“没事儿嘛。”潘大姐说，“茶园里的事儿季节性强，一年就那么几个月，而且都是开钱请人干。另外，谈所长还给我开一份炊事员工资，两份加一起还是可以的。”

“你早就认识谈所长啊？”我把打探藏在随意的语气里，尽量往深里挖。

“唉，俺原先在政府食堂弄过饭。谈所长吃过后说合他的口味，谁知他记着，后来赶上我也闲着，就把我叫过来了。钱虽说不多，但平常人过日子，人心可要知足。”

我只能附和：“大姐，你挺乐观的嘛。”

潘大姐真能侃，一句赞美就打开了她的话匣子。她说：“我有时真不明白，谈所长放着城里人好好的日子不过，守在这老山上，天天睡半夜起五更，碰到扯皮嚼筋的事儿，常常几天几夜不落枕，他这是为的哪一出？”

我心说：谈所长是自己想来的吗？还不是身不由己。

这时候，我的手机响了，一接听，竟然是谈何易。我觑了潘大姐一眼，她还是泄了密。

谈所长嗔怪说：“你上山来怎么不提前告诉一声？搞偷袭啊？”

我说：“老兄，还真让你说对了，这次来就是想搞突然袭击，挖挖基层典型，不给你弄虚作假的机会。”

“你给我等着，回来我们哥儿俩好好喝一杯。好长时间没聚了。”

“你不是滴酒不沾的吗？原来是深藏不露啊。”我想起谈所长的桌上名言：祖传不喝酒，自罚三碗饭。

“人是可以改变的嘛，谁叫你们把老兄‘发配’到这山上来？”

我不明白在背牛岭派出所当所长和喝酒有什么必然联系，这也许是四年山上生活给他性情中加上的某种底色。我不想被他的情绪带偏，况且，他这话肯定也不是冲我来的。于是说：“不行！你刚刚下乡，不能半途而废。这样吧，你说个地方，我和小文赶来与你们会合，随警作战搞跟踪报道。”

“开什么玩笑。到了我的地盘上，主人不回家迎客像话吗？我一年四季在山里滚爬，不差这一天两天。”谈何易说。

我不得不亮出“底牌”：“你如果执意回来，我和小文现在马上就下山。你信不信？”

电话那端沉吟有顷：“我服你了，来吧。”

三

在背牛岭山脚下的大屋场，我们追上谈何易他们——准确地说不是追上，而是谈所长他们在那儿等我和小文。也不是一味地等，是边办事儿边等。

去处说是大屋场，也就住着十来户人家。我和小文赶到的时候，谈所长他们正在院子中间的晒坪上摆开场子，给乡亲们办户口的事儿。一块白布帘做的背景前，坐在椅子上的中年妇女正在年轻警察张引的指挥下摆姿势拍身份证照片，“头稍微抬点儿，对，就这样子；欸，脸朝左边稍微扭点儿。哦，过了，再回来一点儿，好！”身子好不容易被“定格”住，风一扫，一缕头发散下来遮住了女人右边眉毛，小张让她别动，走过去替她把散发往边上捋了捋，然后再退回来……另一名外号“石头”的年轻警察在帮前面拍好照片的人填写信息，不时有人挤上来插话问这问那，弄得他有点儿慌乱。旁人替“石头”打抱不平：

“喂喂，没见人家忙着吗？”

插话的人觉得没面子，回撑那人说：“我只想问个问题，碍你什么事儿啦？”

那人说：“一心不能二用，你不要干扰警察办公。”

两人刚戗起来，坐在旁边的谈何易咳了一声，也不知有意无意。“石头”朝谈所长看一眼，那两人也跟着朝谈所长看了一眼，然后都偃旗息鼓，归于平静。

谈何易始终没吱声，依旧跷着二郎腿，嘴上叼支烟，被一群人围着扯闲篇儿。正嗨聊着，一位老人拄着拐棍来了。谈何易马上起身，搀扶老人落座。这是他年前下村时认识的覃爷爷，原来的户口页上把他的出生时间搞错了，变更过来后这才送来。谈何易从背篓里翻出新户口本递给他。这位已年过九旬却连县城都没到过的老人抚摸着户口本上的国徽，最后落定在天安门图案上，胡须跟说出的话一起颤动：“祖国的心脏就在这里……”他的话在围坐的人群里引出一片笑声。谈何易没笑。

他抓过老人瘦骨嶙峋的手放在自己的双手间轻轻摩挲，似在抚慰一个被欺负的孩子。一会儿，老人抽出自己颤巍巍的手，浑浊的目光落在谈何易的腿脚上，问道：“国家没给你们发皮鞋吗？”

我这才留意到，谈何易他们身穿制服，脚上却穿着草鞋，腿上还扎着灰布绑腿。再四下一望，发现民警们脱下的皮鞋用塑料袋包好都放在背篓里。

谈何易回老人：“我们下村来要翻数不清的山，蹚数不清的水，脱脱穿穿够麻烦。穿皮鞋也硌脚，走不动路，还是穿草鞋泼皮、把溜，又养脚。”

老人在谈何易的小腿上掐掐捏捏，嘴上喃喃自语：“我当年见过红军队伍，他们也是这身打扮。”

谈何易拍着自己的腿肚子说：“打绑腿走山路来劲！上坡不抽筋，下坡不打战。”

三名警察与大屋场的乡亲们在一起，就像水流入水中，分不清谁是谁。我在这里，反而显出几分“隔”的感觉。我知道，这“隔”不光因为我是外来的，更多的是源于某种内心的距离。只有小文，见此场景喜上眉梢，慌急火忙地从工具包里掏出“家伙”，猫腰撅臀，又是抓拍，又是现场录视频，忙得黑汗水流。

我轻声问小文：“找到新闻点了？”

小文喜滋滋地说：“这才是我想要的东西。”

乡亲们对小文的工作颇感兴趣，纷纷围拢去，要他把照片从相机里一张张调出来，看看哪张好哪张次，觉得自己形象欠佳，提出再来一张。他们看出来小文主要是拍民警，于是，故意往他们身边凑。特别是谈何易，简直是被“众星捧月”一般围拢着。

我想到《公安机关人民警察着装管理规定》，脑海里甚至浮现出影视剧中八路军的形象，提醒小文说，抖音就别发了。小文当然知道我在维护警容风纪，生怕弄出洋相，胸有成竹地说：“写在纸上的条条款款是死的，现实中的人才是鲜活的。放心吧，我保证一炮打响。”

我不管他要怎样打响，既然拉他来是做“掩护”，“戏”越足越好，就由着他闹去吧。

午饭是在大屋场村主任家吃的。刚吃完，村主任接到一个报警电话，谈何易让我和小文先回派出所。

小文打从入警就没真刀真枪地办过案子，听说背牛岭发生了盗窃案，浑身像打了鸡血，嚷嚷着一定要跟谈所长上山办案。

谈何易说：“你以为什么大案啊，屁大个事儿，有个农户丢了四块腊肉。”

小文还是坚持要去。

谈何易看看小文：“你上得去吗？”

小文拍着胸脯：“我不怕！”

谈何易说：“我怕。”

我都不怕：“你怕什么？”

谈何易没往下说，我知道他怕什么。他怕小文的老子——文副县长分管公安口，他可是把儿子看成宝贝。

小文不领情，他的坚持里或许也有他父亲的影子。

谈何易看向我，见小文铁了心地要上山，我松口说："让他去吧，年轻人需要锻炼。况且，是他自己死活要去不是吗。"

"那你去不去？"

我不好意思当逃兵，只好硬着头皮说："以前只听说过背牛岭，这次也上去见识见识。"

"你俩这是成心要给老兄添乱嘛。到时候，我们还得伺候你们。"

我明白他的意思。但我很自信。你谈何易可别把人小瞧了，我每天坚持走一万五千步，每个周末登一次太阳山，一个背牛岭岂能难住我？至于小文，虽说养尊处优，但人家毕竟年轻，还能吓倒他吗？

四

前两天刚下了一场雨，大地被洗过一遍。阳光照在春天的嫩叶上，所有的植物都发光。我们在山路上行走，四周是一片喧哗。树林在春风里与鸟儿交谈，溪水在奔跑中跟石头交谈，犁铧在耕耘时和泥巴交谈。小文兴奋地奔前跑后，捕捉谈所长他们下乡工作的"精彩瞬间"。

路越走越陡，大山像要不断地把我们往后推。小文脚上打起亮盈盈的血泡。村主任看了心疼，要把小文临时安置在路边农家。小文高低不干，充好汉说：“我就是手脚并用，爬也要爬上背牛岭。”

这时候，后面赶上来一队骡帮。打听方知，半山腰上有户人家修房子，骡帮是往山上驮运砂石和水泥。谈所长望一眼云雾深处的背牛岭，问赶骡子的人：“老哥，租你一匹骡子上山多少钱？”

赶骡子的男人见警察要骑他的骡子上山，脑袋摆得跟拨浪鼓似的。谈所长以为价钱谈不拢，主人说不是价钱问题，而是他担不起风险。他说上背牛岭到处都是“之”字拐的路。有好几处地方，骡子上去还得有人在后面推屁股。骡背上驮着的东西滑下来，滚落到深沟里，捡都没法捡。骡主人说：“我敢让警察骑吗？我赔得起吗？”

大家一笑了之。

总算爬上了背牛岭。涂义民搬出几把木椅，请我们在屋外院坪里坐。他老婆洗过手，进进出出地给客人们沏茶。我留意到，涂义民的女人许是世面见少了，显得有些慌乱，看见穿制服的警察，端茶的手微微颤抖，有滚烫的茶水洒出来。

涂义民两间破落的房子坐落在山顶，周遭环抱着茂密的树林。村主任介绍说，这里原先有一个村民小组，方圆几百亩山地。因为交通闭塞，前些年都先后移民到山下去了。只有涂义民固守在这里。涂义民是个老光棍儿，一直舍不得背牛岭。前年行桃花运，死了丈夫的姚春玲上山摘野茶，歇在涂义民家，两人就住到了一起。

山地的中央耸立着一座高高的木架，地边上甚至密密麻麻地钉满木桩当栅栏。涂义民吐着满肚子苦水：从种子抛下地，鸟儿和野牲口就到地里刨食。以前有火铳，它们来了，朝天放几枪还可以吓退。后来因为我们这里是国家自然保护区，野生动植物都要保护，就把铳统一上交了，手里没家伙，就只能夜里在木架上守着，发现野兽，使劲敲竹梆。一开始还起点儿作用，可它们比猴子还聪明，几次之后任凭你敲破天也不管用，成群结队糟蹋粮食的气势简直像当年鬼子扫荡，胆子大得吓人。

涂义民还说了件耸人听闻的事儿。一个秋天的晚上，几头熊瞎子开进地里来了。在木架上守夜的涂义民迷糊中听到响动，“梆梆梆”敲起来。你猜怎么着？领头的熊瞎子泼烦，吼叫着跑到木架下，三嘴两爪就把木架掀翻了。涂义民被压在几根架空的木头底下。幸亏涂义民有经验，大气不出地装死。熊瞎子围着横七竖八的木头转了几圈后才悻悻离开。熊瞎子不吃死物，“我那次险些丢了性命，算第二世人了”。涂义民嘴巴一咧，样子很后怕。

涂义民的劳动果实来之不易，难怪他会把几块腊肉看得这么金贵。

张引和“石头”正在走程序：拍照、绘制现场图、做问话笔录。涂义民的房子是用木板架起来的，木板之间的缝隙最大的能伸进一根小拇指。火炕上的腊肉被偷了四块。不，准确地说是被人家“取”走了四块，要从这明面儿上拿点儿东西实在太容易了，说偷，都有点儿侮辱盗贼的身手。

在现场看来看去，谈何易心里塞满疑团：小偷都是些好逸恶劳的家伙，你就是白送几块腊肉让他们背下山，他们恐怕也不要。谁会这么老天远地跑上山来“取”几块腊肉？再说，盗贼既然下手，为什么又只偷了四块，没给涂义民来个一扫光？

土家族人有比杀年猪的习俗，谁家杀得大谁就有底气。可那都是陈年陋习了，只有涂义民还在意这个。现在，他家的腊肉确实只少了四块。谈何易朝炕架上看一眼，估摸着每块腊肉都有五六斤重。“平时都有些什么人上山来？”谈何易问得不经意。

涂义民说：“这里一年四季看不到几个外人。偶尔有人来无非是上山采草药，或者捡野香菌。”

按照谈何易的判断，应该是上山的人饿了累了，本只想到涂义民家讨口茶喝或蹭口饭吃，结果发现家里没人就顺手牵羊“牵”走几块腊肉。而且，谈何易料定盗贼只有一个，否则“牵”走的不会是四块，而是更多。那么，又累又饿的盗贼会不会半道背不动，在附近丢下一两块？

按照谈所长的分析，大家开始在四周寻找。没多久，“石头”果然在北边林子里找回一袋腊肉，打开来，正好四块。装腊肉的是一只纤维袋。纤维袋本身是很好的破案线索，可谈何易发现这种装过乳猪饲料的袋子涂义民家就有，而且经过比对，两者大小、颜色、新旧程度几无二致，可以肯定盗贼不是有备而来，而是就地取材。谈何易问涂义民，家里这样的袋子少了几只。涂义民两口子都是一笔糊涂账。他再认真检查纤维袋的扎口，发现扎袋的绳子没有上下挪动的痕迹，袋子上也没有腊肉蹭出的油渍。整个袋子给人的印象就像是有人封装好后故意放在某个地方，等人来取。

涂义民确定地说，腊肉是昨天被盗的。那么，从案发到警察上山来，时间都过去了一整天，居然还能捡到“战利品”。这盗贼有点儿意思！

东边林子里传来悠长的蝉鸣声，还见两只白鹭在树梢上飞来飞去。谈何易的目光追寻着这对情鸟，正看见在菜园里忙碌的女人。他堵满疑问的脑子透出一丝光亮，把村主任叫到一边，问起女人的身世。据村主任介绍，丈夫死后，姚春玲带着九岁的儿子回到娘家。娘家并不富裕，父母都病病恹恹，每年药罐子要熬去不少钱，还有供儿子读书的花销。按他的话说，涂义民相当于是把姚春玲当“破烂”收下的。姚春玲在家做不了主，涂义民还经常打骂她。村主任还在叨叨着，谈何易没往下听。他点支烟，独自走进菜园子，蹲下来跟姚春玲聊家常，聊着聊着，突然冒出一句：“你家的腊肉案破了，我知道是谁干的。”

女人摘菜的身子一耸，素淡的脸上突现惊愕，目光兀自委顿下去：“我摘菜回去弄饭，你们吃了早些下山，天快黑了，路那么远，又不好走……”

谈何易说："我不吃饭，只想吃你一句话。"

女人停了手里的活儿，目光朝谈何易撞了一下，一撞，马上又缩回去。菜园子归于岑寂。谈何易说："我不会为难你，你只说给我一个人听。我要听真话，听完就走。"

女人疑惑地看着谈何易。

谈何易说："真的就走。"

女人脸上的惊愣换成惶惑，最后期期艾艾地说："他对我不好，对我娘、对我老子不好，对我儿子也不好。"女人是豁出去的语气，一连说出三个"不好"："我娘家去年没杀年猪，猪架子卖钱抓药吃了。病人和我儿都想吃腊肉……"

"他不给？"

"他小气。"

谈何易明白了，女人趁丈夫不注意，先藏好几块腊肉，想择机送回娘家，没想到丈夫会报警，把警察引上山来。他搓着手，一时无话。

"日子反正不好过，坐牢我也不在乎。"看来姚春玲对眼前的生活充满了绝望。

"哪有偷自家东西的盗贼？警察只抓坏人。"他丢下这句话起身就走，故意用很大的声音说，"大姐，你这菜种得兴旺啊。"回到屋边，他告诉涂义民："如果查不到新线索，案子就没什么搞头了。我们的工作暂时只能做到这里，你满意不满意都没办法。"

村主任看看天色不早了，巴不得尽快下山，在一旁和稀泥说："盗窃案的立案标准有要求，你这腊肉都找回来了，没造成损失，我看就算了。"

涂义民说："我满意，别说四块腊肉，就是四根金条找不回来，我今天都非常满意。实话跟你们说，我们两口子待在这老山上，一年到头也没来个生人说说话，心里憋得慌。多少年了，你们是背牛岭来的最大的稀客，也是最大的官。"

"石头"说："我们是警察，不是官。"

涂义民说，警察就是警官。

谈何易望着远山想了想，把涂义民叫到身边，说："兄弟，还是早点儿想办法搬下山去，现在搞乡村振兴，有易地搬迁的优惠政策，到时候我帮你联系一下，山外的世界大啊。"说完，两人交换了电话号码，方便以后联系。

涂义民听说谈所长要帮助自己过好日子，连忙要把装着四块腊肉的袋子送给警察。张引知道谈所长是不会收礼的，本就心烦的他也不摺好话："我们有纪律，再说派出所也不缺腊肉！"

涂义民的表情尴尬地僵住了，把目光投向谈所长。谈何易倒是意外地说："人家实心实意送礼，我们不收下怎么好意思？"

女人还窝在菜园内没出来。涂义民喊："喂，客人要走了，你不晓得送送吗？你魂魂丢菜园里啦？"

谈所长说："别喊你老婆啦。她也可怜，你往后要对她好些。"

涂义民嘿嘿笑，露出一口四环素牙："我对她一直好着呢。不过，女人啦，惯不得。"

要出发了，谈何易突然称内急，折回涂义民家上了趟卫生间。听说就这么下山，小文很失望。他脚上的血泡已经磨破，比先前痛得更厉害了，嘴巴一歪一歪的。下到山脚，武陵山脉早春的黑夜正密密实实地降临。算起来，谈何易他们在背牛岭实际"破案"的工作只花了个把小时，而扔在路上的时间超过五小时。

上了简易路，谈何易嘱咐张引把车直接开往姚春玲娘家。夜色浓稠，姚家的门被敲开，他们把腊肉拎进堂屋。谈何易将主人拉到一边，简单交代几句就离开了。

五

晚上九点多我们才回到派出所。吃上潘大姐做的热乎乎的饭菜，一行人都有种回到家的感觉。

吃饭的时候，我和小文都破例喝了点儿酒。虽然我们兜内揣着"禁酒令"，从机关下到派出所，分分秒秒都算工作时间，但盛情难却，况且对派出所的兄弟们来说，非工作时间内部喝点儿酒是允许的。

话题自然就围绕药酒展开，谈何易说起自己为什么学会了喝酒。他说自己原来一直在坪区工作，来到背牛岭不适应，很快就染上寒湿。夜里躺在床上，身上肌肉不冷骨头冷，骨头里痒酥酥的，像有蚂蚁咬，搁哪儿都不舒服。老中医说，山里湿气重，建议他喝点儿药酒。他说："我本来不沾酒，可年纪大了，抵抗力差，也就只好遵医嘱用酒对付寒湿。医生说过，寒湿是个顽症，没法根治，能抵消多少算多少。后面好歹还有几十年日子，不想得个风湿性关节炎什么的，瘫痪在床起不来，多窝囊。"

我感觉他喝酒的理由不见得就那么单纯。背牛岭一年两百天以上都是雾天，眼前的东西都看不透，用酒排遣一下也未必不是一个方法。

这时候，谈何易的手机响了，是涂义民打来的。我听到他在电话里嚷："为什么要把五百元钱放在我家窗台上的鞋盒里？我不是说了吗，那几块腊肉是送给警察吃的。"

谈何易说："白吃白拿你的腊肉，警察这碗饭我就吃到头了，你想害我们？"

我蓦然想起下山前谈所长谎称上厕所，原来是去搞小动作。吃完饭，我没有按照谈何易的安排"早点儿休息"，而是想借着酒兴单独和他好好聊聊。

"怎么样？还习惯吧。"我问。

"哪那么容易习惯，只是强迫自己适应罢了。"他打出一个饱满的酒嗝。

我理解他的话。习惯，作为一种行为方式需要在主观意愿和客观要求共同作用下实现；而适应则是一种无奈之下的屈从，多少是被动接受的意思。

“经常回县城吗？”我还不想把气氛搞得太沉重。

“一开始还勤快些，渐渐地也就懒得跑了。局里开会，我都安排年轻人去。”

“把派出所当成安乐窝了吧？”我暗暗“挖坑”。

“你什么意思？”他的敏感超出我的预想。

“没什么意思。”我马上转换了方向，问，“那嫂子经常来探亲不？”

“只来过一次。前年镇上有病人要求接诊，医院照顾性地安排她随救护车上山。你知道，前年公路改造挖得稀烂，单边放行动不动就塞车。结果，救护车从县城开出来搁在半路上进退不得，第二天不得不原路返回。那是大冬天，她饿了一夜，也冻了一夜。有了那次教训，她再也不肯上山了，八抬大轿都抬不来。”

问到孩子。谈何易说：“儿子还算争气，高考时发挥有点儿失常，清华的底子，只考取浙江大学。你说怪不？我在家时，他总是和他妈顶嘴。我上山来后，他却突然变得懂事了，扛起了一个男人的责任。我因祸得福很知足了。”

这时，从西头潘大姐的房间里传来电吹风的声音。夜已深，空旷而安静，那声音就显得尤其招摇。

我思维发散，突然联想到一些细节，问谈何易：“一楼潮湿严重，为什么不住楼上去？”

他嗔怪地看我一眼：“一楼住一个女人，出了什么事儿谁负责？换成你当所长，能放心住楼上去？”他一句话把我顶回来，连带着把我的另一个疑问也一起打消了。

“那也可以把年轻人换下来嘛。”

“明知楼下潮，还让年轻人住这儿？亏你想得出来。”

我哑然无语，切换话题：“这届任上快期满了，有什么想法？”这话虽然符合我的身份，但一出口，连我自己都觉得虚伪、多余。

谈何易没说话。还用说吗？

潘大姐敲门进来了。

她怀里抱着谈何易的被褥，许是觉得有些晚了，解释说，下班后急着弄饭，被子收迟了，有点儿回潮。

原来她刚才是在替谈何易吹干被单。

潘大姐把床单放在谈何易床上就走了。我的目光被牵过去，看到她的背影在暗夜中仿佛罩着一层暖黄的柔光。我下意识地晃了晃头，心想，怕是药酒上头了吧。

六

戏剧性的一幕出现在年底。小文根据采访撰写的通讯《背牛岭上的“草鞋警察”》发表在公安报的头版头条，还配发了一篇评论员文章，引起强烈的社会反响。尤其是谈何易和两名年轻警察那些“警容不整”的照片居然也插在大段文字中间，很是火了一把。

好消息接踵而至。次年春，背牛岭派出所被评为全国优秀公安基层单位，谈何易本人被授予“全国优秀人民警察”荣誉称号。这样的结果让局长、政委都很高兴。我心想，这回他调进县城肯定毫无悬念。

记得那次下山后，我到政委那里复命。政委问我对谈何易“作风”问题的看法。我答非所问地说：“政委，背牛岭自然环境那么恶劣，能在那里长期坚守岗位确属不易。”

“你的意思是说，即使存在问题，谈何易也是可以原谅的。我可以这么理解吗？”

“不，我不是那意思，谈何易不需要原谅。”

“那你到底什么意思？难道你的背牛岭之行白跑了？”

我说：“政委，你给我的不是一个任务，而是一个契机。我没有白跑，在谈何易和所里兄弟们面前，我觉得自己很渺小，我的工作做得很不够。”

“你能不能说明白点儿？”

“政委，你自己去一趟背牛岭就什么都明白了。”

第二年人事调整，局里研究将谈何易调回县城，政委找他谈话时却遭到了拒绝。谈何易的理由很充分：“背牛岭派出所刚刚被树为全国典型，红旗得有人扛下去，我这一拍屁股走人，旗帜倒了怎么办？还有，我自己刚获得荣誉，怎么好意思下山享清福？别人会以为我上山是沽名钓誉来了。我谈何易不是那样的人。”

政委握住谈何易的手："谈所长，谢谢你，难得你能这么想。"

谈何易还是那句话："算我倒霉呗。"

还有一个意外的消息。春节过后一上班，宣传专干小文向政工室递交了两份申请，一份入党的，另一份是要求调到背牛岭派出所工作的。

月光紧追不舍

一

接到报案，我匆匆开着所里那辆破桑塔纳，向望月坪村进发。

汽车在弯弯拐拐的公路上颠簸，车里到处都发出响声。我像抓住一条蛇那样抱着方向盘，身子随着车身东倒西歪，像喝多了酒一样。这破车不会在半路上散架吧？要是真散了，我就只能徒步走到山沟里去破案。说实话，每次开车出警，我潜意识里都会冒出这种不祥的想法——这车也实在太破旧了。

并非什么大案子，严格说来，还构不成案子。

一个叫杨如玉的女人打电话说，她家玉米被人偷了，偷得虽不多，但她认为盗窃行为不能容忍。所以，她反复思谋，决定还是“麻烦”警察跑一趟，把事情查个水落石出，以儆效尤。她这么说，我就不好说什么了。

我们派出所辖区很少有事，赶巧的是所长今天刚好去县局开会，偏偏就发案了。现在的会议不少，县里的、镇里的总是开不完，而且许多会都指定所长必须参加，别人代会不行。上个月，所长就开了九个会。我不是抱怨会议多，而是嫌所里人手少。上面有规定，警力再紧张，基层派出所也必须是“五人所”。可是，谁愿意安心待在这山旮旯里“修行”？就拿我们所来说，编制上有五人，但教导员前不久到市警校参加警衔晋升学习，为期两月。小胡被临时抽调到局里上电诈专案去了。所里除去多半时间泡在会议里的所长，实际上就我和珍姐两人“保运转”。珍姐负责窗口和内勤两块，她要应付所里的日常，要保证老百姓随时来所里办事都能见到警察——这是事关形象的大事，含糊不得。所以，她就像一颗螺丝钉时刻铆在岗位上，再大的案子也不能出外勤。这样一来，今天破案的任务就落到我头上了。

单枪匹马办案肯定不合规程，好在这也不是什么大案。我通常的做法是让驻村辅警配合一下。并且，我很珍惜这样的机会——不拿出点像样的成绩，我调进县城就希望渺茫，遥遥无期。

这是八月尾巴上的“秋老虎”天气，下午五点过后，日头还很毒辣，气象部门接连发出高温橙色预警。车载空调早就成了聋子的耳朵，我不得不打开车窗，一边吃灰一边骂娘。我迎着那轮浑圆的日头西行，远远地看见阳光正把每座山岭染成一片金黄，星星点点的山里人家藏在黄昏将至的宁静里，婴儿般安详。汽车翻过九里坡，进入一片绿地，漫山遍野的反季蔬菜展示着丰收景象。我远远发现翠绿葱茏中晃动着一团白，不用猜，那正是开发商金老板。在这一带，到处都有他的蔬菜园，也就随处可见他在领地里巡查的身影。我因为惦记着破案，只顾着匆匆赶路，没心情和他打招呼。下到坡底，再进入一道峡谷，转过山嘴就到望月坪了。我想，太阳只要跌下山顶，夜幕很快就会把山沟填满，破案必须抓紧。

许是心急的缘故，我稍一分神就让车子跌入横在路中的水沟里，感觉车头朝前栽了一下。这是农人在路面开挖的水沟，用于田间引水灌溉，口面窄窄的，隐蔽性极强。我跳下车一看，发现右边的前胎正好卡在沟槽里，车身明显倾斜。山路跑多了，处理这类情况我有经验，认为问题不大，冲一下就过得去。上车后，我加了一脚油，前轮真还上去了，后胎却没跟上来。桑塔纳底盘低，搁在沟坎上，轮胎打滑空转，老是使不上力。我猛踩油门，右边的后胎高速运转，沟槽越刨越大，越刨越深，溅了车尾一屁股黄泥。其实，就差那么一点点力，如果有人帮忙推一把，或者找几块石头填进去，把轮胎稍微垫高点，问题就会迎刃而解。可周遭一片寂寥，放眼四顾，连个人影也没有。我想找块石头，满眼皆是松软的泥土。

桑塔纳趴窝了。这案子破的！

我干脆掏支烟点上，踅到路边无滋无味地吸起来。我悠悠地吐出一口，但见泛白的烟雾在暑气里升腾，一如我此刻起伏不定的心情。我平时不大抽烟，带在身上主要是为了应酬。偶尔遇到麻烦，一筹莫展的时候，我也拿吸烟来抵消某种烦躁和郁闷，让自己不至于失去耐心与理智。其实，望月坪就在拐弯过去不远处，我都能听闻附近人家的狗叫了，充其量还剩一公里多点。可这一公里就像一道魔咒，一个死扣，构成我无法逾越的鸿沟，怪不得连官方话语里都流行“打通最后一公里”的说法——最后的路往往才是最难走的路，道理跟赛跑冲刺一样。

我正思量着下一步怎么办，抬眼一望，前面三岔路口冒出一个男人。他背着背篓，正朝另一个方向踽踽而行。我知道，那条路会把他驮到湖北走马镇去。我赶紧招呼他说：“喂——朋友，能过来帮我一把吗？”

他朝这边望了望，径直过来。我递一支烟给他，他接过去看了看牌子，笑得很满意，却没舍得抽，直接搁右边耳丫子上，然后猫下腰、撅着屁股围绕桑塔纳转。转完一圈后，很有经验地说：“没事，我帮你推一把就行了。”说完，他把背篓放下来搁在路边，朝手窝里吐口唾沫，掌心对着搓了搓，朝车尾走去。其实，就差他这一把力，我一轰油门车就起来了。把车停稳后，我下来向他表示感谢。我发现他已经不是他了。泥巴蒙住他的脸，头发、衣服都染成黄色，整个人就像刚从稀泥里拱出来的怪兽。他显然没经验，推车的位置不对，但这不能怪他，我应该预先给他一些提醒，不然，就不会这样。我正自责的时候，他把眼睛闭上，抬手胡乱揩一把，擦出两点眼白，然后走到一处田边撩水洗起来，很快就把本来面目洗出来了。然后，他脱下溅满泥巴的短袖衬衫，草草搓了搓，团成一绺搭在右边肩膀上，甩着手上的水走回来。或许悟出了事情的症结，抑或是看出我的愧怍，他自责地说：“没关系，怪我自己没注意，不该推车屁股。可是，不站在车尾，压根就使不上力。”他的话让我感觉轻松许多，交谈自然多起来。

他说：“我在望月坪村村主任家修房子，我是瓦匠。”

我说：“这么早，你偷工？”

他看看天：“也不算早了，蛮远的路要走回去。”

我问：“住湖北哪地方？”

“走马镇槐树村。”他瞅我身上的制服，突然反应过来，“你们警察就是厉害，连我是湖北人都看出来了。”

其实，我没那么厉害，湖南人湖北人都长鼻子眼睛，我哪分辨得出来？我只是从他的口音和行进方向上做出判断。

听说我要下乡破案，他开始拍我马屁：“有了你们这些警察，社会就太平，老百姓才能过上安稳日子。”

“这不能归功于我们。”我说，“老百姓都富裕了，日子自然越过越好。”

他说：“总是离不开你们这些警察。”

“还挺会说话的。”我说，“你可以当村干部了。”

他说：“我现在是组长。”

我帮他把背篓放进桑塔纳的后备箱里，决意送他回去，也不知道是出于对他的感谢还是要表达自己心中那点歉意。他很高兴，嘴上却推辞：“那不耽误你破案吗？”

我当然不会忘记自己的正事。但我觉得，这儿离槐树村并不远，一脚油门的事，不送他一程，我感觉亏欠人家。

这时我才发现，男人背篓里除了几样简单的瓦匠工具，再就是四个大萝卜，它们比筷子头长，比胳膊肘粗。萝卜白生生的，缨子翠绿绿的，毫不掩饰地招惹着我的味蕾，馋得我口舌生津——刚才一阵焦躁，我口渴了，生吃萝卜是可以解渴的，但我不便讨要。

送他到他家屋门口，我掉头就走。瓦匠的老婆热情邀请我进屋喝茶，我心里装着破案的事，一刻也不敢耽误。

二

辅警小祝先我一步到了。

我的车像一支利箭直接射到杨如玉家屋前的晒坪里，惊得鸡群乱飞，“咯咯咯”叫声一片。杨如玉家的鸡养得真好，估摸着有三十几只土鸡，每只有四五斤重。

两床晒簟卷起来，立在堂屋东墙边。西头墙边站着四只纤维袋，鼓鼓囊囊地装着玉米。其中，三只袋子装满了，仅仅留下可以扎口的空隙，唯有一只袋子还差一截。杨如玉摆弄着那只袋子说，上午搬出来晒的时候，四只袋子都装得一般多，等下午再收起来就发现少了这些。难道玉米是自己长腿跑别处去了？难道它们长翅膀飞到天上去了？为了证明她家的玉米确实被人盗了，杨如玉还拿出一个账本，把手指伸嘴边蘸了涎水翻到某一页指给我。我看到上面清晰地记载着：玉米四袋，净重两百斤。落款时间是去年秋天某日。不得不说，杨如玉是理家的好手，能把家底盘得如此周详，说明她是个颇有心计的女人。

玉米袋里还揣着太阳的余温。我把手伸进去，感觉暖烘烘的。再抄起一把玉米端量，一颗颗籽实饱满，黄金亮色，甚而能闻到一股阳光的味道和植物成熟内敛的气息。我丢一粒到嘴里，上下牙轻轻一嗑，嘎嘣一声脆响。真是干透了的上好玉米！我顺手拎了一下装满的袋子，没错，大约有五十斤。按照这样的标准，杨如玉家的玉米的确是少了一些，大概差了十来斤吧。我感到奇怪，既然盗窃，怎么就只偷去那么一点点？真的盗亦有道？

“家里不是没离人吗？”我随口抛出疑问。

“玉米晒在篾箪里，我去菜园里扯了一会儿草。”杨如玉指着屋旁说，“也就一袋烟工夫。屁点时间就敢下手，强盗的胆子真是天大。”

我关心的是谁会盗窃她家玉米。杨如玉说她有两个怀疑对象，第一个人是隔壁赵会计。

“为什么首先怀疑他？”我重点关注作案动机。

杨如玉朝旁边坐着的同村小祝睃一眼，欲言又止。

小祝，多灵醒的小伙子。他放下茶杯，起身朝外走。我问他干吗去，他说内急。

杨如玉见小祝走开，再无顾忌，就把椅子朝我挪了挪，刚要启齿，脸上却现羞赧之色。她摇摇头：“有些话当着你们年轻人的面真不好意思说出口。”

看着眼前这位五十出头的女人，我想到了母亲。我说："杨婶，您有话只管讲。"

嗯，她好像下了一个很大的决心才说："赵会计年轻时求过我。"

——我们土家族人把求婚只说成一个"求"字。

"很好嘛。"我说，"这表明他对您有好感，怎么会偷您的玉米？他应该给您送玉米才对。"

杨如玉说："那时候我嫌他家穷，住在山顶上，没答应他。"

"这与盗窃玉米有关系吗？"我不禁哑然。

"当然有啦，而且关系大着呢。"杨如玉说，"前些年搞扶贫，他家移民搬迁，起了新楼房，做了我邻居。他现在的条件比往前好多了，所以，他一直记仇，搞报复呢。"

这样的逻辑我委实不敢苟同。我想到了两个成语——"妇人之见"和"欲加之罪"。

这时候，几只肥硕的母鸡迈着六亲不认的步伐走进来，围在我们脚边瞎转悠。许是生活在公路边见多识广，它们一点也不惧怕生人。其中，有只母鸡憋不住了，卧下身子，在地砖上"呱唧"拉下一泡稀屎。

杨如玉脸上有点挂不住，好像是她当众出丑一样，嘴里呵斥着，手脚并用做着驱赶动作。可任她怎么撵，鸡就是不肯离开。我有点好奇，趁手抓住那只胆大妄为的母鸡，摸了摸它饱满的嗉子——我捏到一些硬硬的颗粒。

杨如玉见我对她提供的“线索”不感兴趣，进一步说：“死不要脸的，他最近还常常和我套近乎，我不想搭理他。”

这倒是个新情况，值得引起重视。我想知道赵会计是怎么和她套近乎的。

“他有事没事都跟我说，如玉妹呀，你家要是有什么干不动的活儿就吱一声，我帮你。你说酸不酸，他这是啥动机？”

“是有点酸，但他乐于助人。”我反问，“您说啥动机？”

“他现在不是脱贫了吗？他家不是很有钱吗？色胆也就跟着长起来了。”

“是吗？”

杨如玉鬼鬼地一笑：“年轻人，你其实啥都懂。”

我顿时浑身起鸡皮疙瘩。农村留守老人之间那些乱七八糟的事情我倒是听闻过一些，但当和一个与我母亲年岁差不多的女人说起这事时，我还是感到有些别扭。毕竟，我还是个未婚青年，算年纪我可以当杨婶的儿子。

我说：“第二个怀疑对象是谁？”

“那是个背背篓的人，我没见过，只听说他是给村主任家修房子的瓦匠师傅，回去路过我家，他可能顺手牵羊。”

我心里一凛：她是说我送回去的那个湖北人吗？我问：“您都不认识人家，怎就怀疑上他了？”

“谁说我一定要认识他？再说，一个强盗有什么好认识的。”

“您听谁说的？”

“赵会计呀。他亲眼看到那人从我家门口路过。他走过路过，当然不会错过下手的好机会。”

太科幻了！太悬疑了！我感觉脑袋里塞满一团糨糊。杨如玉不是怀疑赵会计吗？怎么又听信他的鬼话，把目标转向湖北人了？

她似乎看出我的疑问，解释说：“我怀疑赵会计是为了转移视线才嫁祸瓦匠师傅的，反正偷我家玉米的人就是他们中的一个。他俩都不是好东西，你们警察有的是办法，给我把贼揪出来。”

我说：“湖北人作案的嫌疑可以排除。”这话一出口，我立马觉得不够严谨，这反而会加大赵会计作案的嫌疑。

杨如玉很惊讶，果然抓住话柄将我一军：“未必吧？你凭什么替他打包票？莫非你认得他？”

我当然不能把我和湖北人路遇的事说给她听。

杨如玉分析说：“要干也是村主任指使瓦匠师傅干的。我得罪过他，他就让别人替他出气。”

奇葩，偷盗的动机在杨如玉嘴里仅仅只为了“出气”。我不知道村主任和杨如玉之间有什么过节。

杨如玉继续说：“搞扶贫那年，我要当建档立卡户，享受国家优惠政策，可村主任说我家不符合条件，不给报，我就和他吵了一架。他就为这事恨死我了，怎么看我都不顺眼，一直在寻找机会。”

我看着眼前这个女人，怀疑她是不是更年期延迟了，或者有严重的更年期后遗症，对任何人、任何事都敏感、多疑，尽往仇恨里想。如果她不提到湖北人，我对她怀疑赵会计作案的话还有几分相信，但她把村主任也扯进来，我就只能呵呵了。

这时候，小祝回到堂屋。

三

小祝常驻村里，他熟悉情况。我提出到隔壁走走，他会意后随我出来。我放慢脚步，让小祝跟上来。赵会计家在杨如玉家东头，只隔一条公路，抬脚就到，我要利用这点时间，和小祝做些交流。我想知道赵会计到底是个怎样的人。

小祝说："好人啊，他是村里公认的好人。"小祝告诉我，他听父辈人讲，赵会计和杨如玉本是刚出五服的表兄妹，自小由父母做主定过"娃娃亲"——那是山里老辈人喜欢玩的"游戏"。长大后，两人都没感觉，各自成了家。关于他俩谁"求"谁，那就是一个传说。

哦，原来杨如玉的说法虽非空穴来风，但还不至于令赵会计因"求"她不成而以盗窃玉米的方式发泄不满。杨如玉自作多情，她也太看得起自己了。

至于杨如玉和赵会计如今为什么都单着，小祝介绍，杨如玉的老公几年前患肝肿瘤走了，而赵会计的老伴正在深圳带孙子。既然是这么个情况，我就想，在杨如玉与赵会计之间现在不存在谁“求”谁的问题，如果有所“求”也属周瑜和黄盖的那种关系。

正在自家园子里兴菜的赵会计被叫回家。

这是个憨厚的农夫，一眼能看透的男人。他的腼腆和羞涩让我怀疑，这个人别说说假话，恐怕连真话都说不利索。经验告诉我，对付这样的人不需要浪费太多心思，有什么话直接问就好了。

我不绕弯子，问赵会计：“隔壁杨婶家的玉米被偷了，你听说这事没？”

赵会计想都没想，直直地回答说：“不可能嘛。”他的回答很武断，与其说是一种直率，不如说是一种暴露。我问他为什么。

“现在这年头，大家的日子都好过，哪家也不缺吃少穿，谁还惦记她家那点玉米？她白送人，人家还不定要呢。”

小祝在一旁说：“可是，她晒在外面的玉米真的少了许多。”

赵会计摇着头，还是坚持自己的判断：“我看不是她家的玉米被人偷了，而是她把自己的良心弄丢了吧。”

这话从老实巴交的赵会计嘴里说出来，我端的感觉奇怪：“你这话什么意思？”

“近几年，她总是疑神疑鬼。”赵会计说，“我发现自从死了男人，她变了，和谁交往都是谁不对，时时处处提防人家。要不是大家都可怜她，不与她斤斤计较，她在村里早就没人缘了。人活在世上，总不能一个人活，不能只按照自己的活法趁性子、使脾气。人家让着你算你赢，人家硬要和你斗呢，你未必就斗得过人家，是不是这道理？”

没想到，赵会计并不嘴拙，还能说出一番如此深刻的话来。看来，人不可貌相，这话半点不假，连赵会计这样的人都活出哲学味儿了。

我把目光移出门外。太阳刚刚从山顶掉下去，阳光反射到天上，把厚薄不匀的云翳染成金黄或火红的颜色。山边林子里唱晚的蝉声高亢而悠远，归鸟的翅膀扇动着向晚的风，向林间鸟巢里嗷嗷待哺的雏鸟发出亲昵的呼唤。它们提醒我，时间不早了。我对赵会计转向另外的话题：“你是否发现有人从杨婶家门口路过？”

“有啊，”赵会计睁大眼睛，“我看见给村主任家修屋的瓦匠……”说到这里，他仿佛意识到什么，突然打住，“不对呀，我把这事告诉过如玉妹，她该不会怀疑人家偷了她家玉米吧？”

“你到底看见了什么，就实话实说。”

“我就猜出来，她果然怀疑人家。”赵会计的情绪起来了，“人家只是路过而已，望都没朝她家晒簟望一眼。大路朝天，谁都可以走，难不成人家为了撇开嫌疑，还要绕十里八里？”

“这么说，你是没看见瓦匠师傅偷玉米了？”

赵会计说：“走，我要跟你们去当面和她把话说清楚。天在头上，任何时候说话都要讲良心，我们不能冤枉别人。”

这正是我想要的效果。

再次来到杨如玉家，多了个赵会计。很好，当着他的面，我正好把真相揭开。我已经胸有成竹，足以破这个“案子”。

进门时，杨如玉正拿毛巾扑打木椅上的灰尘。打头的赵会计喊了声“如玉妹”。她像遭了蜂螫，停住手里的动作，飞了赵会计一眼：“呦，稀客呀。”

赵会计收住脚步，实打实说：“好久没来你家了。”

杨如玉用事实说话：“去年腊月，接你来家里吃杀猪饭都没请动你。你现在好大的架子。”

赵会计喏喏地说：“我这不是来了吗？”

“警察不来，你恐怕不会登我家门吧。”杨如玉说，“俺请不动你，只有警察才请得动你。”

在这样的抢白里，赵会计显得笨嘴拙舌，完全没有了先前的豪气。他看着我，求救似的说：“关所长，我可是自愿来的，不是你押来的，你要给我作证。”

在两人的对白里听来听去，我听出一股别的味道，好复杂啊！我不便回赵会计的话。

杨如玉知趣。她停下嘴仗，给我和小祝沏茶，也给赵会计沏茶，并不两样对待，而且显得很高兴，看不出任何生分的情绪。人怕当面见，还是一笑泯恩仇？她的行为让我愈加捉摸不透。

我首先让杨如玉找来她家的秤和扁担、绳子，对堂屋里的四袋玉米逐一过秤，加一起总共一百八十九斤。我和小祝抬玉米，赵会计负责记账，杨如玉亲自掌秤，秤杆翘起来不行，跌下去不行。杨如玉是个心细的女人。她摆弄着秤砣——称玉米，也在称量自己的良心。是的，杨如玉家的玉米应该是两百斤，现在少了十一斤。这是事实。

我问杨如玉："这个结果你认吗？"

"我没瞎说吧。"她言外之意是差了十一斤，这结果我们得认。

我问她："杨婶，您家平时拿什么喂鸡？"

杨如玉脱口而出："玉米呀。"她恍然明白被我带坑里去了，马上补充道："不过，我用另外的玉米，这两百斤从来就没动过。"

"您今天给鸡喂过？"

杨如玉呆愣了。她拍拍脑袋："你看我这该死的记性。"她瞅了瞅眼前活蹦乱跳的鸡群，嗫嚅道："莫非是……"

我追着问："杨婶，您平时每天给鸡喂多少玉米，一定有数吧？"

杨如玉红着脸说："我明白了，那些鸡才是贼，是它们偷吃了我的玉米。可是，有十一斤呢，它们也吃不完那么多呀。"

"你家多少只鸡，自己算算吧。"我淡淡地说。

"你不觉得玉米比原先干了许多吗？今天的日头好猛，人晒出一身汗也会轻一些，何况是去年的玉米，回潮后再晒肯定会短秤的。"老到的赵会计提醒杨如玉。

杨如玉看着赵会计："这么说，我差点冤枉好人了。"

赵会计压根儿就不知道自己正是她嘴里的头号"好人"，

他还以为她只怀疑别人呢。他说："湖北的瓦匠师傅是好人，他没动你家一粒玉米，我可以给他作证。"

杨如玉收回目光，略微低了低眉，把一缕散下来的头发捋到耳根后面，弱弱地说："你、你们都是好人，是我想多了……"

我玩笑道："这是一起内盗。杨婶您看，该怎么处理那些'鸡贼'？"

杨如玉爽朗地笑："杀一只，炒它的肉吃，炖汤喝！"

小祝说："杨婶，您这是要杀一儆百啊。"

"她这叫杀鸡给鸡看。"赵会计幽默地来一句。

说笑得正热闹，我的电话响了。

镇长说："金老板的蔬菜基地里被人偷了萝卜，你去看看。"

——金老板，几年前来山里承包山地开发反季蔬菜，是镇上的纳税大户，值得镇长足够重视。

"几个萝卜？"我回了镇长一句，我以为多大的事儿呢。

"怎么说话啊？"镇长说，"小关，你这态度有问题，我要批评你。我当然知道几个萝卜对金老板来说不是事儿，你们也办不出啥名堂。但是，服务服从于全镇经济发展大局，营造良好的营商环境，为招商企业保驾护航，可是镇里的中心工作，也是派出所工作的应有之义。这一点，任何时候都不能马虎。"

镇长把几个萝卜上升到政治高度，我自然无话可说。我请示所长这事咋办，所长回我八个字：有警必接，接警必处。"挂在墙上的八个大字是我们的承诺，你看着办吧。”

今天什么日子？真是事不单行。

杨如玉不让我走，一定要留我吃饭喝酒。我以为她刚才只是开玩笑随口说说，没想到她还真杀鸡。她说家里来了贵客，得好好招待，不杀一只自家养的土鸡，她心里过意不去。我理解她的心情。这几年在山里转悠，我知道在乡下人朴素的道德情感里，存在着某些与文件和规定相悖的认知。比如说，老百姓诚心诚意款待你，你吃了喝了，他就会感觉你瞧得起人，真正把他当朋友。于是，他心里踏实、高兴、熨帖，反之就有了隔膜，就会产生心与心之间的距离。就说当下吧，我只要离开，赵会计和小祝也不好意思留饭，只能跟着走人。那样的话，杨婶的鸡就白杀了，她会感觉没面子，心里的猜疑只会更深更重。这既伤害警民关系，不利于矛盾化解，也有碍我们今后开展工作。

我指着赵会计和小祝，故意激她：“杨婶，有你这么选择性留客的吗？”

她嚯一声：“当然一起啊。我们土家族人有规矩，进门都是客，不能两样待，今天不吃饭谁都不准走。”

我让杨婶借一步说话：“吃饭可以，但我有条件。”

“你什么意思嘛。”

顿了顿，我说：“您亲口告诉我，您还恨赵会计不？”

杨如玉脸色绯红，一扭脖子，一低头，回我两字：“讨厌！”

我再说："建档立卡户是有条件的，村主任说了不算，您别错怪他。"

"都听你的。"杨婶说，"我当时只是说气话。再说，现在都富裕了，当建档立卡户又不光荣，评给我我还不稀罕呢。"

我感觉这趟出警没白跑。

我稳住赵会计和小祝，保证办完事立马赶来，吃杨婶家的土鸡肉，喝她家的苞谷酒。杨婶一留客，赵会计马上撸起袖子，要帮她下厨。

"办完事一定来啊。"杨如玉站在晒坪边目送着我的桑塔纳开走，很远了，我还在后视镜里看到她挥手的身影……我想，今天无论如何都不能食言了。

四

我驱车赶到时，金老板还在基地转悠。

"听说你们下乡办案，我都不好意思打扰。我说啊，现在警察的事儿就是多，你们的工作很辛苦。"

金老板客气得够可以了。我心里直嘀咕：你都把电话打给镇长了，还在乎打扰警察？

这个金老板颇有来历，据说是县里招商引资的外地老板。他脑子灵光，转起来比陀螺还活泛，赚钱跟闹着玩儿似的。他有一颗大头，整一个侧背发型，方脸上厚厚的嘴唇向外翻卷，露出满口烟熏的黑牙，右手中指戴一枚金戒指，大得像私人印章。一般情况下，金老板的眼睛长在头顶上，只看得见天上的飞鸟和流云。

金老板说：“我下午来基地察看，发现望月坪地边上的萝卜被人偷了。”

我问偷了多少。他伸出右手掌，大拇指蜷着。

我不禁哑然。“四个萝卜，你也好意思报案？”我揶揄道，“金老板，你是嫌我们警察闲着没事干吧？”

“不是。小关，你听我说，我一个外地人到这大山上种蔬菜不容易，要是今天张三拔萝卜，明天李四摘辣椒，我这基地还干不干得下去？”

这倒也是实情。不过，我对他这种人的做派看不惯，想故意晾晾他。

见我半天没态度，金老板沉不住气了。他说：“四个萝卜不值一提，我就怕有了这次，又来下次，再来第三次……所以，要刹住这股歪风。”

“有什么好怕的？金老板，我并不认同你对本辖区治安情况的评价，换言之，也是对我们派出所工作的否定。总的说来，全镇治安形势是好的，你要有投资信心。请问，你的基地经常遭遇盗窃吗？”

“没有。”金老板承认，“这还是头一次。”

“我敢保证，这也是最后一次。”我这么说，是因为我已经知道偷萝卜的人是谁。

金老板“呵”一声：“小关，你干警察几年了？”

我听懂了他话里的埋伏。他嫌我嘴上没毛，说话口气大，做事不靠谱。我回敬他：“与警龄没关系，请你相信警察的承诺。”

“你好像心里有数？”

我摇摇头，给他浇一瓢冷水，破案的事，谁也吹不起牛。何况，他这还够不上案子。我犹豫了一下：“不过，我想知道，如果查出那个偷萝卜的人，你想怎么办？”

“你有把握抓到人？”

“我是说，如果……”

我们的讨论刚要有结果，镇长又打来电话，催问工作进展。我理解镇长的苦心，留不住一个金老板，就会跑掉N个“税”老板。我让镇长放心，称盗贼是跑不掉的。

我还是回到原点，问金老板想达到怎样的目的才满意。

“盗窃财物，当然要依法查办。”

我想，金老板这次如果较真，那个湖北人是有点麻烦了。此刻，瓦匠师傅那满身泥泞的形象在我脑海里不停闪回。从内心来说，让一个于自己有恩的人难堪我真不情愿。当然，这种不情愿只能建立在他的行为没有触碰“红线”、不太出格的基础上。现在，就法律尊严和职业道德综合平衡，我的情感还是倾向保护瓦匠师傅的。我大而化之地说：“金老板，你财大气粗，对四个萝卜也这么计较？”

“你的意思是……”

“我的意思是尽可能给你破案，但就算破了案，意义也并不大。这一点，你心里应该很清楚。”

“是啊，”金老板附和道，“那就当面道个歉，再写几份检查贴在基地周边，好歹起个警示作用，你看如何？”

真是商业脑子！金老板的算盘打得贼精，明知四个萝卜够不上码儿，还是想把人家往狠里整，达到震慑效果最大化。

我保持沉默。有时候，沉默也是一种反击，而且比爆发更有力量。

“其实，我也不是非要和偷萝卜的人过不去，主要是想刹刹这股歪风邪气，为保一方平安做点贡献。”

“算了吧。”我说，“金老板，你看这样行不行，到时候，我让人家把萝卜还给你。如果萝卜不在了，就算成钱照价赔偿，别搞出太大动静，那样对谁都影响不好，和谐社会嘛。”

金老板说：“听你的意思，你好像对抓住偷萝卜的人有把握？”

我当然不想出卖瓦匠师傅。我故意卖关子：“破案的事难不倒警察。”

金老板显然被我的嘚瑟劲惹毛了。他扬了扬手里的包包说：“这样吧，我们来个君子约定。两天之内，你只要给我把偷萝卜的人查出来，我不仅不要求追究他的责任，还白白供应派出所食堂全年吃的萝卜。”

我说：“派出所不稀罕你那些萝卜。不过，河水不能倒流，吐出来的涎水是舔不回去的，你可要想清楚了再说话。”

我的意思是说，到时候他要放湖北人一马。

五

瓦匠师傅不在家。

我的到来让他的老婆甚感蹊跷。女人告诉我，男人打夜工帮人家垒灶去了。村里有农户办喜事，临时请他帮忙。“你找他有事吗？”女人怯怯地问。

天黑了，又是第二次光顾她家，女人对我有怀疑和戒心自在情理之中。

“没、没事。”我期期艾艾地说，“刚才到这边办完事，顺路过来看看。我觉得你家男人肯帮忙，是个热心人。”

女人很高兴，热情地邀请我进屋喝茶。我犹豫着自己到底要不要接受这样的邀请。我的心情很矛盾。我站在门外问：“他大概什么时候回家？”

女人为难地说：“你如果找他有急事，我这就打电话让他赶紧回来。”说完，她掏出电话真要打。

我马上叫停她：“算了，不耽误他的正事，我坐会儿就走。”

进到屋里，我发现那四个大白萝卜明目张胆地摆放在墙边。这让我有了问话的由头。我不动声色地说：“你家萝卜长得真好。”

“我家要能种出这么大的萝卜就好了，是他从望月坪回来的路上随手扯的。”

女人说得好轻松。她不知道这随手一“扯”给我扯出了多大麻烦，也给自己扯出了麻烦。

她好像对这个话题很感兴趣，说起来居然没完没了：“原先，他说湖南那边的萝卜长得又大又白，一个至少三斤重。他想找那边的老板学技术，我们家也跟着干，我没同意。”

“好事嘛，应该支持。”我敷衍道。

“萝卜是冬天里种的，大热天怎么长出来？他说那叫反季蔬菜。我不懂什么反季正季。他给我解释说，种出的蔬菜和季节反着来就叫反季蔬菜。我还是不信，这不，他就扯来四个萝卜，说是让我‘见识’一下。我懂他的心思，他是想说服我，同意他种反季蔬菜。”

我玩笑道：“想不到他还是个怕老婆的男人。”

女人说：“外有捞钱手，内要聚宝盆。我要是不紧着点，再多的钱他一撒手就花出去了。他想投资种植蔬菜，这么大的事可不能乱搞。一个萝卜三四斤，一开始我不信。我要看见石头过河。”

原来是这么回事。我相信，女人的话绝对不是临时瞎编。金老板听了这样的“作案动机”也定然无话可说。

女人向我求证：“你是警察，我想问你一个问题。”

我迎着她热切的目光。

“你能帮我一个忙，让蔬菜老板把种植技术传授给我们吗？”

我犹豫着。这个问题还真不好回答，答案在金老板那里，至少现在时机还不成熟，但我有把握帮助瓦匠家玉成此事。

我稍微迟疑一下，女人又说话了："万一他不愿转让技术，我们明年与他合作也是可以的。"

"合作？"我没太明白她的意思，"怎么合作？"

"我们出地、出劳力，蔬菜老板出技术、出种子、出肥料，他负责销售，我们按比例分成。"

我一听，这不正是镇里正在推行的反季蔬菜种植合作社模式吗？我想，正在谋求更大发展的金老板对这样的方案准是求之不得。把生意做到湖北去，他该是做梦都想啊。我拍着胸脯说："这事包在我身上，你就等我的回话好了。"

于是，交换完电话号码，我驱车返回。

途中，出了个惊险小插曲——

汽车行驶到一个名叫"自生桥"的危险路段时，有一只猕猴嗖的一下从左边密林里跳到公路上，站直了身子像是要和我打招呼。它标配的棕红色毛发在夜风里摇曳，张大的嘴巴发出虚张声势的号叫，车灯映照下，两只玛瑙似的眼珠反射出惊恐的绿光。我入警时间不长，原先只听说山里有野猴，但从没见过。这般邂逅令我着实惊吓，和我一样受惊的还有汽车，我感觉到它的震颤和我的心跳同频。慌乱中，我一脚急刹，车身猛然一个横摆，勉强停在路边。在刚才的"余震"里，汽车无可奈何地"闭"上一只眼睛，剩下的光柱像一把剑孤独地刺向悬崖外的虚空，直至被黑夜吞没。那只野猴愣怔片刻，急忙跳下路基，嗖嗖隐没于夜色深处。下得车来，我差点吓个半死，左边前胎已然冲出路面，悬在空中。好险啊！从这儿掉下去将会落入五百多米的谷底，纵使质量再好的汽车也会变成一堆烂铁，我也注定“光荣”。我只觉眼前发黑，恍惚中一屁股跌坐在路面上。

我按住自己乱跳的心脏，让夜晚的过山风将自己吹拂，直到完全从这场惊吓中走出来，恢复到正常状态。

这时候，小祝打来电话，问我在哪儿。他说杨婶家的晚饭弄好了，一定要等我去才开吃。他还说，杨婶把村主任也接去了，说是请他当陪客。我心里热乎乎的——杨婶所说的“客”当然是我。这个不重要，重要的是“玉米案”居然把杨如玉和她的“仇家”都捏合到一起。看来，哪怕再没心情，这顿饭我也必须吃。而且，我不能把遇险的经历透露出去，那样会大煞风景。我想，吃完这顿饭，杨婶心里与赵会计和村主任的那些疙疙瘩瘩都不会有了吧？我对小祝说：“等着，我一定来。”

“还要等多久？”小祝的手机肯定开着免提，电话里充斥着嘈杂的催问声。

我估摸着说：“一刻钟吧。如果饿急了，你们就先开吃，别等我。”

“不，一定等你来。”我听出杨婶的声音，“关所长，你别急啊，时间长着呢，好好开你的车，安全最重要。”

村主任也接嘴：“好饭不怕晚。这顿饭你才是主客，你不来还有什么意义？”

我说："有意义，而且意义大着呢。"

我的话村主任不一定懂，但杨婶懂，杨婶家的玉米懂，她家那些鸡更懂。

我小心翼翼地把车子倒回来，重新上路。经此一劫，我把车速慢下来，边开车边琢磨"萝卜案"如何收场。问题肯定好解决，金老板有承诺，真相揭开，他不会为难瓦匠师傅，而且坏事变好事，对促成他们之间的合作我很有信心。金老板可以借机把生意做到湖北，傻子才不干呢。我想，这样的好事不能今晚就告诉金老板。他不是给我两天时间吗？我偏要拖到第三天才"破案"。

桑塔纳安然行驶到离望月坪不远的山嘴。我抬眼看看挡风玻璃前高远的天空，月华如水，深蓝色的天幕上有星星闪烁。

我问星星："我这么敲打一下金老板可以吗？"

星星眨巴着眼睛同意了。

我再问月亮："我今天这么破案可以吗？"

月亮对我点点头，表示认可。

我们的对话让夜风听到了，它从我耳边掠过，发出开心的笑声。

好吧，既然它们都同意，我就踩一脚油门，朝杨婶家飙去。汽车在公路上欢快地舞蹈，月光在车后紧追不舍……

眺望长江的人

一

“花脸”是壶瓶山林业派出所聘用的巡山员，一个四十多岁的土家汉子，右半边脸有明显疤痕。接风宴上，虎局长介绍我俩认识，还说他是我这次拍摄的绝对主角。我心下忐忑，“花脸”真是太不上镜了！我和“男一号”礼节性握手，却不敢贸然问及名姓。我知道在百家姓中是有花姓的，但人家是否拿这位仁兄的破相取乐不得而知。人有面子，初次相见，这种直接打脸的问题我于情于理都不便相问，我们的交往被暂时卡在他那张“花脸”上。

别急，我对自己说，接下来还有好几天相处呢。

晚上的接风酒喝得真开心。土家人自酿的“苞谷烧”拌蜂蜜稍稍温过后，口感真是好极了。我的酒量也得以超常发挥，至少干掉八两。动身之前，我做过相关功课，这也是我常年外出采访养成的习惯，知道土家族人有“大块吃肉大碗喝酒”的好客之道，我担心自己这个“北方佬儿”深入“酒”穴遭人“围殴”，醉卧江南武陵山中永久“醒”不来。还好，以虎局长为首的一众警察朋友竭力保护我，或许是兜内揣着“禁酒令”让他们有所忌惮，虎局长只强调“喝好不喝醉”。实际上，我已微醺，饭局结束时离醉酒也差不远了。

我和虎局长并不相识，前不久在网上搜到消息，他们森林公安局破获了一起在国家自然保护区捕杀五头黑熊的团伙案件，颇有看点。黑熊系国家二级保护动物，与我们台《绿水青山神州行》栏目的主题正好贴合，我几经辗转联系上他，约好拍一档节目宣传他们。上午，虎局长在长沙黄花机场接住我，然后驱车三小时抵达县城。按照他的安排，我先在城里休息一晚，次日登山——这显然不是我的工作节奏，也不符合一名记者雷厉风行的职业要求。

从走姿瞧出来，虎局长当过兵，长期往山里钻，他那张风雕雨刻的脸轮廓分明且肤色黧黑，笑时，脸颊的法令纹朝两边绷开，夸张而饱满，像一组大写的括号。他吓唬我说：“你不知道上山的路有多远。”

我说：“再远的路总有尽头。”

他说：“你不知道上山的路有多险。”

我说：“再险的路也挡不住攀登者的脚步。”

虎局长自愧弗如：“再好的辩才也斗不过大记者的嘴。”

湘鄂交界处，武陵山脉中，巍然耸立着一座高山，名曰“壶瓶山”，主峰高达2098.7米，因李白“壶瓶飞瀑布，洞口落桃花”的诗句而得名，有“湖南屋脊”之称。

我们的警车逆着澧水向壶瓶山的纵深处驶入，山路越来越陡，弯道越来越急，远山近山一座座迎面扑来，好像要把我们朝后推。令我意想不到的是从县城到壶瓶山镇竟跑了三个半小时，比从长沙到县城耗时还长。我以为这就到了，可虎局长说案发地离镇上还远着呢，有好几十公里，要爬大半天山。见我愕然，他拍拍我的肩膀，语带安慰："今晚好好休息，我们明天过早后登山。"

虎局长醉态已现，从饭馆出来，就把我甩给"花脸"，让他将我安顿下来，然后陪同转转，"提前进入角色"。

"三毛客栈"门口草书一副对联：一夜山中客，十年尘外人。意境好，字也不俗，"花脸"说是当地一位张姓文人的杰作。我品咂着联语，随他摇晃进去。老板娘是个颇有几分风韵的少妇，穿一身暖色旗袍，见客人前来入住，和"花脸"热情招呼，想必他们是老熟人。

入住完毕，"花脸"陪我上街溜达。斯时暮色苍茫，小镇似一个醉人，沐浴在淡蓝色的夕岚里，呈现出梦幻般的意象。镇子分上街和下街。上街是新街，炒砂铺就的街面宽敞整洁，中间画着醒目的双车道交通隔离黄线。两边人行道上嵌着绿色花砖，连盲道都有了，还等距离地栽着桂花树，树龄都不大，树干碗口粗，树冠被花工修剪成大同小异的球状。山里不嫌季节晚，桂花树花期才近尾声，街上到处氤氲着馥郁的馨香，晚风轻拂，沁人心脾。人行道两边是整齐划一的门脸：餐馆、水果店、粮油专卖、日杂门市、药房、快递收发点、纯净水代销店……应有尽有，和全国其他地方别无二致。“花脸”骄傲地告诉我，这里曾经有“小南京”的美誉。

我们从尽头拐进下街。下街是老街，临河，入口处立有大理石牌坊，上书“泥沙老街”。由于空间受限，街面拓展不开，显得挨挨挤挤，里边的房子傍山而建，户与户之间隔着马头墙。沿街有篾器店、竹器店、木器店、山货店、豆腐店、茶叶店、铁匠铺、裁缝铺……店家门口挑一面“张记”“李记”“朱记”之类的三角形布幌，一律富贵的黄色。于是，整条街便洋溢着古意。老街外边的河叫泥沙河，河水清澈见底，一眼能望见河床上的鹅卵石，未见半点泥沙，不知名从何来。据“花脸”介绍，早在清末光绪年间，广东茶商卢次伦在这里建起“泰和合”茶号，专门加工生产“宜红茶”。鼎盛时期，年产“宜红茶”三十万斤，全部运销汉口英商“怡和商行”，出口英国，成为久负盛名的“绅士茶”。彼时河运发达，泥沙河上舟楫往来，桨声悠悠，豪商巨贾云集于此，老街占尽地利，一派繁华气象。直到一九五九年镇外隘口的黄虎港大桥建成，将一条贯通湘鄂两地的省道连接起来，老街才日渐没落。后来，壶瓶山被评定为国家级自然保护区。为扩大生态旅游，镇政府没学人家走“旧城改造”的老路，而是刻意保留老街，略加修葺，便有了这般景象。于是，上街和下街的错落不仅让山镇呈现出视觉上的审美层次，还以现代气息和传统文明的分野任游人在现实的时空里自由穿越和遐想。

随“花脸”走过一座石拱桥，我们来到河边广场。泥沙河的玉带水从半圆形的广场脚下绕过，灯光照耀下，人们正在翩翩起舞。这里的居民绝大多数是土家族，他们跳交谊舞、现代广场舞，也跳摆手舞。外来的游人先是好奇地观摩，渐渐眼热心动，被热情的土家妹子拉进舞场“摆”了进去，一摆就停不下来。

我感叹说：“好热闹啊，真不愧为小南京。”

“花脸”颇为得意：“这不算什么呢，一年中最热闹的时候是从春末到仲秋的大半年时间，全国各地的游客都冲着这儿的天然氧吧、‘屋脊’漂流和乡村美食涌来。他们吸饱了负氧离子，尝够了山珍野味，体验了乡风民俗，一个个舒服得嗷嗷叫。像今年这么热，房间可要提前预订呢。”

“花脸”指着广场旁边的一溜新房子说：“那是移民安置房，位于中心保护区的山里人都搬到镇上享福了。”

我不无羡慕地说：“房子修得真漂亮，吃得好不如住得好啊。”

“花脸”颇为自豪：“政府连野生动物都保护起来，还能不管人吗？”

“不宜人居的地方，本来就是动物的家园，应该还给它们。”我关注“花脸”，“你搬出来了？”

“那里有我一套，不过，我没住，把房子租给人家陪读。”

我好奇：“你住哪儿？”

“还住壶瓶山，半山腰之上也就我一个人住了。”

我纳闷：“这么好的房子不住，为什么？”

“山上有一望无涯的绿色森林，森林里有享用不尽的野果香菇，林海之巅飘荡着洁白的云朵，雄鹰在蓝天下翱翔，动物在林子里奔跑，而且，站在壶瓶山顶可以看长江。”

“还能看见长江？”我认为他吹牛。

“你不知道壶瓶山的水也流进长江了吗？”他很有把握地说，“如果到了长江，我能闻出我们山上的水味儿。”

“山上离这儿很远吧？”

“再远的路也远不过人心。你只要肯走，就没有走不完的路。”

高手在民间。我觉得自己不是在和一个山里人说话，而是在对话一个山水诗人。

回到客栈，夜已深。抬望眼，我发现走错了地方。“花脸”嘿嘿笑：“错不了，就这儿，只是少了一根‘毛’。”

原来，招牌上霓虹灯的一根管子短路，老板没及时维修，“三毛客栈”便成了“二毛客栈”。

二

第二天，太阳还躲在山下没升起来，我们就动身了。

我们人多，除去我和“花脸”，虎局长还带了四名背着微冲的警察。他们平时并不这么兴师动众，这次仅仅为了配合拍摄，才搞出这么大动静。另外，我的行头也不少，摄像机、三脚架，光装灯具的箱子就有三个，山顶不通电，蓄电池也得多带几块。这么多东西，一辆小车肯定对付不了。虎局长还特意租了一辆皮卡车。他说这种车跑山路泼皮、有劲。虎局长拉着我和他一起挤坐皮卡车的驾驶室，说是进山坐小汽车不好玩，坐大车才刺激。见我抱着摄像机不撒手，虎局长吩咐手下兄弟替我代劳，我没干——摄像机可是我吃饭的家什，交给谁我都不放心。

皮卡车在峡谷的公路上行驶，路旁生长着许多不知名的树木，两边的枝叶在高处向中间聚拢，恰似给路面搭起凉棚，遮挡住本就稀罕的晨光。偶尔有光影从棚顶漏下来，在车窗前一闪而过，就像一只只偷窥的眼睛。公路外边是一条清亮的溪河，湍急的河水欢蹦乱跳，像一群出山去见世面的孩子按捺不住内心的喜悦，动不动就撞在石头上，激起浪花和哗哗水响，绿茵茵的河面被浪花点缀，峡谷的幽静被打破，山水便被赋予了音乐的质感。公路与溪河夹在两边的山体之间向前延伸，始终没有交汇，而且越往深里走越显狭窄，给人一种压抑的感觉。

要一个多小时才能抵达山脚，我不会错失与虎局长难得的交流机会，我急于知道“花脸”到底怎么回事。

“这名字有故事呢，”虎局长故意卖关子，“还是让他自己告诉你吧，我给你讲另外一个故事。”

在壶瓶山半山腰，有一个地质年代造就的堰塞湖，说是湖，还真有点抬举它，只有两个篮球场大小，准确说就是一口山塘。谁都不知道山塘里的水是从哪儿来的，也不知道它们最终流向何处。更奇怪的是不管百日大旱还是暴雨连连，山塘里的蓄水量总是恒定不变，任何时候，你只要看山塘四周的吃水线就一目了然。

早先，这个山塘寂寂无名。

有一天，派出所接到举报，说山上有人捕猎野麂。野麂是国家二级保护动物，属禁止捕猎的范围。虎局长他们赶到熊哲民家的时候，他正在给一只小黑麂喂青菜吃。小黑麂躺在一张卓席上，张开小嘴慢腾腾地吃着，浑身瑟瑟发抖。人赃俱获，谅熊哲民没什么话说！可过细一问，“案情”还真有些蹊跷。那天，在山里采野香菌的熊哲民突然惊动了林子里一只觅食的黑麂。这是一只未成年的野麂，体重只有十来公斤。它生性胆小，跑动的身姿却矫健有力，两只尖而长的耳朵张开着，一身黝黑的皮毛闪亮发光。壶瓶山原始次生林里的野麂多黄色，熊哲民见过不少，但黑麂他还是头一次看到。奔逃的黑麂在眼前跳跃、腾飞，像一只翩翩起舞的精灵，极大地刺激着熊哲民的好奇心，他吼叫着一路追赶。最终，仓皇中的黑麂迷失方向，逃到堰塞湖边后断了去路，它回头朝熊哲民张望。熊哲民也停下追赶的脚步。他无意伤害黑麂，只想和它逗着玩儿。可无路可逃的小家伙吓坏了，不顾一切地跳进山塘……本来，麂子有游泳的本领，不用熊哲民替它的逃生担忧，可是，黑麂因长距离奔跑体力透支，张开的毛孔突然关闭，循环的血液和渗出体表的汗腺遭遇冰凉的湖水浸透，造成它瞬间四肢痉挛，无力泅渡，堰塞湖成为它的噩梦……追到湖边的熊哲民被眼前的一幕惊呆了，他看见黑鹿在湖水里扑腾挣扎，想跳下去救它，可他自小在山里长大，是只旱鸭子，一时急得六神无主。后来，他在林子里找到一根粗大的干木柴，伸进湖水想帮它一把，可干柴不够长，还是没法搭救落水的黑鹿……他豁出去了，抱着木柴下到水里，将奄奄一息的小黑鹿救上岸来。

黑鹿遇到了救命恩人，虎局长解决了心头之忧——他一直想就近物色一名治安巡山员，以减轻巡逻警力不足的压力，却总是找不到合适人选。听说要常年待在山里与兽群为伍，当它们的保护神，给再多的钱人家都不干。这下可好，瞌睡来了，枕头就有人送来。熊哲民不是再好不过的人选吗？

"熊哲民，你如实回答我的问题。"虎局长亲自问话，"你为什么要抓住这只黑鹿？"

"你嘴巴长得好看，但说话不中听。我不是要抓它。"

"好。那你为什么要救它？"

"你没看到吗？它都快死了。"

"救活后，你准备干什么？"

"放回山里，让它找妈妈去。"

"你知道黑鹿现在什么卖价？"

"整只带毛卖，每斤五十元。"

"就是说，你至少可以轻松获得一千元。"

"你就不用给我下套子了。我们这儿是保护区，野生动物跟人一样。为了一千元，你可以抓我去坐牢。"

"你悄悄干就可以了。"

熊哲民朝头上指指："天上有一双眼睛，人做什么事它都知道。"

虎局长拍着熊哲民的肩膀："兄弟，我很欣赏你。"

听说让自己当巡山员，对山上的动植物都要严格保护，发现情况立刻制止、报警，熊哲民问虎局长："熊瞎子也要保护吗？"

虎局长知道熊哲民为啥问这个，当年发生的事情他记忆深刻。他说："我们的职责是保护所有的动植物，当然也包括黑熊。"

熊哲民的心在隐隐作痛。他当然愿意干巡山员，但他不想保护熊瞎子，他迈不过心里那道坎。

虎局长不会让熊哲民白干，答应每月开给他两千元工资。熊哲民想不到，一只小黑麂会给他带来好运气。

虎局长说："你还有什么要求，可以提出来。"

熊哲民说："要在山塘周围安装一道铁丝网，我不想看到麂子被人追赶进水里淹死。"

虎局长答应他。从此，堰塞湖成了麂子们的饮水湖。熊哲民在护栏边立一块牌子，上书：麂子湖。

我们被大山堵住了。皮卡车身子一抖，停在公路尽头。

"哦，忘了告诉你，"虎局长下车时对我说，"我刚才说的熊哲民就是'花脸'。"

路边一栋小洋楼吸引我的眼球。它不是那种传统的建筑样式，两根立柱撑在门前，向外延伸出一个平台。墙面嵌了白瓷砖，房顶盖着红色琉璃瓦。正屋东头配了两间偏房，偏房顶上做露台，周边安装着不锈钢围栏。整栋房子造价不菲，光那些建材运过来，也是萝卜盘成肉价。我问“花脸”：“这家主人为什么选择在这里修房子？国家不是有移民搬迁的政策吗？”他说：“山里这样的房子多着呢，翻过山去，那边还有两个幸福屋场。”

虎局长接过话头：“其实也不贵，前些年搞脱贫攻坚，公路都修到各家各户门口。前年，我们森林公安局是这个村的后盾单位，帮他们将公路铺成了水泥路，大货车直接把建材拉到场地上。”

几件拍摄器材让警察兄弟们瓜分了，我抱着摄像机没撒手。虎局长安排“花脸”接活。他把摄像机扛在肩上掂了掂：“真是看起来不起眼，还蛮沉呢，老值钱吧？”

真还不便宜，但说出来不好，我没回他。

虎局长从我把摄像机当宝贝护着，猜出它价值不菲，就吩咐“花脸”从路边小洋楼里借来一只背篓，让他背着上山。他开玩笑说：“你就只当背着一背篓钱回去，就不会感到累了。”

三

说起来，我对山并不陌生，但我熟悉的大多是北方的山。它们苍莽大气，轮廓浑圆，无语沉默，一年中大部分时间透着泛黄的肤色。而南方的山则奇险陡峻，棱角分明，它们或大或小，都有自己的性子，让你捉摸不透，就连山路也像是从天上掉下来的绳子挂在坡面上。“花脸”前面走，我在后面跟。我眼里只晃动着他的屁股，好几处地方，我的鼻子就差点让他的脚后跟踢着。“花脸”真是好样的，背着沉重的背篓，连大气都不喘，两只大脚片子就像爪钉牢牢抓紧在土地上，脚步迈得坚定有力。

过了“鹿子湖”，山势稍有平缓，没走多远，我发现前方崖壁上挂着一道响亮的瀑布。山泉水从几十米高的断崖处跌落下来，将地面的岩石凿出一个水凼。凼里激流翻涌，像烧开了一锅沸水，周遭溅出一片朦胧的水雾。我站在水凼边抓拍外景，享受着那份难得的清凉，很快身上就濡湿了。

这一趟爬得够呛。

太阳站在西边山顶，像一个圆满的句号。唱晚的蝉声从对面山上传来，嘹亮悠长，能让人感到空气的震颤。我要借助天黑前微弱的亮光拍一场夜戏：用镜头再现“花脸”巡山时发现嫌疑人捕猎黑熊的作案现场，以及他将电线、蓄电池等作案工具收缴的过程。这是今晚的重头戏，也是整个节目情景再现的精彩部分。

现场离“花脸”的住地不到两公里。那里有一道连接两座大山的脊岭叫自生桥，长约一百五十米，最窄处宽不盈尺，两边皆悬崖，过路需谨慎。它既是山民跨越两山的交通要道，也是野生动物出入的必经之路。晚饭之前，我们就提前去还原了现场，而且经过多次试镜，选定了几处机位，就等着“花脸”入戏。听说这次是绝对的“男一号”，而且是本色出演，“花脸”显得有些腼腆和紧张，他老是担心自己演不好，到时候出丑，还影响森林警察形象。虎局长理解“花脸”，撺掇我给他好好说戏，以缓解压力。我告诉“花脸”：“别想太多，你当时怎么干现在就怎么来，不要朝镜头看，跟平时一样就可以了。”

我从案卷里看到的案情是这样：“花脸”白天巡山时，发现有人在自生桥架设了两条电线，其中一条拖曳在地上，另一条用棍子支起来，离地面三十多厘米高，每隔三五米就撑一个支架，不让电线接地。“花脸”撇开电线小心翼翼地查找，后来在自生桥东头的一处岩罅里发现两个连接电线的电瓶。继续找下去，他看到三头黑熊已经被电死了。倒在前面的是两只小熊，从后面母熊的姿势判断，它是在对小熊施救的过程中遇害的。

虎局长解释说，地上那根电线叫零线，撑起来的叫火线，两条电线形成闭路，这种特强型的捕猎器通过电瓶升压后能输出一万五千伏的高压，再强壮的动物只要碰到火线，就被强大的电流瞬间击倒。本案的两名嫌疑人就躲藏在附近山洞里，他们昼伏夜出，只要动物触电后自动报警装置发出“嘀嘀”的报警声，就迅速打扫战场，收拾猎物逃离……

那天晚上，自以为探囊取物的盗猎者扑了空。他们没想到后有黄雀，唾手可得的“胜利果实”被捷足先登的“花脸”收入囊中。猎物归你也就罢了，黄雀甚至连捕猎的工具也一并收走，这就有点不够意思了。盗猎者当然知道是“花脸”干的。“花脸”是巡山员，曾几何时，他们在山中相遇，遭“花脸”严正警告。盗猎者知道，“花脸”是在履行职责。他们相信“花脸”会打电话报警，警察也会在次日下午赶上山来踏勘现场，进入办案程序。所以，留给他们的时间不多。他们眼下最当紧的事情是找“花脸”谈谈。人在利益面前都是脆弱的，他们相信只要找到“花脸”许以重利，他指不定会和他们愉快“合作”。不是说“花脸”没有底线和原则，如果这次捕获的猎物不是黑熊，而是其他动物，他们连想都不会想。关于“花脸”和黑熊之间的往事，壶瓶山家喻户晓，作为盗猎者如果连这点底细都没摸清，他们也就太不“称职”、太不“专业”了。

盗猎者找到“花脸”。他们没有拿出盗猎者那股咄咄逼人的“杀气”和以众敌寡的强势感，而是很低调地提出要和他“商量哈”。“山中有肉，见者有份。”这是土家族人千百年来的狩猎传统。大家和气生财嘛。然而，盗猎者的如意算盘落空了，“花脸”的态度完全出乎他们预料，无论许以什么优厚的条件他都不动心，只一个劲地劝他们主动投案自首，争取宽大处理。

他们的谈话是这样进行的。

盗猎者甲很有把握地说：“我们相信，我们的东西这次落在你手里，是一件非常幸运的事情。”

“花脸”没懂他的意思。他觉得碰到自己，正是盗猎者的不幸。

甲补充说："因为我们有共同的敌人。"

这话，他们不提还好，说出来只会让"花脸"更受刺激。他说："在山里，我把所有的动物都当朋友，谁伤害我的朋友谁就是我的敌人。"

他的话让甲噎住了。

盗猎者乙插话说："我不妨提醒兄弟一句，人们常说'好了伤疤忘了疼'，你可是还没好啊。"

甲火上浇油说："这辈子注定也好不了了。"

他们一唱一和，说出的话句句戳到"花脸"的痛处，就正如直接把耳光扇在他脸上。他忍无可忍，抓起一把柴刀："再放狗屁，老子今天要砍人了。"

盗猎者万万没想到事情会是这样的结局，他们泄气了。甲退而求其次，说："兄弟，什么都别说了。我佩服你的敬业，警察请你当巡山员还真是找对了人。这样吧，干我们这行的只和动物过不去，不和人作对。黑熊归你算了，你看能不能把工具还给我们。那套东西很贵，还不好弄到手。"

"做你们的美梦去吧。这是你们犯罪的证据，休想！"

乙见"花脸"不识抬举，便换了一副嘴脸说："兄弟，人为财死、鸟为食亡。大家都不容易，不要把我们逼上绝路。"

这是赤裸裸的威胁了。"花脸"想到了自生桥以及发生在那儿的杀戮。他大无畏地说："不是我把你们逼上绝路，而是你们把黑熊逼上了绝路。现在，摆在你们面前的只有一条路——投案自首。"

踢到钢板上了。两人乘着夜色灰溜溜地逃走。“花脸”没有追赶。虎局长跟他说过：“安全是第一位的，时刻都要有自我保护意识，不管碰到任何情况，不要和盗猎者对着干，那样会很危险。”

盗猎者没想到，“花脸”势单力薄，当时没能控制他们，但他们的逃脱只是暂时的。“花脸”悄悄用手机拍了两人的照片，还录了音，为警察顺利破案创造了条件。

晚上的室外戏拍得还算顺利。回去后，我抓紧采访“花脸”——这是节目必不可少的重头戏。

“捕猎黑熊的现场是你偶然发现的，还是在巡查时发现的？”

“我经常到那儿去巡山，有时候累了，别的地方可能不去，但自生桥必须去。”

“为什么？”

“那里是我重点关注的地方。”说到这里，他反问我，“你认得野牲口的脚印吗？”

我模棱两可地说：“认识几个，但不多。”

“花脸”并没纠缠我到底认识多少，自顾自地说：“我第一次巡山到自生桥时，发现地上留着许多牲口的蹄印，有野猪的、獐子的、麂子的、黑熊的，还有林麝的……我就知道野牲口经常从这里过，自生桥成了它们的命门，也是它们的死穴。”

怪不得他向我提出蹄印的问题。我想，对一名合格的巡山员来说，观察和辨识牲口的脚印应该是必须具备的本领吧。

“我既然知道，那些搞牲口的人当然也知道。”这就是他重点巡查自生桥的缘由。

我留意到，“花脸”把猎杀、残害之类的词换成了一个中性的“搞”字。我有意将采访朝我需要的主题方向引：“那天晚上，你只发现了黑熊和捕杀黑熊的电网，是吗？我想知道，死于电网的还有没有别的动物？”

“动物之间对死亡的敏感可能是相通的，只要闻到前方不祥的气息，别的牲口就不会再往前闯。”

“花脸”显然没懂我问话的意思。我干脆明说：“你很同情黑熊，是吧？”

“不！”“花脸”十分肯定地回答，“我痛恨黑熊。”说到这里，他胸脯起伏，把目光投向外面，好像那里有什么力量在向他招引。

窗外大山沉默，像一头静静站立的黑熊。

“为什么？”这个问题一出口，我就意识到自己可能触及了某个敏感话题，不得不思维跳转。我说：“按常识，你应该原地蹲守，等待嫌疑人出现后将其抓获。可是……”

“花脸”瞪大眼睛看我：“你是说，我不该把电网收走？”

“那是他们的犯罪证据，你应该有保护现场的意识。”

“我必须把黑熊背回家，不能让它们落到坏人手里，但我怕离开后的这段时间里别的牲口再触碰电网。”

我倒是替“花脸”想，那么危险的地段，他及时撤走才是最安全的选项。我暂停采访，让“花脸”喝口茶，重新酝酿情绪。

“花脸”走出去。

虎局长随后进来，悄悄对我说：“先采访到这儿吧，明天接着来。”

四

“花脸”的三间木屋是父亲留给他的遗产。对他和母亲来说，父亲的身世一直就像一个谜。当年，父亲流落到壶瓶山，母亲一家人收留了他。后来，母亲和这个来路不明的男人结婚，然后生下儿子，取名熊哲民。

关于父亲，小哲民知道的全部信息似乎就一条，父亲住在长江边上，那儿离壶瓶山很近，近得隐约可见；那儿离壶瓶山又很远，远得可望而不可即。

天气晴朗的早晨，父亲喜欢站在山顶眺望着远处的地平线发呆。他指着天地间的一片空茫问儿子：“你看见了什么？”

儿子回答父亲：“我看见一条白蛇在地上飘来飘去。”

“那是长江，是父亲住过的地方。”

“那儿有你的家？”

“是啊，父亲原先的家就在长江边上，那年发洪水，家被冲走了。我的父母亲也就是你爷爷奶奶也随洪水去了大海。”

“那你还回原来的家吗？”

父亲思忖了片刻，抚着胸脯说：“一个人只要心里装着家，他就永远住在家里。”

“长江离这儿很远吗？”小哲民的问题真是比山里的鸟儿还多。

“不远。”父亲说，“凡是肉眼能看到的地方都不远。”

“那你带我去看长江吧。”

父亲的神情有点为难：“等你长大后，我们一起去看长江。我们还可以坐船顺着长江去很远很远的地方看东海，看太平洋。”

“我们把妈妈也带上。”

“当然，她也想去看长江。”

儿子沉浸在父亲的愿景里，忽然冒出一个新问题：“长江是从哪儿来的？”

这个问题把父亲问住了。他为自己不能回答儿子的疑问而懊恼。他说：“儿子啊，等你长大读书后，老师会告诉你的。”

儿子说：“我不要读书，我要和爸爸一样站在这里看长江。”

父亲揽过儿子的头，将他搂紧在怀里，喃喃地说：“壶瓶山的水也流进了长江，我们和长江同根同源，本是亲戚。”

儿子偏过脑袋：“所有山上的水都流进长江了吗？”

“是的。”父亲毫不犹豫地说，“长江的肚子太大了，它能吃进所有的水，就跟你能喝完许多酸奶一样。”

就这样，心事重重的父亲似乎一直牵挂着什么，又好像亏欠着什么，直到那年把新木房修好后，他郑重其事地对母亲说：“我想回老家一趟。”

母亲让他走了，而且瞒着儿子，把丈夫送下山。分手时，她没问丈夫还回不回来……

事实上，父亲一去就再也没有回来。

哲民十五岁那年，母亲也走了，她还差点带走了儿子。

哲民想起就痛恨自己的父亲。如果不是他离家出走后杳无音信，像背柴之类的体力活就轮不到母亲亲自出马。冬天快到了，家里要备足干柴，不然，一场大雪下来，母子俩都会受冻。那天，母亲去山上背柴。母亲前面走，他远远地跟在后面。母亲听到路边有异常响动，发现是一只发情的黑熊正站在一棵板栗树后面，很不耐烦地摇晃着树干，恨不得拔起来撕碎了才好。母亲吓出一声惊叫。她的叫声激怒了黑熊。一阵旋风席卷而来，母亲被扑倒在地。黑熊尖利的爪子伸向母亲的咽喉、胸腔、腹部……一把一把地向外掏着什么……

长大后，熊哲民常常回忆起母亲那声撕心裂肺的惊叫。没有那声惊叫，母亲或许能保全自己的性命，可是，她不放心自己的儿子，她要给儿子传递信息……

黑熊天生近视眼，看不清百米之外的东西，所以才叫“熊瞎子”。正在行凶的黑熊没有发现哲民，他本可躲过一劫。可是，哲民不能眼睁睁地看着母亲遭黑熊残害，哪怕付出生命的代价他也要拯救受难的母亲。他顺手攥着一块石头，撕心裂肺地喊叫着朝母亲奔跑，把自己送进了黑熊的利爪之下。黑熊刨死母亲后，转过头来迎战哲民。它躲过哲民扔过来的石块，一把将他掀翻在地，然后踩住胸部，把一只利爪伸向他的额头，朝下一划拉。哲民听到了布帛撕裂的声音，顿时只觉得有几颗钉子扎进肉里，天地在旋转，世界一片黑暗，像被一张大网蒙住了。他眼前升起一片黑雾，再也看不见任何东西，只觉一股热辣辣的液体流经脸颊，进入脖颈，到达胸膛……危难时刻，哲民突然变得理智和清醒起来。他想起父亲曾经教给他的方法："熊瞎子"只吃活体，不吃死物。万一碰到黑熊，规避危险的最好办法就是装死。哲民咬牙忍住疼痛，躺在地上不敢动弹，暂时骗过了黑熊。这时候，突然响起激烈枪声，只见几个穿警服的人奋不顾身冲上来。枪声惊飞了路边的林鸟，也把黑熊吓蒙了。它见势不妙，喷着愤怒的鼻息，心有不甘地向林子里遁去。熊哲民获救了，他被警察轮流背下山，送进卫生院抢救……虽说捡回一条命，但他被黑熊撕下的半边脸皮再也不属于他，久而久之，他的名字被"花脸"取代。

对这个名字，哲民并不忌讳。他把所有的事情都想通透了，如果没有遭遇"熊瞎子"袭击，他不会成为"花脸"；如果没有警察的出手救援，就更没有"花脸"的存在。所以，"花脸"和那场生死连在一起，和他的生命连在一起。他恨黑熊，以至于当虎局长提出让他当巡山员保护所有野生动物的时候，他心里纠结，但他无法将黑熊从保护动物的名单中剔除出来。最终，他没有拒绝，也无法拒绝，因为他知道什么叫回报，人要懂得感恩。

晚饭吃的腊猪蹄。一口大铁锅吊在火炉上，炖得泡泡滚，锅里放了很多辣椒，"花脸"还搬出一坛子"苞谷烧"，每人面前一海碗。我有点不适应，但山里湿气重，不这么对付不行，他们早习惯了。一顿饭干下来，我们都迷迷糊糊，上弦月也歪到一边去了。我们人多，晚上睡觉有些挤。我和“花脸”睡一张木床。虽说刚入秋，山里却很冷，盖棉被才行。一天的跋涉采访，我实在累得不行，脑袋一挨枕头就神游八极。下半夜醒来，发现脚边没人——“花脸”去哪儿了？我蹑手蹑脚摸到隔壁房间把虎局长摇醒。他一个激灵爬起来，穿好衣服和我出门找寻。

这里只有一条通往山下的路。我们没走多远，就发现路边的一座坟茔前闪烁着微光。微光里“花脸”的背影对着我们，正在向着坟墓磕头，嘴里嘤嘤嗡嗡，听不清在絮叨着什么。

我们没有惊动他，悄悄退回来。我将信将疑地问虎局长：“站在这里，真的能看见长江？”

“只要早晨能见度好，应该可以看见吧。”虎局长说，“反正我从没见过，也是听‘花脸’说的。”

“明天天气应该没问题。”与其说是一种猜测，还不如说是一种期许。

“那要看你的运气。”

回到房间，重新躺在床上，我再无睡意。天快亮的时候才勉强眯瞪过去。不久，我做了一个梦，梦见自己变成一只鸟儿，从壶瓶山顶向长江方向飞去……

不让子弹飞

一

主任敲门进来时，脸色很不好看，劈头盖脸地问：“怎么不接电话？”

我一愣，从沙发上挺起来：“没听到呀，咦，我睡觉前调成了静音模式。”

我迷迷糊糊地瞄一眼手机，刚好中午一点过三分，点开页面，通话记录显示，主任的号码被标注成红色，后面括号里躺着个该死的阿拉伯数字“5”，怪不得他烦我。我清楚记得十二点四十分的时候，我还在手机上磨蹭，后来实在累了，顺手把音量摁没后倒头睡去——就是说，我刚刚才眯瞪二十分钟，难能可贵的午睡就惨遭破坏。

“公安机关从来就没有安静的时候。”主任鼻子里“哼”一声，“你要记住，我们的工作性质是二十四小时待命。”

我入警大半年，许多“行规”并不知道。比如说，我认为中午休息时间是可以自由支配的。既然自由支配，我就有权让手机保持安静。我有在办公室午休的习惯，而且每天要对付半小时以上才能保持头脑清醒，下午的工作才有效率，否则，半天时间脑壳里就像灌进稀粥，糊糊的，稠稠的，整个人就像活在梦里。所以，午休时候我最不喜欢别人破坏我的睡眠。我认为对一个已经形成生物钟的身体来说，这样做很不人性。

“带上家伙随强局长出警。”主任对我的工作一直不太满意，主要原因是我没有抓拍到“鲜活”的东西，他认为镜头不能总对着主席台上那几张老面孔，要向基层倾斜，瞄准普通民警，要沉下去，他常挂在嘴边的话是“好新闻是跑出来的”。

看来，这次是个机会。

我多问了一句：“么时候出发？”

“强局长的车早就等在楼下了，你看着办。”

我这是自讨没趣。如果不紧迫，主任会接连打我五个电话？如果不紧迫，他用得着亲自来敲门？如果不紧迫，他说话会这么呛人？要知道，他也是喜欢睡“干部觉”的。

说起来，我是主任寄予厚望的人。入警后，我那些同事都被“赶”下乡去接受基层锻炼——这是规矩。新兵蛋子必须在山区干满五年，拿出点像样的成绩后方可申请调动。主任当时看完档案，就把我直接“扣”下了。他认为我基础好，文笔带劲，读警校期间就发表文章，适合留在局里搞宣传。这是他一厢情愿的想法。他用不着征求一名新警的意见，因为他觉得这是对我的“照顾性安排”，是年轻人求之不得的好事，我只有感恩的份儿，没有拒绝的理由。他错了！我认为自己应该到一线去，凭一腔青春热血和违法犯罪分子真刀真枪地干，把立功证书拿回来，把大红花戴在胸前，让光环罩在头上……等这些都攒够了，我的警察人生才是完美的。如果待机关，天天写公文，围着领导转，多没劲！

主任对我的态度表示理解，但他说出的话一言九鼎："公安机关从来不缺冲冲杀杀的枪杆子，只差为人民警察树碑立传的笔杆子。你的岗位在政工室，那是属于你的特殊战场，你要用另一支'枪'成就自己的警察人生。"

听说我被"幸运"地留下来，同事们都啧啧不已，嚷嚷着要我请客。我理解他们——他们都将像一颗颗和平的种子播撒到武陵山脉的旮旮旯旯里去，要么适应一方水土在那里发芽生长，长成参天大树；要么碌碌无为被埋没下去，未来的命运充满未知。可是，他们哪知道我是怎么想的？我简直倒霉透了。可我当小学语文老师的妈妈说："好，公安宣传工作很重要，在没有硝烟的战场上，你将大有作为。"我怎么听都觉得妈妈的话里有种"幸灾乐祸"的味道。作为母亲，她当然知道警察立功必然要经历什么，也可能会面临什么。她不需要我立功受奖，只需要儿子平安。

不过，我这人想法归想法，工作归工作，一码是一码。多半年来，从熟悉情况到进入角色，我熬更守夜，吃过许多哑巴亏。就拿给领导照相来说，强局长就一直对我耿耿于怀。

局里每次有重要活动，我都要在内网上宣传一下。这项工作很简单，有固定套路，拍几张动态性照片，再配上一段解说性文字就搞定。但要注意一点，领导出镜的照片不宜太多，否则会冲淡主题。那么，谁出镜谁不出镜就有学问了。一开始我不懂这个，逮着谁拍谁。我们头儿便教给我原则：像这类会议报道，局长必须有，主任也该有，如果凑不够，常务可以有。我理解头儿的话，归纳起来就两层意思：除了三巨头，其他不必有。这样一来，排名第四位的强局长每次都只能靠边站，没机会。好几次，我去强局长办公室汇报工作，都碰巧发现他正盯着电脑页面"欣赏"我的报道。我以为他很重视宣传工作，很不知趣地凑近他，希望得到他的"指点"，可他好像看出什么瑕疵，提醒我说："小孙啊，照相机的镜头很贵吧？"

我不明就里，傻乎乎地回他："装备那边负责采购，我不知道价格，应该也不便宜。"

见我有点"二"，强局长干脆明说："我几时给你配一个镜头。"

强局长这么一"关心"，我马上反应过来，知道自己把他得罪了。可我有满腹委屈，按说，强局长的"缺位"不能怪我，头儿的"原则"到常务副局长那儿就打止了。在班子成员中，强局长刚好坐第四把交椅，屁股只差那么一点点，他自己不"进步"，怎能怪我呢？要想多出镜，你就得把屁股往前挪。

后来，为了弥补自己的"过失"，只要强局长坐在主席台上发言，我就勾腰撅臀给他抓拍。他那么看重我的工作，我必须表现给他看，可惜没一次成功，原因当然还在强局长。作为领导，他端坐于主席台上表情严肃不苟言笑可以理解，但他有两个很不好的习惯，讲话时喜欢偏脑袋，还频繁眨眼，这两个动作交替着来，而且配合默契具有连贯性。所以，给强局长抓拍镜头是件很费劲的事情。我把镜头对准强局长，待机摁下快门。可是，相机有自动对焦功能，这个时间差大约零点几秒，刚好撞在强局长的“习惯动作”上。我拍出来的强局长要么是“瞎子”，要么是偏脑壳，从来就没个“正相”。这样的抓拍还不如不拍，我甚至连照片都不敢拿出来示人。如果让强局长不幸看到，他会砸我相机的。这样的“失误”我也不能对别人言说，就像自己做过什么亏心事一样，只能暗自懊悔。

现在，机会终于来了。这次随强局长出警，他是绝对主角。我想，一定给他多来几下，到时候百里挑一、千里挑一总可以吧，我就不信抓拍不到他的“精彩瞬间”和“正面形象”。

二

我颇感奇怪。

主任不是要我随强局长出警吗？可车上除了司机，就强局长一个“光杆司令”，他手下那些精兵强将呢？

强局长大名傅强，公安局副局长兼刑警大队大队长。按惯例，我们应该叫他傅局长。说起来，里面有故事。我们都知道，局长、副局长虽一字之差，权力却有云泥之别，完全不在一个量级。我们平时称呼领导，从来不带“副”字儿的。张副局长、李副县长、王副市长、唐副省长……你这么叫有意思吗？你就不能考虑一下人家的感受？正也好，副也罢，说到底就是分工不同，肩上的担子有轻重之别。再说了，谁又不想拿掉前面那个字，让“副”转“正”呢？

可是，问题来了！傅强姓傅——“副”“傅”二字同音。要我讲，对行走在体制里的官员来说，傅姓真是个倒霉透顶的姓氏！如果我们把傅强叫成傅（副）局长，那就像一道魔咒，他似乎永远没法扶正，当不成局长。但这能怪谁呢？追根溯源，那是老祖宗制造的麻烦，当初就该从《百家姓》那儿整改过来。不过，善良的人总有办法让傅局长去除心病。他不是叫傅强嘛，这真是个张扬个性的好名字。傅强血统里有强悍基因，他脾气火暴，后天修炼也舍得吃苦，擒拿格斗功夫了得。如此一个强人，我们何不换个思维，直呼他“强局长”？参加工作后，我听好几个人说起“强局长”的来历。最出彩的版本是他刚当上副局长那阵，有个年轻警察不长眼色，报出差发票时敲开门，连喊三声“傅局长”。傅强没应他，眼睛直愣愣盯着年轻人，像鉴定古董那样瞅半天：“你叫我？”年轻人点头微笑。傅强一挥手：“对不起，你认错人了！”他起身送客，年轻人只好讪讪而退。隔日，那小子得高人指点，纠正“口误”后回头再找“强局长”报账。傅强刷刷刷签完字，丁点不含糊。末了，他告诫年轻人说：“往后可要记住，公安局只有强局长，没有傅（副）局长！”

这么说来，强局长做人好像不咋的，怎么还混成了副局长？当然，这或许只是传说，真假没法考证，但不能不说，强局长作为职业警察自有他的长处：他办事公道，执法严明，能力超强，遇到困难不绕道，碰到危险敢拼命。所以，他带出来的队伍没一个熊包，上面每次搞民意测评，他的满意票都是最多的。

上车后，强局长直截了当对我说："小孙啊，这次请你出马，有两个重要任务：一是要抓拍我们刑警在执行任务过程中如何英勇无畏、不怕流血牺牲的精彩画面，为后期宣传工作掌握第一手资料；二是准确记录犯罪嫌疑人的反侦查行为，防止他们为了逃避惩罚扔弃赃款赃物，为锁定犯罪事实留下视频证据。所以啊，你不仅是宣传员，还是战斗员。"顿了顿，强局长感叹道："这些家伙太狡猾了，现在搞案子要求高，弄不好就会走弯路。你肩上的担子不轻呢。"

接下来，我才知道是怎么回事。原来，刑警大队前不久办了一起持枪抢劫案，两名主犯已经抓获，但还有一把枪没收缴到位。经过调查，发现这把枪在H市江城区一个叫"兔子"的人手里，这人不是只好鸟，有吸毒和寻衅滋事前科，进去过。说着，强局长把一张A4纸递给我："这就是我们今天要抓的人，你先'认识'一下。"

打印出来的身份证照片尽管不甚清晰，但我只瞧一眼，就把"兔子"刻进脑海里，碰面后保证能对号入座。

"刚才，我们的人传来消息，已经摸清'兔子'的活动情况，只等着收网。"说到这里，强局长问我，"你怕不怕？"

我本来没想过怕不怕，可强局长这么一问，我突然感觉这次行动非同小可，弄不好会搭上自己的性命，心里便忐忑起来。原因挺简单，刑警兄弟们手里都有真家伙，遇到“兔子”负隅顽抗，可以开枪还击，确保自己生命无虞。而我几乎要用手里的微型设备直播一场警匪大战。这不是拍电影，子弹可不长眼睛。别说我手无寸铁，就算这会儿强局长给我一把枪，好久不摸，我手上也未必有个准头。我知道强局长不喜欢孬包，千万不能让他看扁，就鼓起勇气说：“强局长，你不怕，我也不怕。”

强局长哈哈笑：“我从你的声音里听出来了，你是个胆小鬼，正好需要这样的实战锻炼。今天机会难得，本局长给你补上一课。”

他的话让我感觉有一颗子弹击中了我，后背冷飕飕的。

强局长开始给我强调“注意事项”：“任何时候，你都跟在我身后，不要急着往前冲。”

这话令我心头热乎。强局长只差明说，万一遇到凶险，他会替我挡子弹。

“第二，你和我们之间至少保持三米以上的距离，听清楚了？”

我脑子里嗡嗡响——对子弹来说，三米的距离管屁用？！三十米也没用！

他说：“有我在，你不要怕。”

这倒是句安慰话。“兔子”有气只会冲着强局长撒，他不畏死，我何惧哉？

强局长接了个电话，应该是前方侦查员请战的，只听他命令道：“先不要打草惊蛇，我不到不准动手。”

对方可能说了句什么违令的话，强局长语气坚定地说：“紧着啰嗦什么，等着我，只要确认他没溜掉就可以。”挂掉电话，他对司机说，“开快点。”

车身抖了一下，道路两边的行道树往后跑得更快了。

局里上上下下的人都说，强局长的副局长是硬干出来的。现在，这话我信。

道路前方的景物扑面而来，我的心落在某个未知的地方，那里充满危险和不测。毕竟第一次参加实战，说真话，我心里揣着的那只“兔子”一直在活蹦乱跳。

天气真好。我忽然想起一件事来，连忙给妈妈打电话。网购的那件小马甲要过水、晾干。冬天来了，“迪迪”每次出去都冻得浑身发抖，它需要保暖。

妈妈在电话里听到汽车喇叭声，问我在哪里。我说：“出门执行任务。”话一出口，我就觉得自己找事。当初就业时，家里唯一反对我报考警察的就是她，后来听说我留在机关，不去一线实战单位，恨不得给主任送礼答谢。她从百度上搜到资料：人民警察是和平年代最高危的职业。我国平均每天有一位警察因公殉职，有十名警察光荣负伤。现在，她如果知道我要去执行这么险重的任务，还不急死？我马上告诉妈妈：“随领导出门采访。”

妈妈说："下班后，早点回家吃饭。我今天约了新来的邵老师。"

她总是给我物色女朋友，真是多事。

强局长很好奇："你家里还有个弟弟？"

我说："那是只马尔济斯狗，它的名字叫'迪迪'。"

"什么名字不好取啊，哈，还叫弟弟，你怎么不叫它爸爸呢？"

我不想给强局长解释什么，我们年轻人的事他屁都不懂，说再多也没用。我把手机里的照片翻出来让他看。我想当着他的面炫耀一下，"迪迪"有多么可爱。

强局长翻看着"迪迪"一张张憨态可掬的照片，问我："这些照片都是你的杰作吧？"

我没心没肺地说："遛狗时随手拍下的。"

"我看你抓拍的水平挺不错嘛。"

我马上感觉不妙——一个能把宠物狗随手拍得千姿百态的人，怎么就老是把人拍成"瞎子"或偏脑壳？

"小孙，没事扯个闲谈。我记得开会时你给我拍过几次照片，后来网上怎么一张都没用出来？"

强局长又问到抓拍的事了，我有点措手不及，恨自己嘴巴多。

"是不是遇到什么阻力了？"他这话更是吓我一跳，因为我听说他和谁谁不对付——也没什么大矛盾，主要是脾气不合，彼此不兼容。我担心自己如果出言不慎，就会在领导之间制造误会。可是，我又不能把责任推给他的“配合”，只能自我检讨。我说：“强局长，我水平臭，技术差，对这款相机的工作原理一直没摸清门道，几次抓拍的效果都不理想。我怕影响您的光辉形象，所以才……”我的理由很牵强，因为“三巨头”的照片都是用同一部相机拍出来的，他们那么端庄威武，怎么轮到强局长就屡屡“失手”？这瞒得过一位长期搞侦查的刑警？另外，我还意识到，“光辉形象”用在这里好像也不大吉利。

“过去就算了，我只是随便问问。”强局长说话很艺术。他的话里有埋伏，我听出来的余音是：这次可就要看你的了……

三

眼下，“兔子”正在江城区烟花办上班，主要负责押运，整天在辖区内转悠，行踪变化不定。侦查员掌握的情况是，他今天下午随车去一个叫状元桥的镇子送货。状元桥与苗县接壤，是距离江城市区最偏远的乡镇，“兔子”办完事回城里，最早也要到下午五点钟左右。强局长闷了一下，冬天的五点钟天都快黑了，对抓捕来说，时机不是很理想。

我们先和侦查员碰头。强局长详细问完“兔子”的情况，让他们暂时不要露面，待在车上听他指挥。他带上我直接去江城区公安局面见刘主任。刘主任曾在我们局任过副局长，与强局长共事期间很对脾气。后来，刘副局长得以提拔重用，交流到江城区公安局当主任。有了这层关系自然好说话，强局长第一个想到的就是他。

甫一见面，刘主任一拳捣过来："好你个强子，把老兄忘了吧？"

强局长说："我这不上门'骚扰'来了？"

记得那次欢送宴上，强局长和刘主任单独干了三杯，约定往后只要到江城区公干，一定"骚扰"他。

刘主任拍着胸脯："不管公干私干，随时欢迎'骚扰'。"

现在，强局长旧话重提，当时的情景又恍然浮现在刘主任眼前。一起扛过枪，这交情真是没说的。听完情况，刘主任开门见山："需要我怎么配合，你吩咐就是。"

"你给我派个可靠的人。"

这样的话如果从别人嘴里说出来，刘主任肯定不高兴。因为强局长的话里缺少信任，有欠尊重，不像是有求于人的人该说的。但刘主任太了解强局长了。这个老刑警行事缜密，他生命里植入的理念根深蒂固：案子大于天。任何时候，他只关注破案，不会在意说话的委婉和别人的感受。当然，以强局长的情商，还不至于让刘主任下不来台。他自知刚才失言，话带歉意地说："老兄，'兔子'就是个混社会的人渣，他能在烟花办谋一份肥差，可谓神通广大。其中的关系盘根错节，我们稍不小心就会前功尽弃，请理解。"

刘主任抓起电话要打给谁，想了想却又停下来，语气深沉地说："听你这么讲，我还真不放心，万一出现什么差池，没法向兄弟们交代。"说完，他整理完大班台，拎包就走。

刘主任亲自出马，强局长不加拦阻，也不客套。这是两位老同事长期相处形成的工作默契，换成刘主任到我们辖区办事，强局长也会这样做。

我们直奔烟花办。烟花鞭炮属特种行业，接受公安局治安大队管理，那里的头儿自然认识刘主任。寒暄过后，刘主任以工作为名，要求检查烟花办的销售台账，而且要面见相关人员。口音略有差别，刘主任一直没让我们说话。烟花办的头儿二话没说，着人抱来一大堆账簿，让我和强局长煞有介事地翻阅。刘主任边抽烟边和人家聊。他问："今天下去送货的人回来没有？我们要抽查当天的出货情况。"

"还没回。"头儿说，"有这个必要吗？我打电话让他把数字报过来行不行？"

"如果这样，我坐在办公室等你的电话就可以了，还用得着跑这一趟？你以为我愿意来啊。"

头儿明白，刘主任这回在较真，"兔子"不回"窝"是不行了。

刘主任还在继续："我从来不相信欺上瞒下的数字，哎呀，现在弄虚作假的东西太多，烟花鞭炮除非不出事，出事就出大事，你说呢？"

"那是，那是，坚决按领导的指示办。"头儿无奈，只好打电话让"兔子"抓紧赶回单位。"兔子"可能做贼心虚，电话里七弯八拐想探听点什么虚实，叽叽歪歪半天也舍不得挂电话，搞得头儿很恼火："让你回你就回，哪来那么多废话！"

烟花办猫腻太多，大家都心知肚明。头儿担心公安查出什么漏洞，于自己不利，便诚恳地对刘主任说："这样吧，领导检查完，差不多就到了饭点。我们在楼下简单安排一个工作餐。"

刘主任说："吃饭就算了吧，我们有规定。"

"人总是要吃饭的。"头儿说，"遇饭吃饭。我们又不搞违规接待。"

强局长哪来心思吃饭！但为了不引起他们的怀疑，等"兔子"自己送上门来，他只好硬着头皮应承下来。

刘主任会意后附和头儿说："也好，我们反正等人。"

满堂红餐馆就在烟花办旁边，下楼往东走十五米就到。包间定在二楼，木楼梯是唯一通道。如果计划成功，包间将是抓捕行动的第三战场。

上楼前，强局长认真观察过周边环境。餐馆下面是一条东西向的巷子，长约五百米，两端连接着南北向的主街道。巷子不宽，双车道，两边是各种各样的商铺。这里位置优越，车流人流往来如梭。从地理意义上说，这地方适合设伏，只要安排警力把守住两头，就扎紧了口袋，"兔子"钻进来便成了瓮中之鳖，休想逃出去。但从战术层面来说，选择这里展开抓捕会比较麻烦。这里本是商业繁华路段，五点钟以后正是下班高峰期。强局长担心万一"兔子"失控，他会不会劫持人质狗急跳墙，要知道，他现在是可能持枪的人。

趁人不备，我悄悄凑近强局长，低语道："要不要把兄弟们叫过来一起吃饭？他们埋伏一天，肯定饿了。"

强局长知道我脑子里怎么想的，说："你可能想多了。这里有我和司机，人手足够。如果出现意外，刘主任肯定会帮上一把。你干好自己的事情就行。"

我注意到，先期"潜入"江城的兄弟们一直没露面，强局长与刘主任交流时也只字未提他们，这让我想到了强局长说到的那个关键词：可靠！哪怕关系再铁，强局长还是对刘主任留了一手——职业刑警是不是都这样？

太阳站在西街楼顶上，像一只没放稳的篮球，马上就会坠下去。寒冷的西北风从高远的天际冲下来，穿过楼群，与街道两边的行道树摩擦一阵，然后急急地朝前赶路，引来梧桐树上的落叶一路狂追，路面上有沙沙的响声。强局长站在餐馆门外"抽烟"的工夫就把活儿干利索了：四名侦查员，两边路口各一个，烟花办门口安排两人蹲守，各路人马相互呼应，确保抓捕行动万无一失。

传来的消息有些不妙。"兔子"打电话给烟花办头儿，说前方发生交通事故，送货的车被堵在回城的路上。不过，问题好像不大，他会想办法赶回来，恐怕稍微迟点儿。

计划赶不上变化。强局长下楼去了。

四

“兔子”的出现非常突然。

只听到木楼梯被踩踏得“咚咚咚”乱响，一个年轻人径直走进包间。我一眼认出他就是我们守株以待的“兔子”。我看了一下时间，刚好五点半，离他打电话说塞车才过去一刻钟。我怀疑“交通事故”是他临时瞎编出来的理由，他想以这种猝不及防的方式打乱我们的节奏。

“兔子”突然现身令我措手不及。按说，餐馆只是第三道防线。“兔子”无论从哪边进来，都躲不过警察的视线，就算他侥幸闯关，在烟花办门口也会束手就擒。现在，他却直接找到餐馆来了，而且，强局长刚刚下楼，现场就我一个半边把式，时机把握得恰到好处。

哦，这家伙还是打车赶过来的，怪不得我们的人在路口没发现他。他也没去办公室，知道“满堂红”是烟花办定点消费的餐馆，就直接找来了，有点“火力侦察”的意思。“兔子”给我们每个人哈腰散烟，我没接，怕声音暴露，也不吱声，只摆手谢过。烟花办的头儿指着旁边椅子说：“坐下来一起吃饭。”

“兔子”见包间坐着我和司机两个生人，或许嗅出不对劲的气味，声称自己在乡下刚吃过，告辞要走。刘主任挽留说：“那就等会儿，我们吃完饭，再向你了解点情况。”

头儿说：“耽误不了多长时间，领导要看看数据和货物对不对得上，只有你对情况最清楚。”他转向刘主任，“最多半个钟头，够了？”

刘主任模棱两可说：“差不多吧。”

可“兔子”还是要走。他说：“不要紧，领导慢用，我去楼下等。”

刘主任给我使眼色。他的暗示有点多余，此时此刻，难道我还不知道盯梢他？

“兔子”果然心里没底。我站在楼梯口朝下看，发现他正在点烟。可是，他的注意力不在烟上。他目光飘忽，手轻微抖索，打火机老是对不准烟头。我不确定自己是否引起他的怀疑，拿目光在一楼大厅一番逡巡，没发现强局长——他迟不离开早不离开，偏偏在关键时刻掉链子，让我一个人很被动，我真是服了他！所幸“兔子”并没急着出去，他勉强点完烟，吐出一团白，然后强作镇定走近吧台和服务员聊起来。看来，他对门外的情况有所忌惮。我趁机下楼，看似散漫地穿过大厅往外走。我要抢在他前面堵住门口，不能让他逃出去。我的动作还不能显得过于急迫和张皇，那样会让“兔子”洞悉我的意图，陷自己于不利。阿弥陀佛，我总算到了门口，背靠两扇玻璃门，我不禁暗自吁出一口长气——身后的钢化玻璃门虽说不防弹，但减轻点杀伤力总可以吧……后来我想过，“兔子”之所以没有抢在我前面出去，也是有考虑的——他对门口的情况并不清楚，不敢贸然行事。

我左右观望，视线里没有我希望看到的身影。这简直要命！我也顾不得那么多，掏出手机给强局长发微信，问他在哪里，说人被我堵在一楼大厅内，请求指示。强局长很快回复我：“我在洗手间，马上出来。”

我想起那句话：老牛上坡，屎尿太多。

我请示：“他如果逃跑怎么办？”

“放他走。”强局长态度明确，“你千万不要阻拦他，盯紧就可以。”

这命令下的！眼看到手的猎物，为什么放他走？难道因为我不是他的对手？难道因为他兜内揣着一把枪？难道因为我的职责就是“咔嚓”？

我短暂地犹豫了一下，到底要不要遵照强局长的命令执行，到底放“兔子”走还是堵截他。我知道强局长是因为担心我的安全才不得已做出的决定。我并非这次行动的主力，而且手里没有武器，他不能让我喧宾夺主去冒险。我更知道“兔子”这一出去，收网的难度和危险系数就增大许多。我初步估计了一下，如果不把枪的因素考虑进去，按照身高体重，我和“兔子”单挑，胜负还真不好说。而且，我们只要开打，强局长马上就会赶来增援，他就是不擦屁股搂着裤子也会来的。到时候，我们二对一，拿下“兔子”半点不在话下，我指不定还可以捡个便宜——三等功应该是有的。想到这里，我头脑发热，觉得值得赌一把，心里开始蠢蠢欲动。可是，现实太骨感了。我还没想出一个明确的行动方案，“兔子”就大摇大摆过来了。与此同时，我发现强局长也出现在“兔子”身后，他俩的距离就是整个大厅的空间。强局长生怕我蛮干，隔老远朝我直摇头，示意我少安毋躁，放“兔子”出去。时间凝固了，地球仿佛不再转动，思维卡顿在稍纵即逝之间。我提线木偶般站在门口，眼睁睁地看着“兔子”推开玻璃门走出来。擦肩而过的同时，我们的目光有过一秒钟的短兵相接，对视的结果让我看到了他目光里的阴骘和鄙夷。恍然之间，我想起了盼我回家吃晚饭的妈妈，那位未曾谋面的窈窕淑女，还有我那可爱的“迪迪”——每次只要我回家，它都会溜到我身上黏糊半天，亲热完了才肯下去。高晓松说得好啊，生活不只眼前的苟且，还有诗和远方的田野。

“兔子”可能急于摆脱什么，没走斑马线，而是迎着川流不息的车辆直接横过马路，快步朝对面走去。他动作敏捷，几蹦几跳就过去了，真的像一只受惊的脱兔。强局长到我身后，轻声嘀咕一句：“注意隐蔽，不要让他发现你。”然后，他朝东努努嘴，自己却向西头走去。我领会他的意图，是要我和他从两头包抄夹击“兔子”，不让他脱离我们的视线。我同时相信，守在两端的兄弟已经接到命令，正向我们靠拢。

走到对面人行道上，狡猾的“兔子”突然一个急转身，回头朝餐馆这边张望，像在搜寻什么，求证什么。我听从强局长指示，侧身躲过，没让他发现。此时，强局长已经越过马路，并由西向东悄悄逼近目标。“兔子”没见过强局长，对近在咫尺的对手浑然不知。他大概观察了两秒钟，感觉没发现异常，就直接踅进一家店子买烟。

我是抢在强局长前面几步跟进去的。当时，我全然忘记了自己的职责，一心只想抓住“兔子”，不能让到嘴边的肉跑掉。强局长当然不允许我“胡来”，就在我们快要接近店门口时，他一个劲儿地朝我摆手。我可管不了那么多，将他甩在身后，至少五米之外。我像一只兴奋的警犬，嗅到了猎物诱人的气味。那一刻，青春的热血在我体内狼奔豕突，入职的誓言振聋发聩：恪尽职守，不怕牺牲……人性有时候是分裂的，没事的时候怕死，真正遇到危险的时候反而会奋不顾身变得勇敢起来。

我闯进店子的时候，“兔子”正在掏钱结账，一只手刚刚插进裤袋里。我猛扑上去，抱住他的身体，试图将他掀翻。当时，我只有一个想法，无论如何也要控制住他的双手，不能给他掏枪的机会。他一旦掏出枪来，我就会性命不保。我充分相信，自己最多坚持三秒钟，最多五秒钟，就会等来强局长，取得完胜。可是，“兔子”的劲真是太大了，我根本就扳不倒他。最悲催的是不明真相的店老板竟然帮倒忙，她使劲掰开我的双手——她以为我们是社会混混打架，担心把店子的玻璃柜台砸碎。在她看来，我是惹是生非的一方，正义在“兔子”一边。所以，她要极力限制我的行为，帮“兔子”尽快摆脱困境，息事宁人。到后来无能为力的时候，她干脆在我手背上咬了一口，痛得我直龇牙。

灾难就是这么凑成的。在女老板的“帮助”下，“兔子”奋力挣扎，终于腾出手来，拔枪指向我。完了完了，我只感觉有一坨黑色的铁在眼前一晃，意识顿然消失，手上虽然没松开，脑海里却一片空白。同时，我的身体受到一股外力的猛烈撞击。轰然倒地的同时，我听到了那声绝望的爆响，脑海里回荡着一个残酷的声音："你去死吧——"

惊魂的一幕来得那么短暂、仓促——我居然大难不死。在清醒的意识里，我妥妥地感到一具富有弹性的身体重重倒下来，直接压在我身上，令我几近窒息。同时，我听到了一连串熟悉的声音——从东西两头包抄过来的同事吼叫着将"兔子"制伏。等我翻过身来时，发现躺在我身上的是强局长。他左大腿中弹，正流血不止……

"兔子"还在做无谓的反抗，他冲着我直嚷嚷："这颗子弹本来是赏给你的，今天算你小子命大。"

他的话告诉我，刚才是强局长替我挡了一枪。在"兔子"扣动扳机的刹那，强局长不顾一切地冲进来将我撞倒，同时把"兔子"持枪的手往下摁，没让子弹飞起来，结果……

我抱着强局长，哽咽得说不出话来。强局长反而先开口，他语气虚弱，却面带笑容："小孙，你是好样的，今天表现得很勇敢。"说完，他又转向大家，"不要紧，我学过法医，这个贯通伤并不致命……"

匆匆赶来的刘主任上前攥住强局长一只手，嗔怪他说："强子，你少说话，别逞强，要尽量保持体力。我打过120了，这里离医院很近，救护车马上就到。"

"兔子"被押出去。急救车赶到现场。刘主任和同事们协助医生把强局长抬上担架，送往医院紧急救治。

“慢！”这时候，我忽然想起一件事，赶紧从羽绒服衣袋内掏出相机。我要给强局长抓拍一张照片。

躺在担架上的强局长见我俯拍他，咬牙强撑起身体，从担架上坐起来。他动作缓慢，脸色苍白，样子十分吃力，但面对镜头，还是强装笑颜。或许是疼痛的缘故，这次他不仅没眨眼睛，也没偏过脑袋，而且眼珠瞪得大大的，目光炯炯，透出的凛冽之气与额头闪光的汗珠交相辉映……

丛林深处

一

姊妹山有麻烦了！

一只公鸡在林间树枝上起飞，振翅一跃，从湖南飞到湖北，完成了它的冒险之旅、跨界之旅，也是爱情之旅——这是后来经过调解双方都认可的事情。然而，由此引起的边界纠纷和民族矛盾惊动乡政府。我的上司老呆（当然是我赐予他的雅号）把任务交给我时说，处理好这件事情，所里今年的工作就可以交代了。

巍巍武陵山自北向南一路逶迤，奔到这里突然打住。它桀骜不驯的头颅被大自然的鬼斧神工凿开，一劈两半，耸峙如一对发育成熟的孪生姐妹。

姊妹山，灵秀有型，亭亭玉立，对这样的山体来说，再没有比它更熨帖的名字了。一条溪河从谷底穿流而过，将两岸隔开，形成自然的楚河汉界。河的南边属湘西，对面即是湖北恩施。两山之间的直线距离不过百十米，在高空俯瞰就像纽约世贸中心的双子楼。可是，若从山麓跋涉，再好的脚力，没一个钟点也爬不到山顶。“出门就过河，过河再爬坡；对面喊得应，走到日头落。”这样的民谣就是唱给姊妹山的吧。凑巧的是两架山的半坡上各住着一户人家，也不知他们祖上是哪朝哪代从何处迁徙而来。这两户人家是空间距离最近的邻居，炊烟袅袅，山风送香，谁家煎炒了什么菜，彼此都能闻到香味儿，端着饭碗，两边也尽可聊得亲热。可惜他们属于不同省份，而且湖南这边是土司的子嗣，对门则系苗裔，有别的民族习性和行政隶属关系多多少少造成了一点心理距离，隐隐地疏离着他们的情感交往。比如说吧，就在前不久，两家因为一只公鸡发生误会，把关系搞僵了。

这里不得不赘述几句。

姊妹山有着广阔的牧场，两家的禽畜都习惯放养。拿鸡来说吧，从蛋壳里孵出来，一下窝，鸡妈妈就领着孩子们满山跑，啄虫子、石子，吃野果和其他食物长大。它们自小练就出站着睡觉的本领，夜晚不用归宿，歇在树枝上瞌睡。公鸡该打鸣打鸣，该踩背踩背。母鸡怀蛋憋得难受了动爪子就地刨个坑，因陋就简生下来了事。到了春天产蛋季节，每天大清早，主人起床后的头件事就是拎着篮子满地里捡“星星”。漫山遍野的鸡蛋被晨露浸染，反射出太阳的光色，把主人的眸子映得晶亮。它们就是夜间从天上散落的、来不及回到天宫的星星——这当然是山里人极赋诗意的说法。

湖南老胡家的那只公鸡是怎么入赘对面麻家的，我们不得而知，只能借助想象做一个主观判断。万能的“度娘”告诉我们，家禽非比野鸡，再能耐的公鸡也飞不过百米。所谓“不飞则已，一飞升天”只不过是文人笔下的话语游戏，全然不可当真。就算两边山上旁逸的树枝拉近了空间距离，这道鸿沟仍然难以逾越。我们替老胡家的公鸡这样设想，或许它腾飞时，碰巧刮南风，一股气流顺势将它托升了高度，它再借力滑翔抵达了彼岸。这是一只幸运的公鸡，有着追求卓越的理想，带着某种殉情的决绝与悲壮腾飞——它成功了！这似乎没什么好奇怪的，我们完全可以从古人流传下来的典籍里替公鸡的行为找到注脚。既然能“南风知我意，吹梦到西洲”，既然可以“好风频借力，送我上青云”，那么，老胡家的公鸡又怎么不能私奔到对面山上去呢？

问题是老胡现在要不回自家的公鸡了，原因是他不相信公鸡会自己涉险——那么深的溪涧可不是闹着玩儿的，弄不好会殒命。聪明的公鸡绝对不会胡来。老胡的疑虑忽略了别人的感受，让对面麻家人感到羞辱。摆在眼前的事实令他们解释不清，但无论如何他们也扛不起偷窃的骂名——他们祖祖辈辈清白做人，从没拿过人家一根针一缕线。所以，老胡家要想把鸡抱回去，必须先得把话说清楚，将名誉还给人家。

事情就有点复杂了。

其实，屁大个事儿嘛，说出来狗都笑掉大牙。可两家人就是不依不饶，110都快打爆了——北边信号弱，结果，两家不厌其烦地报警都让湖南警方受理。两边乡长知情后都对此事表示“关切”。局长顶不住了，打电话发出最后通牒：“戴所长，别把鸡不当盘菜。它涉及睦邻友好和民族团结问题，顶顶全是大帽子，搁谁头上都戴不起。这样吧，我给你三天时间把纠纷了掉。如果办不好，你吱声，我亲自上山走一趟。”

这话吓得老呆不轻。他本来是想拖一拖不了了之的，哪想到领导重视非比往日，警令如山，刻不容缓，而且事儿不小呢。

二

本来约好他们，今天去麻家调解“鸡案”。而且，老呆也要和我一起上姊妹山，可局里临时开会把所长召去，我只好单干。

临别时，老呆叮嘱我：“应付那两家人要多开动脑筋，切切不可大意，不能全按书本上的套路来，今天无论如何都要给我把事情整利索。他们不签字，你就吃住在山上，两边轮着来，等我开完会回来收拾他们。”

分到这个派出所，我真不知道该怎么说才好。单是自然环境恶劣也就罢了，五十出头的戴所长看上去比我爸还显老，平时绷着一张苦瓜脸，总感觉像别人欠他什么宝贝疙瘩。嘴巴跟没长一样，磨子压不出半声响屁。所里三人，窗口女孩和所长是胳膊肘拐弯的亲戚，辅警，主要职责是接待办事群众，负责日常办公。警察就我和老呆，有活一起干，谁想避开谁都不成。老呆在山里几个派出所轮着来，一待就是二十多年，看样子，他打算在这儿干到退休。据说，局里好几次要给他换环境，他都婉言谢绝。原因定然有，可他不言说，对外人永远都是谜。

我感到肩上担子沉重，一路走得心事重重。说实话，老呆处理农村矛盾纠纷很有一套，据说是跟师傅学的（警察也有领路师傅）。他师傅是谁，我没见过，也不问。虽说他那些烂招搬不上台面，但使起来管用，人家都服他。我入职小半年，平心而论跟他长不少见识，但我脑子里时常会冒出一些不可理喻的念头，比如说，有时候我真希望他的“法术”失灵，等着看他闹笑话。我不知道自己这种心态从何而来，我能想到的理由无非是我不愿生活在他的影子里，只想用另一种办法找到自己的存在感。我感觉老呆就是笼罩在我头上的一片乌云，长此以往不散开，我头上的阳光将被遮蔽。

现在机会来了，我反倒不安起来。老呆不在，我就像被人抽去主心骨，心里虚巴巴的，对自己能不能拿下“鸡案”半点底气都没有。这时候，我才实打实地觉得老呆并不是可有可无的，他的存在跟空气一样不可或缺。至少，暂时对我是这样。

走一路想一程，不觉就到了山脚下。爬山之前，我得好好打量一番姊妹山。如果不是出了这档子糗事，我可能永远也不会来这里游历。而且可以预言，这样的攀爬往后定然寥寥。所以，对我而言，这次孤独的旅行不单单只为了化解一起矛盾纠纷，它还赋予我另外的意义。

这是季春里一个无可挑剔的晴日。阳光在惠风里闪耀，金黄的空气温暖又清澈，两面巨大的绿色坡体坦荡荡地倾斜在蓝天之下，就像两扇没有完全关紧的大门，留出可供穿越的缝隙，给人一种强烈的压抑之感。陡峻而弯曲的小路从两侧“门楣”上飘落下来，像两根没有完全展开的绳子盘绕在坡面。我要走北面的山路去老麻家。这样的选择表面上看是因为他家占据着公鸡的话语权，更深层次的考量是我们须得放弃主场优势，不让老麻对我们产生地方保护主义的猜忌。我们主动上门既是一种姿态，也是一个台阶。老胡开始不同意，认为上老麻家就意味着理亏、示弱、丢脸面。老呆没好气：“你到底想不想要回你的公鸡？”一句话就让他闭嘴了。

路真的不好走。前不久，山里刚下过一场透雨，本就窄溜的路面被雨水冲出沟槽，深深浅浅地豁了边，落脚须得十分小心，弄不好就崴脚。我正累得气喘吁吁，老胡打电话来，说他已经到了老麻家，意思是催我抓紧点。

我大概还要半个多小时。我说：“我没到之前，你什么都不要说，听清楚吗？”自从公鸡到了麻家，老胡还是第一次登门。我不想让他把事情搞砸，给我的工作制造麻烦。

左边是一片密匝匝的树林，林子里有鸟儿叽叽喳喳。我听出来了，它们正在热烈讨论着我的到来。它们见多了各种各样的动物，唯有人见得稀少。我想，这时候最好能有个人出现，那才是一道风景。

“喂，前面的后生等等我。”大山里的生活就这么神奇，你刚意念的事情，马上就会变成现实。

声音从背后传来。我停住脚，扭头看去，一个老人正噌噌撵上来。他看上去六十多岁，顶着一脑袋爆炸头发，走路一挺一挺，腰不弯，气不喘，样子毫不费劲，一看就是那种走惯了山路的人。

“你是要去老麻家吧？”走近后，他问我。

山上就住老麻一个独户。我想，这老人应该也是去他家。我说：“你是他家客人？我们正好搭伴。”

他纠正说：“我要去湖北走马坪，翻过山就是。”

“走马坪，”我听老呆说起过这名字，我问老人，“您走亲戚？”

“算是吧。”他的回答模棱两可，“都几十年了，不是亲戚也走成亲戚了。”

我疑惑：“老伯从哪里来？”

他定住身子，把脊背转向我，面向大山，甩手朝南方指去：“我住山那边，离这儿很远呢。”

眼前只有山，脑子里没概念。我在想，不远是多远？

“年轻人，你是要去处理他们两家那只公鸡的事吧？”

我的着装暴露身份，但我仍感好奇：“您消息真灵通，听谁说的？”

老伯说：“这一带，治安上的事情就没有瞒得住我的。”

我脑海里浮现出《西游记》中敲锣巡山的“大王”形象，再过细打量他。他穿一件警察夏季短袖执勤衫，袖子上的警察标识明显用针挑掉了，只留下一个隐隐的国徽印记，两边领子上的领花依稀尚存。因为长久洗涤，他的制服下色厉害，明显蓝中泛白。我说:“老伯,您干过村治调主任吧?”我的印象中,村治调主任都配发过协警服。

“哈哈,你看走眼了。”他有点小嘚瑟,“告诉你,我当过警察,就在你们所,退休好些年了。”

我一时错愕。入警时间不长,我还来不及了解派出所太多的前史。我满含歉意:“想不到您还是我的老前辈,多有得罪,对不起喽。”

老伯并没把这事放心上,倒是关心起我的工作来。他说:“你一个年轻人,有把握拿得下来吗?”

说实话,处理这类鸡零狗碎的矛盾纠纷,我真还缺乏经验。我说:“我心里没谱,到时候走一步看一步,也只能尽力而为。”

老伯思忖一番,说:“山里人脾气刁蛮,歪点子多,不想好对策,你多半会无功而返。”

听这话,好像他已经揣着锦囊妙计。我谦虚地说:“老伯有什么好主意还请赐教。”

“我也没什么好办法,应付这种事,只能见招拆招。不过,这种事我见得多了,我有把握搞定他们。”他转而望着我,商量说,“要不,我陪你走一趟?”

正愁没个帮手,我当然求之不得,急忙说:“好啊,就怕耽误您走亲戚。”

“我那亲戚瘫床好多年了,哪天去看都是看,不在乎这一时三刻,反而是你的事情拖不起。”

说实话,要不是他自称是所里退休老警察,我才不想让他瞎掺和。第一次单独处警，我心里其实没把握，多个人多份力，有话说，生姜还是老的辣呀。

老人精明，看出我的疑虑，开条件：“要想把事情圆满解决，你必须答应我一个要求。”

“十个都行。”我承诺说。

“一切听我的，你见机行事，配合好就成。”

呵，原来他是想当主角，把我边缘化。我心里嘀咕：看把你能的，我倒要看看你到底有什么灵丹妙方。

“放心吧，我不会抢你的功劳。我都退休的人了，对功名无所谓。你回所里，该怎么交差怎么交差。”

我讪然无语，继而想到另一个问题：进门后，怎么给人家介绍老伯的身份。同事？老了。协警？更老了。治调主任？撒谎！我试探着问：“您对这一带一定很熟悉，他们都认识您吧？”

老伯会意，说：“那可不一定，我都退休好些年了。再说，早些年山里治安一直好着，我露脸的机会并不多。”

“这就有点麻烦。我想不出道道来。”

“你就说我是退休老警察，所里警力不足，返聘过来搭把手。”

名正言顺。他连这个都替我想好了。

又一个问题冒出来，老伯对案情到底知道多少？听口气，他好像信心满满，但到时候若驴唇不对马嘴把事情说漏，岂不让人笑话！我道出自己的隐忧：“老伯，您对案情有所了解吧？”

“当然。”他语气十分肯定，还言之凿凿地说，“那只公鸡确凿无疑是自己飞过来的。”

这正是两家争论的焦点。这个问题不定论，调解工作无从着手。可是，平心而论，我也不知道公鸡究竟怎么回事。这个结论下得不准，会让人家揪住把柄，把自己套进去。现在老伯这么武断，我不知道他的根据是什么。他有湖北亲戚，是否带着情感偏向？老胡家又能不能接受？我心里塞满疑问。

这时候，我们已经走到半坡。老伯停下来，指着对面老胡屋门口的林子说，公鸡就是从最近的树枝上扑棱过来的。那么远，它肯定飞不过，只能顺着气流滑翔，中间有一段不小的落差，最后斜刺着落在这边林子里，然后循着母鸡的召唤往上走，一直往上走……他边说边用手比画，意思很明确，我们必须统一到这样的认识上来——事情都是由公鸡造成的，不存在盗窃或勾引之说。这是解决问题的前提，到时候由不得他们把水搅浑。他把自己这一套归纳为“调解工作要掌握主动权，不能让当事人牵着警察的鼻子走”。

再走一段坡路，我们来到一棵大枫树下。我听到了令人毛骨悚然的狗吠。我说：“老伯，您上前，让我走后面吧？”

“为什么？”

“我想起有人说过的话，城里人不怕车就好比山里人不怕狗。”我说，“我怕遭狗咬。”

“这个，你就不懂了。”老伯呵呵乐，“狗只咬后面的人。”

我疑心他在捉弄我。

他给出的理由是，狗不咬前面的人，它怕遭到后面人的袭击。狗时刻都想到保护自己，它才不蠢呢。

三

麻家两只看家狗凶恶得很，当着老麻的面使劲咬，龇着獠牙一咬一个扑腾，争先恐后地向主子表达着忠诚。这两个狗东西简直疯了，咬到最后全不把主人放眼里，竟然连老麻的呵斥都置若罔闻，让人疑心它们是在配合着老麻演双簧，成心要给我们来个下马威。

老伯压根儿没把狗放眼里，眼看都快咬着脚后跟了，他只当没看见一样，照样不管不顾地往前走。老伯没撒谎，我走前面，狗专门和他较劲，果真没攻击我。

老麻家的房子是一栋五柱四棋的木屋，正屋三间，东头是吊脚楼，西端配有牲口房。我迈过半米高的门槛走进居中的堂屋，只见对着大门的墙壁上嵌着一个神龛，木制的。神位上供奉着哪位神明，我不认得，但肯定不是招财的关公，也不是圣母妈祖，应该是他们苗人的祖先。神龛里来不及燃尽的香烛能让人想到老麻对祖先祭祀的虔诚和勤勉。堂屋两侧各摆开几把木椅，正中置放一张小方桌，上面覆一床薄薄的毛毯，几只白瓷杯里连茶叶都放好了，灌满的开水瓶侍立一旁，只待客人一到就可以开泡。老胡已经坐在桌边，面前的烟灰缸里栽着好几颗烟头，指间的香烟正寂寂燃烧，烟雾如心事般缭绕。最显眼的当然要数西墙边花篓底下那只公鸡，它就像一个待审的犯人被罩住，上面压着的石块令它失去自由。它太过健硕的身躯差不多占满了整个花篓的空间，雄性十足的鸡冠从篾缝里鲜活地探出来，脑袋却昂不起来。公鸡才是今天的焦点，可它对自己不利的处境浑然无知，还不时“咯咯”叫几声，表现出一种不识时务的反抗精神。

屁股没坐热，老伯就端着茶杯，招呼我出去走走。在老麻家周边转悠来转悠去，我发现他老瞅那些鸡，然后问我：“你看出什么名堂没有？”

我说：“麻家的草鸡长得真敦实，一个至少六斤重，能炖一大锅子，够十个人当下酒菜。”

老伯眯眼笑笑，自说自话：“是这么个情况，嗯，我心里有数了。”

再回到堂屋后，老伯宣布开会。我先开场。按照约定好的台词，我把老伯隆重介绍一番，让他主持今天的调解。

他轻咳一声，整理了一下嗓子，蛮像那么回事。然后，他结合自己的肢体语言，对公鸡穿越的过程来了个“情景再现”。最后，他一锤定音，咬定公鸡就是自己飞到老麻家的，与其他无关。得出这样的结论后，他说：“我们先解决第一个问题，对这个基本事实你们有没有不同意见？”他指着老胡：“你先说，你心里到底是怎么想的？”

老伯的推理合乎逻辑，让他无可辩驳。

老胡哼唧半天，说："我同意。"

老麻抢白老胡说："那你为什么要说我们偷了你家公鸡？"

"那是我气头上说的话，气头上说的话不算数，我心里不是这么想的。"

老伯插话说："老胡，这就是你的不对了。药不能乱吃，话也不能乱说嘛。不过，总的说来，你还是个厚道人，承认自己说错了话，不是真实想法。你有这个态度就好办。那么，老麻，你呢？"

老麻说："老胡只要承认公鸡是自己飞过来的，我的气就消了，这一页也就翻过去了。"

"我就说嘛，两家人对门处户住着，朝也见晚也见，哪有解不开的结？"老伯说，"那么，我们商量后面的事情。请二位发表一下意见，提出各自的要求。"

他的话甫一落音，老麻就接了腔。他说："老胡，你家公鸡骚情，自己飞到我家来了。你不来抓，要我给你送过去，你自己没长腿吗？"

老麻说公鸡"骚情"，让老胡感觉难为情，就好像他做过什么见不得人的事情似的。他代鸡受过，一张脸红得像灌了猪血，嘟囔道："现在是我家公鸡飞过来了，过错好像都在我这边。可俗话说，一只巴掌拍不响，还说，母狗不摆尾，公狗不爬背。如果没有你家母鸡咕咕叫，我家公鸡再骚情也不至于只朝这儿飞。它怎么就没飞到别处去呢？所以，你家母鸡也未必就是清白的鸡。”

老麻当然明白，老胡是说自家母鸡不守“鸡”道，勾引了他家公鸡，但他无论如何不能接受老胡对自家母鸡的指责。他辩解说：“我家母鸡再不规矩，也没飞到你家去，反而是你家公鸡主动找上门来了。”

老胡鼻孔里哼一声：“简直好笑！看看你家那些鸡婆子吧，一个个胖得像企鹅，连路都走不动了，还飞？也不知我家公鸡是不是让鬼摸昏了头，居然看上你家这群母鸡。这个不争气的东西！连我都跟着丢人。”

老伯见双方又交火，而且扯的还是个不着调的皮，马上轻咳一声，制止说：“老胡的话有点道理，但并不全对。俗话说，鸡无绳牵，狗无栏关。公鸡要飞到麻家来，谁也管不住，你怎么能怨人家母鸡呢？不过——”他把话头调转来，对准老麻说：“我想问清楚一件事情，你家现在有公鸡吗？”

老麻抠着脑袋，惭愧地摇摇头。

老伯一拍大腿：“我就说嘛，老胡家的公鸡为什么会冒着生命危险飞过来。原来，它是来你家会母鸡的，做奉献的。只有让公鸡踩过背，母鸡生下的蛋才孵得出小鸡，这道理你想必懂吧。”

老麻看着老伯，意思是他懂。

“那么，天下鸡们一家亲。人怎么能动不动就为点小事闹矛盾呢？难道我们连鸡都不如吗？”

老胡、老麻都听傻了。

我突然想起老伯考验我的话，原来，这就是他围绕老麻家一番考察所发现的“新情况”，他说“心里有数”指的就是这个。

老伯找到切入点，就这件事情展开调查。他问老麻：“你家原来有没有公鸡？”

老麻说：“你刚才不是问过吗？”

“刚才问的是现在，现在问的是过去。”老伯的话像绕口令，“我要你说实话。”

“原来是有。”老麻的声音弱弱的，像夜蚊子嗡嗡，都快要听不清楚。

“那就是说，现在没有了。我问你，你家公鸡不尽职守都跑哪儿去了？”

“卖了几只，本来留下一只种鸡的，上次家里来了稀客，拿不出好招待，就……”老麻做完一个砍头的动作后继续说，“母鸡肯下蛋，舍不得杀，就把公鸡炖了。”

老伯啧啧连声：“老麻呀，不是我要批评你，这就是你的不对了。你想想，你家这么大一群母鸡，一只只发育成熟，它们是有那个……那个需求的，却没有一只领头公鸡，群龙无首，队伍能不乱套吗？难道你没听说过‘一只公狗管一弯，一只公鸡管一山’？所以啊，老胡家的公鸡是在履行职责，而你老麻家占了人家便宜呢。”

老麻想反驳一下，可他磨叽半天没找出理由，一时语塞。

“好了，”老伯掌握火候，适可而止，他说，“事情到了这份儿上，多说无益。我们还是把公鸡的事处理一下。”

老胡说:“我没其他要求——”他说没要求就是提要求。他的意思是说,只要公鸡物归原主就行了。

老麻可不干,说:“我白白给你喂养了半个月鸡,想要拿回去,你得给我补偿。”

老伯问:“你要补偿多少?”

老麻说:“一百元,不多吧。”

老伯说:“怎么算的账?”

老麻扳着指头,公鸡每天要吃多少苞谷,每斤苞谷值多少钱,半个月下来,公鸡总共吃了多少……有理有据的。

老伯磨叽道:“嗯,确是……不算多。”

我听出老麻的话里有陷阱,心里闷了一下,按照市场行情,老胡家的公鸡大概也就值一百元。换言之,老胡如果拿钱取鸡,还不如白送给老麻,落个囫囵人情。他真要落入老麻的圈套,就应了那句话:捉鸡不成蚀把米。不,是丢了整只鸡。

老胡并不“糊”。他反过来将老麻一军:“这样吧,公鸡我就不要了,我也不想赔你喂养费,干脆你给我一百元,公鸡归你,我们两清。”

老麻一瞪眼:“谁稀罕你那骚鸡公?”

“你嘴巴放干净点儿好不好?”老胡也不示弱,发出警告。

两人僵持不下,我担心刚刚打开的大好局面被破坏掉,心里暗暗着急,再看看老伯,他却镇定自若,很好地掌控着事情的节奏。

他提出休息一下。

老伯去了趟卫生间，又绕到旁边厨房和正在弄饭的麻婶聊了一阵家常，然后转回来对老麻说："你跟家里人说，让她别弄饭了。我们是来工作的，不是来吃饭喝酒的。"

老麻说："我活到这把年纪，家里还从没来过警察。今天，你们大老远地来帮我们办事，再怎么着也得吃顿饱饭，不能饿着肚子回去。否则，传出去会坏掉我们苗人的名声，往后不好做人。"

听老麻这么说，我们吃饭是成全他，不吃都不好意思了。

老胡自寻台阶说："你们吃，我回去吃完饭再过来。"

老麻说："老胡，你这是说的什么话！进门为宾客是我们苗人的规矩，你连这个都不懂？人可以闹意见，但饭菜没仇，酒肉也不分家。你要是在饭口上走人，公鸡的事就没得谈了。"

老伯趁热打铁，赶紧接茬道："老麻的话在理，我同意。我们还是抓紧点，把事情办完后，一起喝杯和气酒，怎么样？"

老胡、老麻都说要得，气氛明显回暖。老伯突然问老胡："你说那只公鸡值一百元？"

老胡有点惊愣，我也纳闷，不知道这话什么意思。

老伯说："我想把公鸡买下来。"说着，他开始掏钱。他的左手在衣兜内抠搜一阵，面露难色，最终还是原样拔出手来，羞赧地说："我出门忘记带钱了，你先借我，我回头还你。"

他后面的话是针对我说的。

我正犹豫着是否掏钱，老胡的手摆得像发鸡爪疯："所长要公鸡，我白送你，不收一分钱。"

“白吃白喝白拿，你是想拉我搞腐败？”

“我是自愿送你的，不是贿赂你。”老胡坚持不要钱。

老伯问老麻：“我倒忘了，公鸡归了我，你的喂养费岂不落了空？这不成。”他说：“我得给你补偿一百元。”

果真如此，老伯就等于各打五十板，花两百元买了个吆喝——他不是傻到家了吗？哪有拿别人的过错惩罚自己的道理？我心里暗自好笑。

老麻有点抓瞎。公鸡让老胡白送了人情，他不好说话，但要他从警察手里收喂养费，这个脸面他抹不下来。他说：“老胡送得起人情，我也送得起，喂养费的事情莫提了。”

老伯像一个如愿以偿的阴谋家，嘿嘿笑。他指点着老胡的鼻子，又指点着老麻的鼻子说：“男人说话，三十六牙。我既不白吃也不白拿。你们都想好了，刚才说出的话可是要算数的。”

老胡拍着胸脯：“谁反悔连公鸡都不如。”

老麻跟进说：“我吐出的涎水决不舔回来。”

老伯提醒我：“他们的话你听清楚啦？都记录没？记好了，请两位签字。”

跟闹着玩儿似的，“鸡案”就这么稀里糊涂结了。事情一直在老伯的掌控之中，我不得不打心眼里佩服他。

签完字，老伯吩咐我，把公鸡拿去厨房让麻婶杀了，今天高兴，我要和两位兄弟好好喝一杯民族团结酒。

老胡和老麻都蒙了。好一阵，老麻先反应过来，他问：“您这是吗意思？”

“你请客，我们也不能白吃，上面有纪律，吃饭要交伙食费。”老伯说。

老麻说：“就算吃鸡，也不能把公鸡杀了。”他睃老胡一眼，话里有话：“要杀，我家母鸡多的是。”

老伯说：“母鸡是你的，公鸡是我的，是老胡亲口送给我的。我要给他钱，他不收。那么，我的东西我做主，老胡你说对不对？”

老胡已经明白老伯的意思，他是在变着戏法让自己凑份子，不给老麻留口实，免得他往后过嘴。

酒是老麻家自酿的苞谷烧，他们用碗干。老胡出鸡，老麻出酒菜，我和老伯出嘴巴，我们算是打牙祭。那顿酒喝得天昏地暗，耗时小半天，三个老家伙都东倒西歪的，不说也罢。

四

告别老麻家，山顶上的日头只有一树高了。我们往低走，它也朝下坠。

老伯走路有点飘，我真担心他摔倒，跑前跑后招呼他，惹得他烦起来。他撇开我搀扶的手，口气有些托大：“你以为我醉了吗？告诉你，真要喝，他们两个加一起都不是老夫的对手。”

有人说过，饮者说自己没醉，那一定是醉了。我夸赞他："你是我见过的'第一把壶'。"

听这话高兴，他说："我给你唱支山歌吧。"说完，他就亮开嗓子自顾自唱起来：

喝你一口茶呀，
问你一句话。
你的那个爹妈哈，
在家不在家？
你喝茶就喝茶呀，
哪来这多话。
我的那个爹妈哈，
已经八十八。
…………

这首土家族民歌叫《六口茶》。我不仅耳熟能详，还能哼哼几声。后来，我干脆扮演女孩，和他对唱——

你喝茶就喝茶呀，
哪来这多话。
眼前这个妹子（噻），
今年一十八。
吆吔吆吔呓吆吆吔，

眼前这个妹子（嚜），
今年一十八（吔）。

他的歌声在山林里绵延缠绕，尾音拖得老长，带着蒙古长调的韵味。我听说，土家人会走路的就会跳舞，会说话的就会唱歌，还真不虚传。他这一唱，让我想起一件事。我说："老伯，今天把您的正事给耽误了。"

他说："什么正事？"

见他微醺，我玩笑说："那湖北亲戚是您老相好吧。"

他打出一个悠长的酒嗝："你看你看，说话没大没小了不是？"

我赶紧吐舌头。

老伯说："跟你明白地说吧，那亲戚的确是个女人。她儿子是个瘸子，许多年前在湖南这边杀人，被判了死缓，至今没出来。瘸子服刑之后，老是放心不下患风湿性关节炎瘫床的老娘……不管怎么说，瘸子都与我有关系，所以，我只能把她当亲戚一样，抽空去那边看看。"说到这儿，老伯有些哽咽，也不知道是不是酒性发作了。

"我还有一事求教。"我说，"干吗要把老胡家的公鸡杀掉呢？"

他反问我："你是不是觉得这么处理不地道？我们吃了人家的便宜？"

看来，他还没醉到份儿上。

他说："那只公鸡就是个祸根，不除掉它，早晚还会给派出所惹事。"

"我怎么越听越糊涂了。"我说。

"你想啊，让老胡把公鸡抓回去，这事就肯定没个完。这鸡跟人一样也是讲感情的，它老惦念着老麻家的那些母鸡，还不三天两头地往这边扑腾？所以，这种事得从根子上解决掉。"

"哦，"我说，"不过，我总觉得白吃人家的鸡影响不好。"

老伯说："问题是你白吃了白喝了，人家高兴呀。"

我不由得想起老呆的那些奇门怪招——在山里干警察，他们是那么一脉相承。

下山的赶脚路走得轻巧，我们不觉就到了谷底。

老伯指着前面一条岔道说："天不早了，我要赶路，你也快点回所里复命。今天先说到这儿，下次有机会，老伯再给你翻古。"他拍着肚子："我这里装的故事多如牛毛呢，十天十夜都掏不完。"

就此别过，我和他呈"V"字形朝不同方向走。走了一段，我回头望去，只见老伯苍老的身影披着暮色在小径上踽踽独行。他也心灵感应似的回过身来，远远地向我挥手。又走完一段路，等我再转身回望的时候，那个身影消失了。天色渐渐暗沉下来，我模糊的视线里只剩一条荒芜的小径向山边延伸而去，最终隐没在一片树林里。这时候我蓦然想起，老伯姓甚名谁我居然都没问清楚。不知为什么，那一刻，我心里无端升起一种落寞和惆怅……

老呆在县局开完会比我先回所里。事情完美收官，他当然高兴。听完我的汇报，他叹息一声："小卫啊，今天帮你的人就是我们所里以前的老所长，也是我师傅。我给你说说我们师徒之间的故事吧——

"二十多年前，秋天的那个晚上，我和师傅在大山里办案回来，刚端着碗准备吃饭，接到林业站求助，说是他们的工作人员在查处一起危害国家自然保护区珍稀野生植物案件时受到当事人阻碍，请求派出所支援。师傅撂下碗筷带我赶过去，到小旅社一看，是湖北那边的一个男人在这边挖兰草被查获。你知道的，在我们国家自然保护区，一草一木都不能乱动，兰草属二级保护植物，当然不准随便采挖和买卖。可是，那男人性子倔，死活不肯随林业站的人走，引来许多人围观。我们赶到后，发现男人不仅个儿矮，而且是个瘸子。见了警察，他倒是愿意配合。师傅就押着他回所里接受调查，我在后面收拾兰草。哪想到回所途中，在一条石板路的拐弯处（说到这里，老呆特别解释说，后来修新街，那条路被改造没了），瘸子借夜幕掩护突然逃跑，师傅疾步追赶。说起来，也是我们经验不足，或许因为他只是个瘸子，师傅没引起足够重视，疏忽了对他身体的搜查。哪料到瘸子突然从腰间拔出一柄二十五厘米长的尖刀，转身朝师傅猛刺。黑夜里视线不清，瘸子一刀刺中师傅胸部，一股热血顿时从刀口里汩汩冒出来，摁都摁不住。小卫呀，我师傅真是好样的，即使在那种情况下，他想到的还是我的安危，仍然拦腰箍住凶手，死劲不松开。瘸子急于脱身，拔出刀来又连续砍

向师傅的头部和大腿，一刀，一刀，又一刀。直到我赶来后，他气息奄奄地说：‘戴曦，小心啊，他、手、里、有、刀……’

“后来，师傅被我们送到医院抢救。他大难不死，总算保住了一条命……”

听到这里，我心里悚然一惊。天啦，今天陪我的老伯原来就是我们的退休老所长。我心里顿时涌起一股复杂的情绪，眼前禁不住浮现出和老伯分别时的情景：他苍老的身影披着暮色，沿着那条荒径踽踽独行，隐没于林间时，还回过身来，远远地向我挥手……

“喂，小卫，你怎么啦？”

在老呆的叫声里，我回过神来，发现自己的眼眶湿润了。

突如其来的中午

一

热，真的燠热。连续四个月不下滴雨，罕见。气象部门说，高温天气仍将持续，旱情不可预测。据说，城外都打炮了，但天上没云，放了空炮。人定胜天？荀子这话值得商榷。

挂机悬在东墙上，老掉牙了，仍在尽职尽责。窗外的压缩机嗡嗡响，老牛犁地一样吭哧，没用。墙面上的电子钟显示，室温三十七摄氏度，一城的人都在低烧。那珍在办公室算账，计算器摁得嘀嘀响，显示屏上每跳出一串阿拉伯数字，她就拿铅笔在票面上轻轻划拉。好记性不如烂笔头，至少，她还会重来一遍，只有确认无误后，她才用橡皮把铅笔记下的数字擦掉，正式入账。明天是局里报账日，那些票据须得折叠规范，收拾整齐，数据更要捋清楚，出不得毫厘差错。

院子内的知了可劲儿叫：热死了，热死了……窗户隔音效果不好，声音传进来，那珍心里更躁。她身上飙汗，除去文胸位置，蓝色短袖执勤衫多处被洇湿，干一块湿一块，看上去像漂白的迷彩。她暂停工作，呷一口养颜茶，然后抬头，透过玻璃望出去，寻找蝉声的源头。院子内正对着窗口的樟树无精打采，树叶卷边，仿佛擦根火柴就能点燃。她把目光挪到樟树旁边那棵广玉兰上。玉兰树的叶片光滑肉感，像涂了一层油，阳光从天上跌下来，踩到树叶上没站稳，闹嚷嚷地滑落，地上便腾起一层火。那珍的目光碰着树叶，也被弹了回来。

恰在此时，重案中队赵猛霍地闯进来，吓那珍一大跳。赵猛是新警，入职才一年多。这小弟个子高挺，身板硬实，就是胆儿小了点，还没操练出来。他不是一个人来的，身后还“牵”着个人。房间的白炽灯光从上面投下来，反射在那人的手铐上，直逼她的眼。

赵猛说：“那姐，我想请你帮个忙。”

那珍看见赵猛有口整齐而瓷白的牙齿。他的普通话字正腔圆，应该是大队最标准的。那珍喜欢队里所有年轻人，对赵猛尤甚。赵猛嘴甜，一口一个“姐”，叫得她心里软绵绵的，甜丝丝的。

赵猛抖抖身后的手铐：“刚才，他同伙打电话来，在一家餐馆约饭。”

那珍费解，没好气地说：“赶快去抓呀，你还磨蹭什么？”

“可是，”赵猛的样子很着急、很无辜，他抬手揩额头，甩一把汗，还咽了一下口水，用一种难为情的语气说，“队里就我一个人看守他。”

那珍这才瞄手机，一上午只顾着做账，想不到早过了饭点。她明白了，队里一众兄弟匆匆吃完食堂都回家午休，只把“手铐”撂给赵猛看守。她说：“情况特殊，我替你打电话招呼他们。”

“等他们赶到就迟了。”赵猛伸出一只手，似乎要拦挡什么，“那家伙指不定是在试探，看同伙落网没有，吃饭或许就是个幌子。”

战机稍纵即逝，时间分秒必争，那珍懂这个。她抬手朝西墙边的木沙发努努嘴：“你把他铐那儿，姐替你看着。”她犹豫了一下，叮嘱道，“一个人有把握吗？你可要注意安全。”

赵猛站着没动，讷讷地说：“那姐，我想请你跟我一起去。”

上午，两个歹徒当街抢夺一名妇女的金项链，造成受害人重伤。歹徒得手后分开逃跑，警察将其中一人抓获，另一名同伙在逃。那珍明白了，赵猛并不认识要抓的人，没这家伙现场指认，他去也是白搭。

“我？”那珍立时瞪大眼睛，对赵猛说，“姐可从没抓过人啊。”这话一出口，她就后悔死了——她看见小赵身后嫌疑人的脸上除了沮丧，还夹带一丝不屑。这样的表情让那珍感觉不爽，她真想找块抹布，朝那张脸抹去。只有抹掉那些嘲讽和鄙夷，她眼里才干净。

“不需要你动手。”赵猛朝身后指指，“姐在车里替我看住他就行。”

那珍稍微犹豫一下，起身欲走。

赵猛提醒她："那姐，太招眼了，你还是换便服吧。"

二

当天晚上，月亮很大很圆。

那珍把白天经历的事情说给大卫听，这个教中学体育的五大三粗的男人听着听着，居然浑身觳觫。她知道丈夫不是自己发怵，而是替她担忧。当时在床上，他一把拥紧她的身体，喃喃地说："珍珍，好险呀，那弄不好是要丢命的。"

她像猫一样把脸埋进丈夫宽阔的胸膛，点头说："嗯，我明白。"

"明白，还敢？"

"可是，你不知道我当时有多难。我半点心理准备都没有，那是紧急情况下干的。众目睽睽之下，我没得选择。"说这话的时候，那珍不禁想到队里兄弟们，他们平时谈笑风生，其实多不容易啊。

大卫可能觉得刚才的话有点唐突，拍了拍她的背，语气变得温婉起来："好吧，事情都过去了，以后再不冒这种险了。这个家需要你，我很在乎你，女儿更是离不开你。"

夜深沉，房间里没开灯。她仰着脸，湿漉漉的眸子迎着窗外那轮浑圆的月亮，清辉也把丈夫的脸映照得轮廓分明。她感觉大卫的手在用力，将她搂得更紧了。

电话来得很不人性，两个身体同时哆嗦一下，赶紧分开。打电话的人是小靳，她今年刚擢升电视台新闻部主任，急于要拿出有分量的成绩。小靳在电话里说："老同学，你撞我枪口上了，躲是躲不掉的。"

小靳的新闻鼻子很灵，不知从哪儿探听到消息，一下午约过三次，那珍一直在推。她不想这件事情让更多人知晓——一个年近不惑的女人早已参透生活的真谛，不期待那些虚妄的荣耀，只希望回归云淡风轻的日常。更何况她心里清楚，那纯粹就是个偶然事件，完全超出自己的想象和初衷，更没有人们传说的那般高大和英勇，她甚至为此感到过羞惭与后怕。事后，她在心底暗暗发誓，下次碰到这种事情，决不要逞能。

那珍回小靳说："不是躲你，真相说出来确实有点丢人。"

"丢人的话先不说，俺只说那些雷人的。并且这事一点都不丢人。"

"那就没的说。"

"不至于。"小靳还是和当年读书时当班长那样，说话办事主观、强势，嘴上功夫更是了得，"过程无所谓，结果才是王道。你一个女人把逃犯抓住，不管使出什么手段都是正当的，没人会苛责你。时代呼唤英雄，什么叫正能量？什么是巾帼不让须眉？你的行为就是最好的诠释。"

三

事情来得有点突兀。

赵猛开车，那珍押着“手铐”坐后排。车驶近那家餐馆对面未及停稳，“手铐”便指着餐馆门口正东张西望的一光头大汉说：“他！”

太阳暴烈，照得满世界亮晃晃的，大地就像一面镜子。车窗玻璃摇下一半，“手铐”上的反射光成了提示，光头察觉后撒丫子飞跑。车子还在缓缓移动，赵猛需要找个安全的地方靠边泊住——抓坏人不能堵交通。这点时间里，那珍百分之百地想，面对这么强悍的光头，别说自己抓不住他，单挑，连赵猛也未必是他的对手。可是赵猛一走，“手铐”如果在车内发起反抗，自己一个弱女子怎么对付得了？万一让“手铐”脱逃，赵猛又没逮住光头，岂不两头落空？不行，不能让赵猛下车，抓捕光头的任务只能由自己完成，哪怕这是一个没把握完成的任务。

说起来，那珍是个胆小的女孩，大学学的是会计专业。毕业后，她对自己的就业要求只一条：回县城，留在父母身边。中国的独生子女大抵都这样。当年全县招录公务员，只有公安局设岗一名财会人员，报考条件明确限定为“全日制大学本科会计专业”。于是，尽管她知道警察不是个好职业，工作没日夜，时刻有危险，也只能拿青春赌明天。好在从入警那天起，那珍每天八小时只坐在办公室里，算那些永远都算不完的账。她从没出过外勤，与犯罪嫌疑人面对面交手的情况更是未曾发生。这不怪她。她不在一线，没机会。在警局，所有女警似乎都能享受这样的“优待”。从内心来说，那珍希望生活充满阳光，自己永远不要和犯罪嫌疑人正面遭遇，硬刚到底——警察也是血肉之躯，警察不是不怕死，只是他们不能怕死，是明知赴死也要上。

“看住他。”撂下这话，那珍就碰紧车门弹了出去。她不是冲动，支撑她的唯一底气是在大学里拿过女子1500米的银牌。她想，就算这是一场决赛，自己的成绩应该也不会太难看吧。她丝毫没有理会身后赵猛的呼喊：“回来！”一开始，她是这么想的：你小子喊什么喊？对手太强大了，别说追不上，就算追上又能怎样？不用你喊叫，我会回来的，而且多半是空手而归，你就等着瞧吧。有那么短暂的一瞬，那珍甚至欺心地想，死光头，要跑你就跑痛快点儿，别啰里吧唧的，最好把我远远甩开，别给老娘留着机会……可是，这不是节目彩排，也不是情景再现式的摆拍，而是一场货真价实的抓捕。那珍毕竟不是当年拿亚军的那个女“飞人”了，庸常的生活已然将她彻头彻尾地改造成了一名家庭主妇。她的身体微微发福，腹部的赘肉被衣服包裹着，虽不显眼，但岁月里悄然流逝的体力和耐性毫不留情地出卖了她。她才跑出几十米就感觉喘不过气来，气血滞涩，耳鸣声声，喉咙里像喷过辣椒粉，肺活量更是大不如前，呼哧呼哧地拉着风箱。这样的状态无法持续下去，那珍想到了放弃，关键是怎么体面地、不露声色地放弃。可光头偏不争气，速度明显减缓下来，北极熊一样在那珍前面直晃悠，眼看着就要被她追上。那珍也把事情看明白了，造成光头被动的原因不单是他的肥胖，正赶上中午下班高峰，狭窄的街面人多车多，挤不动。天上在掉火，人们都急急赶路，恨不得飞进空调房。光头在前面跑，谁也顾不上避让，活该他倒霉。那珍没想到看似强壮的光头会这么不经事。她颇感失望。这样的失望反过来又刺激了她，让她看到了某种微茫的希望。既然如此，那珍临时改变主意，决定给自己争口气将光头拿下。她当然知道凭实力自己远不是对手，但她相信正义就在身边，只要自己一声号令，正义的力量就会凝聚起来。“我是警察，请帮我抓住前面的逃犯。”然而，这样的台词在脑海里只闪了一下，她没有喊出来——一名女警追赶逃犯，那些男警察都是干什么吃的？抓到了倒也无所谓，没逮住岂不落人笑柄？况且，身后的车里就坐着赵猛，那小子也不知会急成啥样，她不能把同事的脸丢给外人，更不敢辱没自己的警察身份。

很近了，那珍颇有把握地伸手一抓，薅住了光头的后衣领。光头很狡猾，并不回头看，两只手朝后一顺来了个金蝉脱壳，落在那珍手里的只有一件冒着汗酸味儿的T恤衫。她一把丢在地上，还踩了一脚。愣怔间，光头又把她甩开一段距离。这时候，她也横下心，就是缠也要把对手缠住。她相信总会有人站出来帮自己收拾光头的。

四

政委想必听说过什么，将那珍叫去。

政委很客气，从饮水机那儿接一杯水端给她，然后坐回大班台边的皮椅上，理了理桌面凌乱的文件："怎么样，伤好些了吗？"

那珍挽起袖子亮给政委看。她手臂上的挫伤已经结了一层厚厚的黑痂，涂过消炎药水的手背黑不溜秋。她说："感谢领导关心，一点皮外伤，马上就好的。"

"把手头的工作先放一放，多休息几天。天气这么热，千万别感染发炎。"

政委这番好意，那珍只能心领。队里几十号人的吃喝拉撒都得她张罗，"休息"对她来说就是个概念，从政委嘴里说出来，顶多是个安慰。

"怎么，听说你不愿意接受采访？"这才是政委召见那珍的要义。

哈，前面只是过场，这才是正戏。她说："政委，不是这样。"

"你喝水吧……不是这样是哪样？"

"不渴……当时，我跑得并不比他快。"

"是吧……这样那样，都一样。要不，我给你放点茶叶？"

"谢谢，不用放……我得到了市民的帮助。"

"这个，我知道，但你才是关键；没有你，一切外力都是徒劳。嗯，很了不起。"

“可是，这不是我一个人的功劳。”

“这就对了嘛……来来来，你还是尝尝我这东山银峰。”政委准备起身。

“我真的不喝茶。”那珍抬了抬手，做出一个婉拒动作。

政委缩回身子，双手对搓一阵，又拿左手食指在鼻梁上刮了刮：“所以，宣传的不是你个人，而是我们这个团队，这是属于大家的荣誉。我们单位好多年没出女典型了，你这次表现得很勇敢，要大胆站出来弘扬社会正气。”

“我还是怕。”

“逃犯那么凶恶你都不惧怕，还怕镜头？别怕，有我呢。”

“我心里有点虚。”那珍心知，节目播出来父母要看，丈夫要看，女儿也要看，亲朋好友都会看，她觉得自己不是那种值得宣传的英雄人物，而且当时的行为说出来还有些不堪。她嗫嚅道：“政委，我、我还没准备好，让我再想想吧。”

“我要批评你了。”政委轻轻敲了敲桌面，“别犹豫了，这不符合警察雷厉风行的作风，执行吧，这是纪律。”

“我……”

“你低调、谦虚是对的，看来，我当初没选错人。”

政委的话透着一股警令如山的正气，令那珍无法回绝。她不由得想起当年报考时与之交往的一幕。

那时候，他还不是政委，只是政工室一名负责招录资格审查的副主任。

副主任看完那珍的报考资料后十分满意。他问了她一个废话式的问题：“你为什么选择报考警察？”

“因为我别无选择，符合专业的职位只有这一个。”

“那么，你热爱警察这份工作吗？”

“我要说实话吗？”

“不准说假话。”

“一开始谈不上热爱。”

“为什么？”

“因为热爱与就业不是一回事。”

“这么说，你选择的是就业，当警察让你勉为其难了。”

那珍没有正面回应副主任的话。她不喜欢这个无聊的话题，更讨厌这种过于官方的对话方式，她要变被动为主动。她说：“我可以提一个要求吗？”

副主任有点蒙，好半天没回过神来。

“入警以后，我只干与自己专业相符的工作，请领导不要将我分到实战单位，真刀真枪地干很危险，我害怕。”

副主任被那珍的话惊愣住，半晌无语。他打量着眼前这个黄毛丫头，就像看到一个异物，想不到会有如此另类的大学生，敢提这么狗血的要求，真是初生牛犊啊。他顿了顿：“我理解你，但你不该堂而皇之地说出来，你应该让它烂在肚子里。”

“我不能欺骗自己的内心。”

“对不起，我也不能给你任何承诺。至少，你现在还没资格和我谈条件。”副主任把那珍的资料退给她，“再好好考虑考虑吧，不然，你会后悔的。”

“不用考虑。”那珍把资料还给副主任，“摆在我面前的只有这座独木桥，能过得过，不过也得过。”

副主任收了资料，语气淡淡的：“祝你好运。”

五

一对男女当街追赶，而且女追男，不啻一道颇有看点的风景。

马路上的车辆或减速慢行，或干脆停住。街道两旁的路人顾不得炎热，也都纷纷慢下来。生活太乏味了，难得寻一点意外的刺激，既然邂逅了，谁都不愿错失。在光头的衫子上踩完一脚后，那珍就像一台马力十足的发动机，开足油门猛然启动，加速朝光头追去。一张张表情各异的脸从那珍两眼的余光里闪过，庞然的楼群纷纷向后退去。人们发出各种各样的声音，有看戏不怕台高的呐喊，有不明真相的嘲讽，有褒贬不一的议论，有拥挤引发的争吵……混乱的声浪铺天盖地，冲击着那珍的耳膜，她一个字也听不清楚，只有前面奔跑的光头在她眼球里愈来愈大，八米，五米，三米……黄铜色的赤膊上汗珠滚落，在阳光下晶莹闪亮。那珍风驰电掣地想，光头、肉身，恁大一个男人，哪儿才是抓手？她突然想到了那个成语，脑海里同时具象出非洲草原上弱肉强食的场景。当距离缩短到一米五左右的时候，那珍奋不顾身地朝前一扑。光头也许跑累了，他那身肥肉在消耗体力的同时，严重影响速度，更影响稳定。那珍这一撞击，让他突然失去重心，像一只麻袋重重砸地上，噗的一声，溅起不少积尘。彼时，路面像一块滚烫的炭，光头赤裸的身子一磕上去，他顿时嚯嚯乱叫，胡乱翻滚。等他反应过来，发现追赶自己的只是一个娘儿们时，感觉晦气极了，同时也增添了一份挣脱的侥幸。那珍就像一只蚂蟥缠住光头的一条粗腿，任凭他如何挣扎就是不松手。光头朝那珍头上踹了一脚，她的头发散乱开来，蒙住了整张脸。汗水不仅让她那件淡绿色的棉质针织 T 恤汪汪地水成一片，头发也湿成一绺一绺。汗水淌过发梢滴洒在地上，嗞地腾起一片烟雾，她闻到了汗液咸腥的气味。和光头比起来，那珍此刻的状态也好不到哪去。她虽然有 T 恤抵挡来自地表的炙烤，但新买的 T 恤衫刚刚过水，已经破了好几处，想起来肉疼。裸露在外的手臂、手背、手心多处挫伤，看得见血肉模糊的擦痕，火烧火燎的疼痛一度让她生出绝望之感。那珍的力气太小了，她和光头不在一个量级，很快就被他一双腿掀得仰面朝天。正午的阳光把瓦蓝的天空晒得一片灰白，光柱像一把把利剑垂直刺下来，令她睁不开眼睛，两边高耸的楼顶在光影里摇曳，仿佛随时都会坍塌，将世界掩埋。那珍从地面的视角朝上看，每张人脸都变形得像卡通人物。她看到了人们乖张的表情和指向不明的肢体动作，以及一张张唾沫乱飞的开开合合的嘴。她多么希望能有人伸出援手帮她一把，可看客们还在甄别是非，谁都不会选择这时候贸然出手。当光头那只如椽的左腿再次扬起来落到那珍嘴边时，她完全顾不得斯文，不折不扣地在脚背上狠咬了一口。这一口咬得不轻，光头缩回脚“哎哟”连声，便有了忌惮，再也不敢造次。

就在他俩扭作一团难解难分的时候，周围渐渐聚拢了更多的人，内三层外三层箍成一个铁桶。这是个意外效果，也是那珍想要的效果，至少光头被困住，轻易逃不掉了。一老者最先说话：“闹什么闹，要打要吵回家里去，别把脸丢在大街上，什么人啊！”

一个中年男人指着光头，朝地上鄙夷地啐一口：“呸，男不和女斗，你像什么话嘛。”说话的同时，他撸起袖子要上去扯架。他的动作让那珍看到了一线曙光。然而，男人的动机立马被他身边的女人洞悉，并不由分说地加以制止：“回来！人家两口子打架关你鸟事？你是吃饱了。”

那束光在那珍眼里黯淡下去。她马上更正说：“我们不是两口子。”但她就是不愿亮明自己的身份，要亮她早就亮了，她觉得自己今天的表现有些跌分。

老者质疑：“不是两口子，还能是什么？”

他的话引出一片哄笑，围观的人显然想到了值得好笑的理由，而且必定是同样的理由。

老者心知自己刚才说出的话让人们想歪了，对处于劣势的那珍说：“妹子，男人不让着你，你肯定会吃大亏的，别撒泼了，放手吧。”

先前搭讪的中年男子干脆蹲下来，拨弄着光头失望地说：“哥们儿，哪有一个男人干架干不过女人的？看着真没劲。”

光头没答话，只是一个劲地扭动着身体想摆脱那珍。他踢蹬着腿，嘴里嚷嚷着："你个疯婆子，给老子松手，再不松手，老子踹死你！"

当光头再次抬起一只脚准备朝那珍头上踹去时，他的破绽完全暴露在那珍眼里。倏忽间，她想起曾经听来的一个故事，说是有位乡下女人在和丈夫干架时，总是掏男人的下身一招制敌。那珍知道，那是男人的命门，只要掐住它，光头就注定失败了。可是，光天化日，稠人广众，自己去掏一个陌生男人的裆部合适吗？以后传出去还不让人笑话死？光头的脚眨眼间就要落下来，由不得那珍多想，她决定当一回泼妇算了。她瞅准位置，伸手去抓光头的下身。第一次这么干，她浑身跟触电一样，不禁麻了一下。但她马上反应过来，这时候千万不能松手。她差点没揪住，不得不用力紧了一把。光头哪料到那珍会来这手，痛得杀猪般直吼叫。他感觉疼痛就像闪电一样迅速传遍全身，最后立在每根神经末梢，整个人渐渐浑身发冷，僵硬，有种窒息的前奏。然而，他不甘心就这么束手就擒，仍在拼尽全力挣扎。那珍眼看就要处于下风。这节骨眼上，她急中生智，对围观的人群喊："大家快帮我抓住他，这家伙抢了我的金项链！"

她的话像滚油锅里撒进一把盐，立即炸开了。本来将信将疑的人见光头缄默，顿然窥破真相，继而激起义愤。中年男人最先发作。他早就看光头不对劲，忍无可忍了，加上老婆曾经也遭遇过抢夺，他恨死了这种人。他飞步上前，二话没说给光头送去两个大嘴巴："你个杂种！看着人模狗样，原来还是抢犯！"说完，他一声招呼，几个年轻人蜂拥而上，把光头摁在地上摩擦。那珍三下两下解下鞋带，将光头反手捆了个结实——当然，被捆在一起的只是四根手指。

人们从那珍专业的捆绑手法上看出端倪，对先前的袖手纷纷表示歉意。老者看了看那珍受伤的手臂说："孩子，你受委屈了，大爷误会了你。"

女人见那珍要把光头押走，嗔一眼中午男人说："还不赶快帮一把，你等什么呀。"

六

灯光打在身上，那珍感觉有些晕镜。她说："我只能说真话。"

"你随便讲吧，没关系的。"

小靳的话把那珍带回五天前的那场追捕中。那个记忆本是完整的、刻骨的，可现在面对镜头她有些怯场。她知道这不是说给小靳一个人听，而是说给许多人听——认识的不认识的，当时在场的和不在场的，以至于一个囫囵事件被一种莫名的紧张感打碎，那些片段在她脑海里不停地旋转、跌宕、挪移，一个完整的故事被肢解成一个个残缺的画面，怎么也拼接不成原状。小靳并不在意。很好，从视觉艺术来说，这样的讲述或许更符合受众的欣赏美学和电视画面的蒙太奇要求。

小靳把控着节奏，在那珍的讲述中不断插话、提问，将访谈节目朝着预设的主题上引。她问：“你当时毫不犹豫，放下手头的工作就随赵猛出警，是这样吧？”

“我本来不想去的……”

“可你还是去了。”小靳很专业，接过话头，“为了保护战友，发现那名同伙从餐馆出来后开始逃窜，你便不顾个人安危奋勇追击，火热的街头这才上演了孤胆擒贼的一幕。”

“我只是担心自己看不住人，才没敢让赵猛下车。”那珍心里忐忑，她为自己曾经有过的想法感到愧怍。

“其实，对你来说抓人的难度更大。”

“当时没想那么多。”

“然后，”小靳喜欢说“然后”，“我想知道，当时是什么力量支撑着你的行动。”

“想不到光头会那么笨，加上人多，他想跑但跑不动。”

小靳皱了一下眉，她觉得回答问题的那珍比光头还笨。她继续：“我们了解到，你在大学期间曾拿过女子5000米冠军。然后，这样的成绩是不是给你增加了追捕歹徒的自信？”

“不是冠军，是亚军；也没5000米，只是1500米。”那珍纠正说，“好多年了，我以为那点老本钱还在，可真的追起来才发现自己不行，压根儿就不是人家的对手。”

“可是，歹徒最终还是让你追上，而且制伏。”

是啊，光头怎么就成了自己的手下败将呢？那珍心里是有数的，她在关键时刻给了对手“致命”一击，加上“遭劫”的谎言骗过路人，赢得了人们的同情和帮助，否则，哪来的“制伏”啊。只是，小靳的问题不好展开。那珍知道，小靳已经采访过队里的同事，他们把经过都告诉她了。光头当时被押回大队，同事们都不相信是那珍单枪匹马抓住的，赵猛的口头证明反而被认为是他高风亮节，想把功劳让给那姐。因为有同事把老底翻出来，光头竟是个惯犯，警察过去没少和他打交道，而且屡屡失手。据说有一次他在某圩场公开抢夺，派出所两个年轻警察都没抓住他。还有一次，光头都被警察摁在地上了，最后还是挣脱逃跑了。可这次，他怎么会让赤手空拳的那珍给逮住呢？天方夜谭嘛。审讯时，同事出于好奇，老是追着光头掏这个底。起初，光头还磨磨叽叽，后来道出实情，比画着说：“谁叫她是个女人呢？身子还那么软，我一碰就浑身发酥，跟虚脱一样。我不敢抱她摔她，感觉哪儿都不好下手，就失了先机，让她占了上风……我抢东西，但从不耍流氓。”同事们听出些道道来了，原来，这家伙吃了那珍的豆腐还卖乖。同事问：“不好下手，你就用脚踹？你好歹毒！”光头哭丧着脸：“想不到那娘儿们跟狗一样下口咬我，还抄我的下路，那可是男人的命根子啊……她是狗托生的吧，也不知从哪儿学来的昏招，老子只差死在她手里了。我阴沟里翻船，真是服了她。”光头的话传到那珍耳朵里，令她害臊得不行。这种事，在当地一些人看来，也有点难为情。过后，有人拿她乐呵：“那姐，听说你揪人家要害部位啦？”

那珍说："我不是故意的。"

开玩笑的人听出言外之意，理解那珍的行为属不得已而为之，就是嘛，一个女警怎会当街掏陌生男人的裆呢，心底里都对她给予同情："别介意啊，其实也没什么。"

"我当时就想怎么制伏他。"那珍说。

"对，这才叫打蛇打七寸。"

"那姐，你这招可以写进教案啦。"

…………

说着说着，那珍觉得大家的玩笑有点变味，虽说没啥恶意，但她感觉刺耳，她甚至感到了某种委屈，某种无处诉说的委屈。

政委从那珍的表情上看出某些端倪，要不得，他在会上提醒大家："我们要讲正气，别听光头瞎掰，在那珍抓获嫌疑人这件事情上不要借题发挥，更不能随便开玩笑，说些难听的话。那珍同志机智勇敢，临危不惧，在凭一己之力不足以制伏嫌疑人的情况下，巧借外力，警民同心终将光头擒获，这种精神难能可贵，值得表彰和学习。我们要大力宣传，弘扬正气。"

七

有两个消息。正如人们常说的那样，一个好消息，一个坏消息。只不过，别人说好消息和坏消息，通常是两个不相干的消息，而与那珍相关的两个消息是关联的，它们有因果关系。

先说好消息。局里研究后，决定给那珍呈报个人三等功。一个在内勤岗位负责算账的女警无论如何是算不出三等功来的，如果没有那个突如其来的中午，那珍这辈子只能在平凡岗位写春秋。可是，光头让她有了意外收获。三等功果真批下来，她将成为近十年来局里内勤女警立功第一人。嗨，这荣誉！

坏消息。节目播出来，大卫看到了。他坚决反对妻子立功，理由就一条：老婆的安全最重要，他和孩子需要一个完整的家。

大卫自从当天晚上听那珍讲述惊险一幕后，心里就萌生一个想法，找关系尽快将妻子调离刑警大队，那儿太危险，一天也不敢让她待下去了。他嘴上没说，懂得事以密成、语以泄败的道理，知道说出来那珍不会同意，但他一直在调动方方面面的关系暗暗使劲，而且有了进展。现在，如果妻子的三等功批下来，所有心血都将白费，他还怎么向组织开口？即便领导同意，那珍又怎能走得心安理得？

大卫说："珍珍，这功俺们不要，俺们只要平安。"

那珍知道丈夫怎么想的。她同意："嗯，不要。"

"真的，你答应了？"

那珍点点头。

"再就是……"大卫得寸进尺，"给领导说说，年后调出刑警大队吧。"

"为什么？"放弃立功，那珍可以接受，但她从没想过离开刑警大队。

“你不适合待在那里。”

“那天只是个例外。”那珍说，“我平时不出外勤。”

“可是，”大卫说，“意外只要一次就够了，我们赌不起。”

“干刑警也不止我一个人，你让人家怎么看我？”

“你当初是以会计身份入的警，你应该回到属于自己的岗位上去，才能实现人生的最大价值。我都打听清楚了，全局有会计师资格证的人就你一个，你调财务室名正言顺。”丈夫似乎找到理由，语气有些跋扈。

那珍说：“同事们每天都这样，我怎好意思走人？再说，都怕这怕那，我当这个警察还有什么意思？刑警队还有不有人干？”

“不用你说，我来操作。”

那珍也摊牌了：“大卫，别说了，我做不出那样的选择。这个家，我一切都可以听你的，唯独这条不行。”

八

在政委办公室，那珍开门见山：“政委，我有事情向你汇报。”

政委指了指沙发，示意她坐下讲。

“不用坐，我就站着说，你答应我，我马上就走。”

“呵，看架势，这是要逼宫了。那好，你就站着说吧，抓紧点。”

“我想向领导讨一个荣誉。”

政委不假思索地说：“不用讨，你只身擒获犯罪嫌疑人，我们已向市局给你请功，很快就会批下来。”

“你误会了，我讨要的不是这个，但与立功有关系。”

“此话怎讲？”

“准确地说，我想拿立功做交换。”

接下来，政委才闹明白，那珍获知消息，局里准备评选“十佳警察家属”，在“警察节”晚会上予以表彰，那珍希望能把丈夫给评上。

政委颇感诧异。在他心里，那珍一直低调，默默工作，从来不向组织提任何要求，今天是怎么啦？他顿了顿，问道：“说说看，怎么会有这想法？”

那珍打了埋伏，她不敢道出实情：“我就想让他高兴一下，往后更支持我的工作。”

政委认为事情绝没有那珍说的这么简单。他说：“你这个要求并不高，用不着拿立功的荣誉换，直接给他就是了。”

“不行。”

“为什么？”

“我只做出一份成绩，不能拿两份好处。”

政委说：“这是组织上考虑的事情，你别想多了。你的要求可以考虑。众所周知，大卫对你的工作一直是支持的嘛。我们研究一下，让政工室按程序办。到时候，大卫如果真能评上，你们夫妻俩都能站在表彰大会的领奖台上，准是一道不错的风景。”

“我不需要，真的。”那珍语气恳切。她这样想，自己真的算不上英雄，那天拿下光头就是碰巧，连她自己都感到有点后怕和不可思议。她想到了自己的胆怯，这一点当初就没有向组织隐瞒过。入警以后，她的胆小并未因自己的身份改变而有所改变，单凭这一点，她就觉得自己离一名真正的警察还有很大的差距。英勇无畏、不怕牺牲……这些警察应有的基本素质和克敌制胜的技能自己还相去甚远，要说立功，刑警大队的兄弟们个个都比自己够格。她请求政委给大卫一个“十佳”，本意是想堵住丈夫的嘴，往后别再提调动的事，哪想到政委曲解了她的用心，竟然想把两个荣誉同时给她。她真不知道该怎么给政委解释才好。

“你傻呀。”政委说，“对你来说，这样的机会一辈子也许就一次，换成谁都求之不得，你却推三阻四。”

“我心虚，我不能接受这样的奖励。”

政委不耐烦了，挥挥手：“站着不嫌累吗？你可以走了。”

晚会盛大而热烈。

那珍领完“三等功”荣誉证书，刚回到台下前排座位上，接着就进入“十佳警察家属”颁奖。领导考虑周到，这个环节很温馨，很人性。获奖者身披绶带，在欢快的进行曲中从左侧款款走到台子中央，少先队员献上鲜花，然后由获奖者家属给

“自家人”把奖牌挂在胸前。大卫高出那珍许多，他身子微倾，脑袋伸出来。那珍挂好奖牌，把丈夫胸前的绶带捋了捋。最后，随着司仪一声“敬礼”，立在眼前的那珍给大卫敬了一个挺括的礼。为了登台亮相的短短两分钟，这天早上那珍刻意化过淡妆，她潮红的脸上挂着按捺不住的微笑，大卫觉得穿上警服的妻子比平时素面朝天时好看十倍。此刻，他耳边响起不知是谁说过的那句话：“不要总想去改变别人，你能改变的只有自己。”他心里涌动着复杂的情愫，恍然想起那件事，不禁自惭起来，弱弱地对自己说：“那就放弃吧……”

“疤”所长

一

所里安排我带新警卫晨去五斗坪抓人。

“有什么问题吗？”我稍做迟疑，所长连我心里的不情愿就看出来了。

我当然不会告诉他那个秘密。不仅不能对他说，我也不会告诉任何人，包括我妻子。

再不情愿，任务还得执行。我当副所长，分管所里侦查打击口一摊子，抓犯罪嫌疑人属本职工作，没理由不去五斗坪。我回所长话：“没问题，麻三肯定抓回来。”

案情已经清楚。辖区里两小子做内应，由麻三一手策划，搭梯子翻窗入室，将人家关锁在堂屋里的一辆二手车盗走。失主本不富裕，住老山上，长期饱受出行之苦，搭帮前些年搞脱贫攻坚，村里把公路修到他家门口。于是，他就买了辆二手车，恨不得每天晚上当新媳妇搂着睡觉。谁知没足月，就让麻三他们“毛”走了。两小子口供一致，麻三不仅系本案主犯，而且连夜将车开往B省销赃。如果动作迟缓，不能人赃俱获，案子多半会弄成夹生饭。再说，我当副所长快五年，创造了辖区零积案的记录，一心指望凭业绩等任期届满调回县城，过老婆孩子热炕头的小日子。我们县局这么多年形成的制度，新提拔的民警必须至少上山“锻炼”五年，干得好择优调进局机关任职或就地提拔，否则，就得扎根山区继续修炼。所以，纵有再大的忌讳，我也得硬着头皮去五斗坪派出所执行任务，把麻三拎回来——他不该在这节骨眼上给老子出难题。况且，那件事已然过去二十多年，料想物是人非事亦休，未必就那么巧。

二十几年前，我还在山里老家乡政府当广播员。

彼时，我的任务是每天晚上八点到十点开两小时广播，除了发布通知和农事预情、为领导召开广播会值机外，还要主办一档本地新闻节目，或者口播报刊新闻摘要。节目断档的时候，我会通过三用机放几张老掉牙的唱片，清一色民歌，美其名曰活跃农民文化娱乐生活，实则就是帮乡亲们打发晚上无聊的时光。那时候，老家还真有点穷，黑白电视机属稀罕物件，全乡恐怕不会超过五十部，而且大都集中在乡街上，打开后，屏幕上雪花点飞舞——乡下没电视差转台，无法接收信号，农户买得起，用不称心，有钱也是白搭。家家户户唯一拥有的信息传播工具只有广播，乡亲们光是听，没得看，只要一双耳朵不聋就行。

广播站设在乡政府二楼。那是一栋典型的苏式建筑，中间一道隔墙分出内外两间，外间办公，内间做卧室，公私没法分明。房间前面有走廊，宽约一米五，用火砖柱子撑起来，走廊由两块水泥预制件垫成，上面抹一层水泥，泛出幽幽青光，边上安了护栏。

我不甘心就这么“广播”下去，自负地认为，自己比许多年轻人都优秀。可伯乐失明，弃我不用。有些人凭条子或票子，在舞台上才跑几天龙套，就蓝衫换紫袍遁得没了踪影，凭啥只把我困在这浅水区，让我翻不起身，掀不出浪？我自考的大学文凭，还有那些新闻获奖证书，难道连一张擦屁股的卫生纸都不值吗？

二

五斗坪派出所和乡政府脱头，新修在一片民居外边，后面躺着一架山，四周有围墙圈起来，一座十分精致的小院子，外观看去，比我们派出所强百倍。卫晨说：“别看我们一山之隔，人家享受的可是国家西部开发政策，银子多得用不完——”小子涉世未深却什么都懂。

问清我们要在五斗坪辖区抓人，所长马上打电话，巴所长巴所长地连声叫。他说：“巴所长，你过来下，配合山那边的兄弟搞案子去。”我们两省之间就隔着一座山，习惯把人家的辖区说成“这边、那边”。

以前，我压根儿就不知道《百家姓》里还有巴姓。第一次听说这个姓氏是在二十多年前——我担心的正是这个。

进来的巴所长果然一张疤脸，那道疤痕从额际左边出发，顺着左眼角往颧骨位置爬过去，像卧着一条蚕虫。它扯起左半边脸，整体改变了巴所长的面部结构，形象端的有碍观瞻。透过密实的头发，还能清晰看到他右边脑袋上有条手术缝合的痕迹，一拃长，蚯蚓般深藏着。我脑子里立马塞满疑问，眼前的巴所长凭着这副尊容，当初是怎么进的公安队伍？据我所知，招录警察虽不是选美，但好歹有面试一关，形象问题不容马虎。这哥儿们能穿上警服，来头定然不小。另外，不管他是否姓巴，叫他“疤”所长总觉得有以貌取人之嫌。兄弟们平日一起共事，怎么称呼不行，偏要揪住人家脸上的败相做文章？我因心有顾忌，不敢求证这位仁兄贵姓，反正称他“疤”所长倒也名副其实。握手时，“疤”所长朝我盯一眼，又盯一眼，然后甩开我对所长说：“你能不能换别人去？这工作我不想配合。”

“为什么？”

“不为什么。”

“不为什么，那为什么？”

“疤”所长面部扯了扯，继续和他的上司绕口令：“不为什么就是不为什么，没有为什么。”

我差点晕死！

最后，还是所长敲定：“天下警察一家亲，配合工作没什么价钱好讲，收起你那些‘为什么’吧。”

“疤”所长狡辩一句：“人家可从没把你当一家人。”说完，他就回了自己办公室，搡门的声音大得吓人。

“疤”所长这话啥意思？我瞎猜，莫非我们来这儿追逃还要有所“表示”，否则人家不白干？就算如此，你说出来得了，干吗甩脸子？不就一点加班补助或辛苦费吗？钱又不多。不来点货真价实的诚意，人家凭什么替你卖死力？好理解。可是，五斗坪派出所和我们比邻而居，往前我们像亲戚一样交往，谁有事招呼一声都当自己的事办，从没兴那些俗套，“疤”所长难道不懂？

所长不好意思地朝我们笑笑，解释道：“老巴一贯警令畅通的，今天也不知吃错了什么药，满嘴巴放臭屁，哥儿们别当真啊。不过，他这人说是说，做归做，干工作半点不含糊，你们尽管放心。”

所长的话加重了我心头的疑虑。我的思绪又回到二十多年前……

那时候，我每天坐在房门前的走廊上看书看报，更多的时候是在看山，也看飞鸟和流云。乡政府坐落在群山之中，视线随便放出去，很快就会被大山给撞回来，再从头顶朝上望，只有斗篁大一片天。天空有浮云流动，流云下面偶有禽鸟飞过，撒下一路欢歌。在这样的环境里，我的情绪像弹簧一样被压缩，随时都会蹦起来，心灵的野马无处放逐，需要找到发泄的出口。那样的心态，最好是谁都别惹我，不然，我会叫他好看！

有天临近中午，我正在看报。一辆“啪啪车”轰进乡政府院子，屁股吐出好大一股柴油的黑烟。车子“嘎”的一声在院坪里停稳，从车上跳下四个人，其中那个穿警服的围着车厢转一圈，然后招呼一行人走出院子的大铁门。待他们离开后，黑烟散尽，我才看清，后厢车斗里还立着两个人。他们各自戴着手铐，一端连在车厢铁栏杆上。太阳照在手铐上，白花花地引人注目，我马上明白了他们的身份。再过细一看，铐在车头的矮个子好生面熟，很像跟我读书的学生安吧——哦，忘说了，我高中毕业后教过两年民办，后来撤区并乡，公安局以乡建所大扩编，我才改行当警察。他显然也在看我，只是不说话。我们的对视大概持续了两分钟之久，我最后否定了自己的判断——天下长相相近的人很多，肯定是我看走眼了。再说，我错他不会错。他不吭声，这哪像师生关系！

出去的那些人很久没回来，料想他们应该是到街上下馆子去了。我忽然想到该吃午饭。敲着饭具下楼，我走到车边想满足一分好奇，趁便也做个确认，看那小子到底是不是我曾经的六年级学生。他果然对我笑，还猫哼唧一样叫我张老师。

我愕然：“你是安吧？”

他点头的时候，像个羞怯的小姑娘，脸颊上两块红。

我有点生气：“先怎不叫我？”

他回：“我不好意思，怕给老师丢面子。”

这倒是句真心话。

我问：“吗事？”

他吞吞吐吐就把事情的来龙去脉说了，旁边铐着的瘦高个不停地插嘴做些补充。按照他俩的陈述，我头脑里基本还原出一起盗窃耕牛案的真相。我感觉安吧在本案中是个倒霉透顶的角色，抓他毫无道理。

“你们刚才说的可是真话？”我这么问话的前提是觉得他俩不像撒谎。

瘦高个信誓旦旦说：“绝对是真话。”

我问他：“如果当着警察的面，你敢不敢这样说？”

“当然敢。”瘦高个还说，“你既然是安吧的老师，就请你无论如何救救他，如果抓到我们那边去，他可就太冤了。”

那年头，对待那些拒不交代问题的犯罪嫌疑人，警察审讯时是可以适当给他们上点“眼药”的。我理解瘦高个所说的“冤”，更担忧安吧将要面对的现实。

我对瘦高个有疑问：“你为什么替安吧说话？”

他说：“牛是我偷的，我一人犯罪一人当，连累他，良心上过不去。”

呵，盗亦有道。

够了！一个大胆的计划在我脑海里快速形成。我突然没了食欲，决定不去食堂吃饭，而是径直向铁门外走去……

三

所长的工作多如牛毛。他交代完“疤”所长就开始忙别的事，我们只好识趣地退出来，去找“疤”所长接洽。不管“疤”所长态度冷热，到人家地盘上两眼一抹黑，我们只能靠他支持。

“疤”所长不在办公室，留助手小羌招呼我们。我小心翼翼探问“疤”所长何在，小羌说不知道，他还说自己从来没有打听领导去向的习惯。我算自讨没趣，嘴巴痒。一忽儿，小羌又说，“疤”所长有交代，让我们就在办公室等，不要擅自行动，否则，后果自负。我猜想，“疤”所长这是故意要让我们尝尝坐冷板凳的滋味，这不免更加加重了我的疑虑。

我的疑虑不光是那件事，最大的担心是怕“疤”所长暗里给人家通风报信。地方保护主义哪儿都多多少少是有点的，巴掌大一个五斗坪，谁和谁都可能攀上亲戚，天知道他和麻三有没有姑表姨舅拐弯抹角的关系。我们一头雾水撞进来，案子的事早已和盘托出。他如果成心给麻三“点水”，我们除了干瞪眼又能怎样？

正想着这些乱七八糟的事，“疤”所长醉醺醺回来了，路被他走得东倒西歪，嘴里还不停地骂咧（大概是骂他的酒友喝酒耍赖），也不知道他躲哪儿喝成这副鬼样子。那时候，公安部的禁酒令尚未出台，但干警察还是有所禁忌的，明知有任务，哪能喝酒呢？可五斗坪天高皇帝远，“疤”所长一看就是个酒蒙子，管住喝酒恐怕有点难。我心里挺来气，你“疤”所长再牛，喝酒也得看个时辰，都像你这么干工作，坏人不骑在警察头上拉屎屙尿才奇怪。联想到他还有可能暗度陈仓，我对这次能否抓住麻三半点信心都没有。

回到办公室的“疤”所长不和我们搭讪。他歪在办公桌边，一双眸子像水泡着的玛瑙晶亮晶亮，发了小会儿呆，就把双手搁桌面当枕头，脑袋伏上去睡着了。没多久，又是打鼾，又是放屁，办公室里乌烟瘴气。我感觉很无聊，逃出来在院子里边溜达边吸烟。太阳已经躲进山顶上的树林里去了，夕阳像金线一样一道道射过来，把灰暗的天色刺出一个个白洞。逆光看去，山影重重，更显崔嵬和鬼魅。各种鸟禽归巢的叫声混杂在一起，构成多声部的复调，尤其以夏蝉的晚唱最为高亢。天马上就要黑了，我回头望望“疤”所长办公室，里面鱼不动水不跳。今天真是碰到鬼了，整个人顿时凉了半截。

小卫毕竟年轻，早就沉不住气，也不管“疤”所长睡没睡着，故意向小羌打听，问什么时候可以出发，今天到底有没有指望。他说话高声大嗓像打炸雷。惊醒后的“疤”所长竖起脑袋，眨巴眨巴红红的醉眼，顺手揩了把流到嘴角的涎水，回敬小卫说：“小屁股，你慌什么？干警察要学会有耐心，要沉得住气，该走的时候，我自然会通知你，时辰不到，安心睡觉。”

小卫对“疤”所长称他“小屁股”颇有不满，回敬道：“究竟什么时候该走什么时候不该走，你到底有没有个准？天都快黑了。”

“疤”所长收起凶巴劲，把目光投向外面，继而又转看手机，可能觉得时间真不早了，心里开始着急，嘴巴还是硬：“在山里抓人，哪有个准时候？让你等你就等，不愿等就一边去，别啰里吧嗦像雀舌子瞎聒噪。”这么撑几句不罢休，他还一个劲嘀咕:“在我们五斗坪，谁都是来去自由的。我可不像有些人，拦着人家不让走。”

最后这话，“疤”所长显然是说给我听的，我耳朵又没聋。

那天，我走出乡政府院子就干了一件事，挨家挨户发布动员令，号召街坊们都去乡政府配合我堵车。我们约定，由我和五斗坪派出所交涉，如果警察不放安吧，就不放行他们的车子。为了以示强硬，我拍着胸脯说:“出了天大的事，一概由我担着。”我至今都不明白当时哪来的那股豪气。内心深处的压抑需要释放是个原因，另外，也可能是我早些年把《三国演义》和《水浒传》看多了，加上后来又痴迷金庸、古龙、梁羽生之类的武侠小说，满脑子充斥着江湖侠义之气。现在想来，我真是狂躁得有点儿离谱了。

街坊们的心态也许和我是差不多的。一个每天晚上在广播里说塑料普通话的人，敢于站出来为曾经的学生“主持公道”，他们没理由不声援一下。所以，我振臂一呼，应者云集，大家一窝蜂涌进乡政府院内，内三层外三层地把“啪啪车”裹起来。乖乖，活该五斗坪派出所有麻烦了。

进院子时，穿制服的警察走最前面。他显然刚喝完庆功的啤酒，面色酡红，右手拿牙签在剔牙，嘴里不时朝外吐出点什么塞物，噗，噗噗，噗噗噗……后来，他不噗了。他发现泊在院坪中的“啪啪车”隐身了，只看见周遭乌泱泱一片人。

“怎么？想刮地皮风是不是？”警察马上明白眼前发生了什

么事，但他表现得很镇定，显得经验很足。他边朝人群走近边询问："谁挑头闹事，嗯？"

"我！"自告奋勇举手的同时，我几大步蹿到警察面前，响亮地说，"我们不想闹事，只要讨个公道。"

"公道？什么公道？给谁讨公道？你把话说清楚。"警察抛出一连串问题要我回答。

他们中有人站出来介绍说："这是我们五斗坪派出所的巴所长。"他说话的本意是想亮出所长身份压制我。

我不理他，指着车上的瘦高个说："你问他吧。"

"现在是我问你。"巴所长说，"人都抓住了，我肯定会问他，还用你教吗？"

"那好，请问你凭什么抓安吧？"

"我们依法办案，用得着跟你解释吗？你是什么人？到底想干什么？"巴所长口气很大——那时候的执法环境和现在大不一样，警察说话的口气都有点托大。

我回答："第一，不解释清楚，你就别想把人带走；第二，我是什么人并不重要，你也不必知道，重要的是公道，与身份一毛钱关系都没有；第三，我们什么也不想干，只想替安吧讨一个说法。警察也要公正执法，你们不能乱来。"

巴所长很年轻，有张好看的脸。他看上去长我几岁，火气也大许多。他可能做梦都没遇到过这种事，撸着袖子要横说："我是不信邪的，今天偏要带人，看你能怎么着？"

我说："我没想怎么着，但你如果想霸蛮把安吧带走，除非车轮从大家身上碾过去。”

他当然不敢。这是一个摆在面前的现实，而且比较严峻。巴所长朝人群觑一眼，手伸向腰间，显然是想摸出那个铁家伙威慑一下。他的动作稍微有些迟疑，好像是没有太大的把握。现场的人都看出巴所长想干什么，于是，大家屏住呼吸，空气骤然紧张起来。

还是先前那人站出来，插在我和巴所长之间，以商量的口气说：“这样吧，既然大家对案子有不同想法，我们不妨坐下来谈谈，道理总是可以说清楚的嘛。”

——这还差不多。

四

“疤”所长在手舞足蹈地打电话。

他把桌面敲得咚咚响，头不停地甩动，疤脸上全是夸张的表情：“喂，我说饭坨，你这个治安主任是干什么吃的，让你找个人，半天没音信，等得我尿都屙裤裆里了，是不是想和我玩套路？”

“疤”所长属那种肢体语言比较丰富的人。我就不明白，人家又看不见，他把桌子拍那么响干什么，手不痛吗？人家什么都不知道，他发那么大火有么子意义。也不知饭坨怎么回的，“疤”所长大概很不满意，继续冲电话发飙：“我才不管你七里八里，我只要你告诉我，麻三到底在不在家。那么大个活人，他就是钻进牛屁眼里，你也要拿根毛线针给老子拨出来。这件事如果办砸了，对亲不说假，你今年的先进没戏，奖金泡汤。”说完，他的右手朝外猛甩一把，就像擤一把鼻涕。

我一直在暗暗观察。说实话，我想知道这个名副其实的“疤”所长会不会就是我当年碰到的那个冤家。二十多年过去，许多记忆已经灰暗。看上去，当年的巴所长和眼前这位“疤”所长除了身高差不多外，别无相像之处。再说，一个警察不可能在同一个派出所干上二十多年，上面没这规定。此“疤”应该非彼“巴”。

“疤”所长打电话毫不掩饰，说话死难听，不像有猫腻，但我有点怀疑他是不是在和人家演双簧。打完电话，“疤”所长又把脑袋搁桌面上呼噜呼噜睡着了。我招呼小卫出来——说句实话，麻三的情况已在我们掌控之中。二手车目标太大，价格不菲，而且各种手续都在失主手里，别人不会随便花钱买一辆来路不明的“黑车”，所以，赃物砸麻三手里，不可能立马变现。我们以物找人，抓住他只是迟早的事，我半点不担心。我们请求五斗坪派出所协助工作，既有属地管理规定，不想在人家地盘上胡来，很大程度上也出于礼仪和尊重。现在，“疤”所长既然指望不上，我们也顾不得那么多，只好单干。我就不信离了张屠夫，只能吃带毛肉。

“回来！你们想干什么？”才走到院门口，忽闻背后“疤”所长一声断喝——他不是睡得跟死猪一样吗？只听说张飞是睁着眼睛睡觉的，莫非他后脑壳上长了眼睛？

我说：“饿了，我们出去填肚子。”

“疤”所长已经走出办公室。他伸了一个长长的、舒服的懒腰，很不满地说：“小气！吃饭也不叫上我们，一餐饭都不愿请吗？”

我马上装无辜：“你睡眠真好，不忍心打扰你休息。”

“少乱弹琴，是不愿请吧。”“疤”所长已经走近我们。他不正眼看我，关紧院子的大铁门，锁上，然后把钥匙抛了抛，麻利地塞进裤兜里，指着小卫的鼻子呵斥道：“凭你们几把刷子，还想玩我？告诉你，门都没有。”

阴谋被揭穿有点尴尬，我想对“疤”所长此地无银地解释几句。这时候，食堂敲晚饭钟了，所长招呼我们吃饭。围桌坐定，所长客气道：“任务在身，只能在食堂将就一下，没什么好招待啊，包涵下。”

“疤”所长一直不停地搛菜。派出所各人的饭碗都是自备的。“疤”所长的碗很大，菜都堆得冒了尖。见他要离席去一边吃，所长说：“巴所长不陪客人喝点？”

“中午搞过，不喝了。”“疤”所长边说边往外走，一点儿也不在乎我们的感受。

所长倒是蛮会察言观色，他可能已经看出某些端倪，给“疤”所长找台阶下：“不喝也好，晚上还有任务，别耽误事，等办完事再聚不迟。”

我想问问这位“疤”所长到底什么来历，是否跟二十多年前那场“地皮风”有关联。细一想，问出来有什么意思？就算有关联，那不是一泡屎搅起来臭吗？于是，我紧扒几口，用饭菜把嘴边的话堵回去。

那天，坐在乡政府办公室交涉的时候，天色跟这差不多。西天的火烧云一片金黄，大地铺满霞光。

后来我知道，那个在我和巴所长之间居中调停的人是五斗坪乡政府分管政法口的副乡长。案子并不复杂，三言两语就能说清楚。瘦高个凌晨三点在五斗坪辖区盗窃农户一头黄牯牛，跨省逃往我们这边销赃。他谎称老母亲病危住院急需用钱，所以贱卖自家耕牛。买家是我们这边一个村文书，矮个子，小眼，心眼活活的，感觉价钱便宜得有点离谱，怀疑牛的来路不正，怕自己粘锅搭进去，付给瘦高个几百元定金后，要求他就近赶一个证明方可成交。瘦高个急中生智，想起有个老乡在我们这边入赘多年，便一路问到他家。赶巧的是老乡正是安吧的继父，出门搞生意，多日没归家。听瘦高个如此这般一说，头脑简单的安吧看继父面子满口答应帮忙。于是，瘦高个自己手写证明，让安吧签了字。安吧连纸上写什么看都不看，签完字还多此一举地翻箱倒柜找出继父的私人印章盖上。瘦高个千恩万谢拿着证明去交易。他刚把余款拿到手，被循着牛蹄印一路追来的巴所长他们活活逮住。巴所长当然有理由相信，安吧就是瘦高个的同伙，准备抓回五斗坪派出所去审查。

这事怎么说呢？安吧也无法完全撇清，多少还是有点问题的。他法律意识淡薄，办事轻率鲁莽，主观上虽无犯罪动机，但客观上却帮助了盗贼，应批评教育。不过，非要把他和瘦高个一起列为同案，还是有点冤枉。巴所长所持的证据无非是那份证明。可证明能说明什么？安吧此前连瘦高个都不认识，没一起商量去偷牛，也没参与分赃，从作案动机到结果，他们谈不上同伙。另外，证明是瘦高个自己写的，非安吧所为，签名的字迹可以比对印证。人家瘦高个要找的人并非安吧，而是安吧继父，加盖在证明上的印章是继父的，而继父本人当天不在家。所以，这份漏洞百出的证明说穿了就是一张废纸，不能说明任何问题。那么，巴所长他们抓安吧就显得证据不足了。更何况当着巴所长他们的面，瘦高个也言之凿凿地替安吧说话，这在很大程度上证明了安吧的清白，等于是当众给巴所长扇脸。

我以寡敌众，和巴所长他们舌战两小时，说的大概就是这些理。一开始，巴所长火气冲冲，甚至威胁我说，给我半小时“清醒清醒”，如果继续执迷不悟组织暴力抗警的话，连我一块儿抓去坐牢。

我鼻子里“嗤”一声，巴所长太小瞧人了。他不知道我那时正在攻读法律自考文凭，将来准备当一名律师。说句嗨话，他巴所长虽然是警察，平日里吆五喝六地办案子，但肚子里装的法律知识未必比我多。这么点把握都没有，我就不会当这个出头鸟。

街坊们始终把“啪啪车”围得像铁桶。在我和五斗坪派出所交涉的过程中，那位副书记先后出去观察过多次，见院子里没任何松动，他急得汗流满面。他们四人中，有一个的身份很明确，他是派出所临时租用的“啪啪车”的车主。对他来说，案子的事无关紧要，他只在乎一天快过去，他的租金要按白天结算。如果拖到晚上，价钱还得另谈——派出所可不是个好谈价钱的客户。所以，他见天色向晚，像热锅上的蚂蚁在办公室和院子之间踅来踅去。后来，他实在憋不住了，站在办公室门口对巴所长说：“今天回不回？”他的催问等于是在给巴所长他们帮倒忙，这一点我看得很清楚。巴所长黑风扫脸说：“不愿等，你就先回去。”巴所长这话等于白说，车主哪敢先回去，更现实的情况是，他回得去吗？

司机只好哑口无言。

副乡长一直充当和事佬。从我和巴所长的较量中，他大概判断出我不是个善茬，从案子的角度来说，抓安吧的确也有点站不住脚，更麻烦的是外面堵车的人越聚越多，警察有理无理都寸步难行。这么僵持下去，安吧抓不了倒在其次，瘦高个会不会生变也很难说。所以，他决定妥协——他是追捕小组组长，对这件事有权做出决定。

安吧留下来，接受当地派出所的调查教育。这样的结果皆大欢喜。

巴所长取下裤扣上的钥匙串，当众打开铐子放了安吧。车子喷出一股黑烟，排气管“啪啪啪”像放鞭炮，街坊们起哄嘲笑，说些挖苦、风凉的话，营造出庆祝胜利的氛围。

我站在办公室门口，目送着“啪啪车”驶出乡政府大院。

两柱灯光刺破黢黑的夜空，光亮里有腾起的尘埃和蠓虫在清晰地舞动。简易公路凹凸不平，“啪啪车”没有减震装置，每一次颠簸都能看见灯光在暗夜里跌宕起伏。从我们乡政府到五斗坪，坑坑洼洼的公路八十公里，大白天视线好，“啪啪车”翻山越岭要跑上三四小时。夜色苍茫，前路未知，我保守地估计，巴所长他们回到五斗坪派出所，再顺利也要交上明天的节气。

街坊们陆续散尽，安吧也和我招呼一声后回家。偌大的乡政府院子经历过小半天热闹，现在空空如也，阒寂无声。我孤零零地立在办公室门前，目送着“啪啪车”渐行渐远，最后消失在山路拐弯处，内心深处涌起落寞和惆怅……

五

一直等。

晚上十点钟的样子，饭坨来电话了。

“疤”所长很兴奋：“你搞准没？……什么，坛子里抓乌龟手到擒来……你说清楚点好不好……你亲眼看见他在家，确定没惊动他……那好吧，我们马上动身，大概一小时到……喂喂，你放灵醒点，就在大枫树附近等我们……少啰里吧嗦，几时少你辛苦费？”

收起电话，“疤”所长就把一只手摊开在我面前：“钱呢？”

我马上明白他是在给饭坨讨要信息费和辛苦费。这个应该的，我早有安排，只担心他狮子大开口。我问："多少？"

"疤"所长将手掌的四个指头弯下来，留一根食指。我说："太少了吧，人家辛苦大半夜，至少也要给个双数。"

"疤"所长说："别把规矩搞坏了，在五斗坪地盘上听我的。这些人惯不得，你这次给他两百，他下次就问你要五百，人的欲望就是个天坑，填不满的。"

我无语。

出发前，所长别的没说，只叮嘱"疤"所长："晚上行动视线不好，要特别注意安全。"觉得还不到位，他又说："'疤'所长，要保护好那边的兄弟们，你自己带人打头阵。"

"疤"所长看看我，指着脸上的疤痕说："放心吧，我大难不死。"

我听得惊悚——出门办事，"疤"所长怎就不积个口德，说句吉利话？

他这张臭嘴！

收拾家伙的时候，"疤"所长和助手小羌都背着微冲。对付一个麻三，又不是去剿匪，我觉得他俩有点小题大做。小羌脑瓜子转得像陀螺，肯定看出我的纳闷，解释说，五斗坪辖区土家族、苗族、汉族杂居。这些年封山育林，植被兴起来了，野牲口活动猖獗。山里不少人家都私藏着"抓子火"（鸟铳）用来护秋，还是带微冲比较安全。我听得有点悚然。

饭坨和我们在大枫树下一见面，首先就要"疤"所长给他兑现信息费。见只一百元，果然嫌少，他对"疤"所长说："这么点毛毛雨？”

“疤”所长说：“每次不都这些？多话！”

饭坨说：“这是本地派出所的标准，外省要翻倍，好事成双，至少两百。”

我正要给饭坨加钱，被“疤”所长一手扒开。他对饭坨说：“隔一架山，什么外省内省的？我听说那边还有你的老相好呢，好意思吗？”

饭坨搓搓手，讪笑作罢。

饭坨对麻三家的情况早已摸得门清。他随手捡根树枝，在地上边划拉边给我们做介绍。麻三家的房子在一面缓坡上，坐北朝南，是典型的土家吊脚楼。楼外出司檐，檐边装木护栏，一律刷过桐油。麻三天麻麻黑时回的家，就睡在东头吊脚楼的歇房里，抓捕他只要堵住房门口就可得手。麻烦的是他家豢养了一只赶山狗，号称“皇爷”，脖颈上坠一只铜铃铛，“豁啷豁啷”响，白天偶尔出去巡视巡视，夜里守在吊脚楼下，对主人忠心耿耿，十分尽责。我们商量来商量去，始终想不出一个对付“皇爷”的有效办法。最后，还是“疤”所长拍板：“强攻！尽量隐蔽靠近，然后冲上楼去。一旦‘开战’，我们不管狗，只抓人。”

“疤”所长认真计算了一番，说麻三从听到动静后做出分析判断到起床穿衣、开门出逃至少要两分半钟反应时间，而以小羌的百米十三秒和他自己的十五秒跑速都能将麻三堵在房间里逮住。“疤”所长要亲率小羌打主力，安排我和卫晨守在吊脚楼下面做策应，防止麻三越过护栏跳下来逃跑。抓麻三是我们的事，我有点过意不去，提出还是由我们打前锋。"疤"所长脸颊扯了扯，把鼻子都扯歪了，冲我说："逞什么能？这不比在你那边，你们只把第二道防线守住就可以了。"

行动很顺利。

如果不是后来发生意外，算是一次成功的抓捕。当晚机会很好，"皇爷"渎职，可能是背着主人"临幸"它的某位"爱妃"去了。"疤"所长和小羌迅疾如风，他俩攻上去踹开房门时，麻三显然没听出动静，还赤着上身梦游般靠在床头发愣。小羌眼疾手快，扑上去将麻三一把薅下床，单膝摁倒在地，并利索地反剪双手上了铐子。房间里再没别人，"疤"所长命令小羌将麻三押走，自己断后。岂料走到护栏转角的位置时，只听到楼板上一阵急急跑动的脚步声，然后是一声女人的尖叫。"疤"所长感觉有一股冷风从后背袭来，等他转过身去，强光警用手电照射到一个仰面倒地的女人。她披头散发，显然被自己的行为吓坏了，蜷缩的身子瑟瑟发抖，脸如纸白，一只手指着"疤"所长似有话说，却半个字也吐不出来。少顷，"疤"所长感到了来自身体后背的寒冷。他伸手摸去，触到的是一截坚硬的刀柄。那是一把屠夫杀猪用的放血刀。此刻，刀叶的大部分已经捅进"疤所长"背部，和他的血肉融为一体，生命滚烫的汁液正汩汩流淌……"疤"所长悬浮着，幻动着，感觉自己开始飞升，越飞越高，上无极限，正从光年以外的距离俯瞰世间。在意识尚存一丝清醒的时候，他没让自己倒下去，而是一只手吃力地攀住护栏，低沉地提醒小羌：“注意安全，别让他跑了……有刀……”然后，他把微冲从护栏丢下去。他的意思很清楚，怕麻三的女人爬起来夺枪伤害别人。

“疤”所长没能抢救过来。麻三女人的那一刀刺破他的心脏，我们背着他紧赶慢赶，没到乡卫生院人就咽气了。

我们抓获了麻三，却付出了一个警察兄弟的生命，代价太大了。

所里派人过来，将麻三押回去。我和卫晨留在五斗坪派出所，全程参与办理“疤”所长的丧事。

其间，我小心翼翼地向小羌打听“疤”所长。小羌说，他参加工作没几年，对“师傅”（干警察也有带路师傅）的事只零星听说一些——

“疤”所长姓巴，苗族，当年是全局最年轻的所长。可有次到湖南那边执行任务时受阻，耽误不少时间，深夜回程途中山上起了雾罩，司机视线不清发生车祸。别人没事，唯独他身负重伤，毁了容，做了开颅手术方才保住一条命……

“可是，他怎么就没提拔呢？他是因公负伤啊。”我深有愧疚地说。

小羌说：“有个小插曲你不知道，巴所长那次执行任务出现重大失误，一个抓获的嫌疑人遭当地人围攻被强行留下，搞得警察很被动。领导说，如果不是瞎耽误那么长时间，就不会酿成那起车祸。巴所长要负主要责任。所以，他功过两抵，别说因公负伤没评上，提拔更是没辙。”

“他就一直在五斗坪派出所干？”

“哪里啊。”小羌说，“巴所长就在几个山区派出所转圈圈，转来转去还是鸟儿归现窝，他说只对五斗坪派出所有感情。”

我挥手止住小羌继续说下去……

是年底，政委找我谈话，准备调我回机关当治安大队教导员，遭我回绝。政委不解，问我为什么，是不是对组织的安排不满意。

我说：“没有为什么，我还在山里至少干五年，或更长。”

良心告诉我，我欠着大山一笔账，需要用五年或更长的时间才能偿清。

政委说：“就没什么要求？”

我回答：“请局里考虑把小卫调下山去吧。”

政委说：“你俩都是抓捕麻三的功臣，但是，组织上应该优先考虑你。你怎么会……”

我说：“他还没谈对象，在大山上再待五年，只能当和尚。”

政委拍着我的肩膀，赞许地点头。

次年春，因为抓捕麻三有功，我的三等功批下来。拿到奖励证书的那天，我请半天假，对谁也没说，独自驱车去五斗坪，在“疤”所长坟前将证书默默烧了过去。

磕完头，我说：“兄弟，这个只属于你，我不配。”

“家贼”

一

单玉姝放在坤包内的钱夹不见了。

如果单单丢一个钱夹，是大可不必拿出来说的。天下之大，每天都在发生不愉快的事情。更何况钱又不多，有什么说头！

问题是她的钱夹是在办公室丢的。她的办公室就在公安局办公大楼的九层东头！如果真的遭了贼偷，那就等于让耗子端了猫的老窝，传出去该是天大的笑话！

中午，单玉姝到单位食堂用餐，拿餐券的时候发现情况不对：钱夹呢？她的餐券是放在钱夹里的，钱夹又是收进坤包里的。好多年了，习惯就是这样。她在坤包里翻来倒去一阵好找，钱夹确乎不在，心里就惶急起来。餐券反正是单位当福利发的，吃多吃少无所谓。钱不过五百多元，也没什么大不了。她真急的是那些身份证、驾驶证、银行卡、警官证、购物卡，另外还有属于女人私密性的美容消费卡、定点健身卡等物件。这些东西虽说不是现金，但你拿着现金一时三刻还买不回来，而且生活中几乎每天都要用上。现在全没了，几多不方便，你说单玉姝能不急吗?

单玉姝毕竟当警察，而且是个心思缜密的女警。发现钱夹不见后，她只愣怔片刻，惶急少许，马上就镇定下来。在要不要把这件事情张扬出去的问题上，她的考虑几乎没有选择：绝对不可以！因为她的办公室里只有一个同事，那就是副主任周常喜。万一不是外人行窃，周副主任首当其冲，事情如果传出去，让他怎么下得来台！

单玉姝把上午的情况回忆了一遍。她上班的时候，周常喜已经先到一步，开始品茶看报了。周副主任现在的状态很好。一把手主任开始放权，许多文件让他阅处，本室的日常工作基本上都是他在打理，就连局长有时出去也带着他。种种迹象看来，公安局办公室主任的权力交接是指日可待的事情。在这种藏龙卧虎的单位，一个男人到了不惑之年，能有这份期待也算过得去了。所以，上班时周常喜保持着他一贯以来严谨的机关作风。他肯定不想在这关键节点上出什么差池。

今天早晨的情况是这样，进了办公室，单玉姝习惯性地把坤包放在办公椅上，然后去洗手间冲洗抹布，准备搞卫生。周副主任作为大男子主义的忠实实践者，不会做那些婆婆妈妈的事情。所以，搞办公室卫生几乎成了单玉姝上班后的第一个“习惯动作”。对此，副主任周常喜没什么看不过去的，也用不着不好意思。

单玉姝记得她冲完抹布回来，周副主任就离开了办公室。

至于他去了哪里，单玉姝于情于理都不好过问。她只记得一直到中午下班，周副主任还没回办公室。整个上午，单玉姝也没见外人来过，办公室里就她一个人进进出出，忙天火地，中午下班是她亲手关的门。所以你想，她能随便说自己放在办公室里的钱夹不见了吗？你早不丢晚不丢，偏偏等周副主任离开办公室后发现丢了东西，什么意思啊！

午餐，单玉姝找同事借的餐券。

吃完午饭回到办公室，单玉姝习惯性的午睡没有了。钱夹的事她嘴上不能说，但心里却怎么也绕不过去。现在办件事情该有多麻烦。她那么多证件一一补回来，有多少字要签，有多少章要盖，有多少路要跑，猴年马月的事啊！

再回到周常喜身上。要说周副主任偷了钱夹，单玉姝是断断不敢相信的。和周常喜相处共事不是一年两年了，他除了有点懒散、有点目中无人和大男子主义外，其他人品上的毛病倒没有。至于占小便宜、偷东西更是想都不用想。他甚至还有一身正气，每当和同事谈及那些流俗时弊的时候，都是一副愤世嫉俗的表情，言辞里多有讨伐鞭挞之意。这样的一名警察，怎么会干出蝇营狗苟之事？真要干，单玉姝的钱夹该偷过几百回了，还能等到今天？因为对周常喜来说，天天都有机会！

可是，说外人偷了单玉姝的钱夹似乎也不大可能。公安局的办公楼不是外人随便进出的菜园子。大门口有两道门卫把着，第一道指挥车辆停靠，第二道接待来访登记。过了两道关，最后还得有人刷脸打开门禁。小偷就算吃了熊心豹胆，按说也不敢开这种老鼠戏猫的玩笑。所以，单玉姝就是把这个午觉不睡也想不出是哪个胆大妄为的家伙瞅空儿溜进办公室，把她的钱夹“夹”跑了。

其实，单玉姝真要释怀，有一个办法最简单，就是去向门卫问一问，翻开登记本查一查，调出监控录像看一看。只是这么做的前提必须先说清事由，这就不可避免地要让许多人知道她钱夹被偷的事。能顺利揪出盗贼当然没话说，如果弄成夹生饭，恐怕就不好收场。查不出贼，同事们就只能怀疑问题可能出在办公室内部。办公室出了家贼，全室的人谁都不清白，周常喜毫无疑问算头一个。到时候，单玉姝就会成为同事眼里的公敌，她在办公室肯定混不下去。可是，就这么放弃？她似乎心有不甘，怎么说，这都不是自己的错嘛。

二

下午一上班，隔壁老李来到办公室，告诉周常喜：“周主任，上午有个男人来找你，说是你亲戚。”

“亲戚？”周常喜和所有亲戚都有约定，不论公事私事，都不要随便到办公室找他，有事必须先打电话。一上午，他陪局长到乡村振兴联系村搞调研，谁都没给他打电话，哪里冒出来的亲戚？

见周副主任有疑问，老李就把“亲戚”作了一番描述：“那人理板寸头，宽脸，有鼻毛，上身黄T恤，下身穿一条灰色西装短裤，皮肤粗粗糙糙的，右手拿一个卷尺，样子颇像装修工。”办公室的人都知道，这段时间周副主任的新房子正搞装潢。所以，老李继续说：“我以为他是你家装修师傅，就说你在这间办公室，有事出去了。”

“他没说事？”

老李搓着手，嗫嚅着：“他没说，我……我也不便问。”

老李是单位里公认的好人，退休只差两年了，穿了大半辈子警服，最大的职务就是在下面一个派出所代理过半年所长。他之所以上不去，用许多知情人的话说就是他脾气有点软，缺乏一股子狠劲。当警察的头儿拿不出一点狠劲，工作肯定上不去，到关键时候就只配看着别人吃肉，自己喝碗剩汤。因此，每次填写履历看到“代理”二字，老李心里就作呕，恨不得撕了履历表才好。办公室上要围着局领导转，下要伺候好民警，需要的正是老李这种没脾气的人。一个人在单位混久了，不必有一官半职，年龄就成了资历。老李都快“毕业”的人了，能在办公室行走，也算过得去了，他也很知足。只是许多时候，他都像个做错事的孩子，行事说话总那么谨小慎微，生怕得罪人。周常喜心里蛮烦他。

比如现在，老李又为难了。周常喜就说：“算了。他不说事，我也免得惹事，管他是不是亲戚。”

话虽这么说，周常喜心里还是咣当咣当的。对待有求于他的人，他嘴上说得硬，骨子里总是放不下。他靠读书从武陵山脉的褶皱里走出来当警察，知道自己把根永远留在大山里了。那里有他的亲人和乡恋，包括所有的苦难和丑陋。之所以不让人随便闯办公室，不是他负心忘本。他认为任何时候都必须按规矩办事，何况公安机关又是准军事化管理的部门！他想不出是哪个亲戚会在不事先预约的情况下贸然到办公室找他。人没找着怎么又不打他的电话？他家的装潢是包给同学的，有什么事情，同学只会通过电话和他联系，不可能随便找到办公室来。再说，同学的头发自然卷，不是板寸头，特征明显对不上。老李描述的“板寸头”让周常喜联想到了同学手下的几个民工。那些人周常喜只是见过面，都不蛮熟悉。会不会是他们中的某个人有事求自己帮忙呢？细想也不可能。他们有事只会先找同学，不可能直接找他。周常喜掏出电话想求证一下，号码摁出一半后觉得没必要，最后还是放弃了。皇帝不急，太监急什么！

单玉姝这边，从老李走进办公室的那一刻起，就一直留意观察周副主任的反应和事情的进展。周常喜半途而废的电话让她颇感挫折——她从周副主任的言行里看不出他心里到底有没有鬼。但无论怎样，对单玉姝来说，老李说出的情况都太有价值了。她本来对这件事情不抱任何希望的，老李的话等于是提供了新线索。她心里有个大致推定：“板寸头”向老李打听周副主任的时候，自己说不定正好上洗手间，或者在旁边办公室打电话。回头见办公室没人，“板寸头”就见财起意把包里的钱夹顺手牵羊了。

现在的问题是要找到“板寸头”。可“板寸头”的身份不管是亲戚还是装修工，都跟周副主任联系在一起。单玉姝怎么迈得过这道坎呢？办公室主任年底要提拔，这是众所周知的事情。不出什么意外的话，周副主任就会名正言顺地过渡到主任位置上去。单玉姝的能力、资历都有了，说不定也会分得一杯羹，把屁股朝副主任的位子上挪一挪。现在如果因为一个钱夹，闹得大家心里都疙疙瘩瘩的，最后一损俱损就太不划算了。

三

单玉姝想到了老李，决定请他帮助拿主意。

先都说过了，老李就那么个人。他年轻的时候就面糊，老了更是只栽花不栽刺。单玉姝心里的纠结对任何人都不能说，只敢对老李说。她坚信：以老李的为人，他就算拿不出什么好主意，但绝不至于出卖她。

单玉姝像绕口令一样，总算把事情的枝枝节节说给了老李。她最后的结论是：“钱夹百分之百就是‘板寸头’偷了。现在你说我该怎么办。”

老李听出来，单玉姝本来哑巴吃黄连有苦说不出，是自己的多嘴多舌又把她撩起来了。这样的事情，他能有什么好主意呢？他想得到，“板寸头”找周副主任的事，本来可说可不说。可是他说了。说出来其实也无所谓，偏偏单玉姝丢了钱夹。把单玉姝丢钱夹的事和“板寸头”联系起来，无所谓就变成了有所谓。自己一大把年纪了，稍不留神就没管住嘴，惹出这等难堪事来，老李恨死自己了，他恨不得扇自己两个大嘴巴。他假装想了想，支吾说：“这件事还真不好办。”

“钱是小事，我急的是那些证件……烦死了。”

“捉奸捉双，拿贼拿赃。就算周主任大义灭亲，‘板寸头’如果咬死不认账，他也没办法。”老李现在压根就不想给单玉姝出什么主意，他只想一瓢冷水将小单燃起来的火浇灭掉。

平时最肯帮忙的老李不冷不热的回答让单玉姝凉了半截。她说：“我是这样想，贼手都伸到公安机关来了，怎么了得？警察还有没有面子？”单玉姝这么说，是想把老李也捆绑进来。老李也是公安局一分子，单玉姝就不相信，他的尊严能随便让人冒犯。

“你这一提醒，我看更不敢张扬了。”老李不吃这一套，他的表情显出某种神秘：“小单你想啊，公安局办公室进了贼，传到社会上，会是什么影响呢？大家脸上都挂不住的，局领导也跟着丢人。弄不好局长还会追责，到时候你没落好，还把我搭进来。”

老李这一说，单玉姝汗毛直竖。她拍拍脑袋，表情有些夸张：“看我这脑子，怎么就没想到呢？这事千万到此打住。李伯，我可没把你当外人啊。”

老李突然觉得不对。他想，自己极力息事宁人，小单会不会怀疑到自己头上？因为排除周副主任，再就是他老先生了。

他刚才的话听来听去都好像有一种欲盖弥彰和此地无银的意思在里面。他说：“小单，这件事究竟怎么办还是你自己决定。我只申明一点，我老李绝对清白。”

单玉姝说：“李伯，你不该有这种想法，信不过你我就不会问你。”

从老李办公室出来，单玉姝一开门正碰上周副主任上洗手间。她把头埋下去，表情不大自然。

周常喜正是上洗手间路过老李办公室门口时，无意中听到单玉姝丢失钱夹的事。

他本想直接问问单玉姝，但发现她从老李办公室出来时神色不对，就理解人家有所顾忌，干脆不把事情点破。但这件事情必须有所交代。以周常喜的性格，莫说是自己的同事，就是普通老百姓到自己办公室遭了贼，他也不会袖手旁观。

在过道里，他给同学打电话。他是从侦查的角度设定的话题：“老同学，今天有几个人干活？”

同学说：“带上我四个人，放心，工程质量有我把关呢。”

“没什么不放心的，你和你那帮兄弟都很辛苦，我忙来忙去一直也没表示一下。这样吧，今天晚上，我请大家吃个便饭。”

同学客气说：“这不好意思，让你堂堂主任破费。”

“别扯淡了。我就一个要求，今天干活的兄弟一个都不能缺席。”

这么给面子的事，同学自然爽快地答应。

晚饭是在公安局旁边一家猪头肉餐馆吃的。往桌边一坐，周常喜悬着的心落下大半：四个人中没有“板寸头”！他问老同学：“人都到齐啦？”大家附和着说，齐了齐了，可以开饭了。

周常喜看着老同学，特别强调一句：“包括上午干活的，看看有没有人缺席。我首先申明要请一次请到位，过期不补。”

同学说：“我手下一直就这么几个兄弟，为了赶进度，中午都没回家休息。”

周常喜喔喔着，满意地给大家敬酒。情况明摆着，他自始至终没提上午发生在办公室的事情。

第二天一上班，趁着单玉姝也在，周常喜就把老李叫过来，开门见山地说：“老李，你们两个有事情瞒着我吧？”

老李和单玉姝猝不及防，面面相觑。还是老李有经验，沉稳地回答：“周主任，小单也不过丢了个钱夹。我们认为说出去影响不好，也没别的意思。你别误会啊。”

“老李啊老李，不是我要说你，这有什么大不了的？我就不喜欢你这种遇事瞻前顾后、婆婆妈妈的性格。办公室遭小偷，谁能料想到。人家偷公安局又怎么样？完全不必藏着掖着嘛！”可能觉得言重了，他又转向单玉姝，“再就是你，作为受害人，半点正义感都没有。同在一个办公室共事多年，你总不至于怀疑我吧。你应该直接给我说，不管是亲戚，是同学，还是其他装修工，难道我还包庇他？不管是谁，他敢偷我就敢翻脸。我的个性你们都是知道的。”

老李和单玉姝都连声说着是是是。

最后，周常喜说：“我明白地告诉你们，我那帮装修工没有作案嫌疑，绝对没有。这事应该在第一时间告诉我，现在错过了破案的最佳时机，弄不好就会无果而终，你俩都有责任。往后可不能这样啊。”

老李和单玉姝诺诺连声。谈话就这么草草收场。

四

事情出现了转机。

第三天上午，周常喜在单位大门口突然发现有个“板寸头”迎面走来，而且喊他“表哥”，年纪在四十岁左右。黄T恤、灰色西装短裤、卷尺，一样没少。

真是踏破铁鞋无觅处！

周常喜并不认识这位“表弟”。就在他决定好好审查审查这位表弟的时候，“板寸头”自我介绍起来：“你不认识我了？难怪的，我们都十几年没见面了。我爸和你妈是堂兄妹，你应该喊我爸大舅，我把你妈叫二姑姑。”

周常喜的心思不在攀亲戚。他脑子里没有这个“表弟”半点印象。

“我就是四毛呀。”

“四毛？”周常喜立马想起来了，怪不得他没有印象。周常喜的表舅家确实有个四毛。他只在很小的时候和四毛一起玩过两次。后来，脑子内只储存着关于四毛的传说。

传说之一是那年四毛因为寻衅滋事进去过。事情其实很简单。他和几个年轻人坐在公路边胡吹瞎侃，声称自己打架如何厉害。别人不服他，说他吹牛。四毛急于想证明自己却又找不到下手目标，正好有个赶集的人过来了。有人蛊惑四毛说："耳听为虚、眼见为实。有本事你就当着我们的面揍他一顿。"

四毛问："赌点什么？"

"一包'芙蓉'烟。"

四毛刚好断烟，瘾得浑身发痒，二话没说马上接了单。

赶集人走近了。四毛迎上去，眼珠子朝赶集人脑壳上翻几眼，终于找到切入点，然后一巴掌扇过去："谁让你把帽子偏戴着？"赶集人只是走路走热了，才把帽子揭开一点，而且没有戴正，这又关四毛什么事呢？四毛一动手，旁边打赌的人都好笑，夸四毛果真好角色。赶集人看看阵势，心知遇上的不是善茬，心里憋屈又不敢发作，连忙把头上的帽子扶正。四毛再一巴掌掴过去，说出的话混账透顶："老子没发话，谁让你戴正的？"赶集人不知如何是好，一个劲地拱手作揖，请求宽恕："这位大哥行行好，小的不懂规矩多有得罪，请您吃烟就是。"就这样，四毛解决了烟的问题。

四毛高兴得太早了。赶集人到了镇上，直接去派出所报案。警察哪能惯着四毛？当村匪村霸收拾他！

传说之二是四毛在看守所号子里订座的事。听说他因盗窃犯罪第三次判决生效转送监狱服刑的时候，对同号子的那帮人渣说：“你们记住，头铺给老子好好看着，出狱后我还回来。”

所以，对一直混在监狱的四毛，周常喜当然没印象，怪不得他说十几年没见面了。四毛既然是这种货色，偷单玉姝的钱夹就半点都不奇怪。周常喜单刀直入：“四毛，听说你前天到办公室找过我，有事吗？”

四毛说：“我是找你有事，我想成个家，请你帮我找关系办办手续。”

“成家好啊。”周常喜发出热情的邀请，“走，上去到办公室聊聊。”

四毛不愧是老江湖，他的表情里看不出明显的破绽。进了办公室，周常喜说：“小单，请你回避一下。我和亲戚谈点事情。”单玉姝抬头看了“板寸头”一眼，心里顿然一个咯噔。

沏了茶，周常喜将四毛先晾着，自顾自翻手机，实则是在给老李发微信。这是警察常用的一招，目的是给对手制造心理压力。

片刻，看到短信的老李出现在半开的办公室门口。他看了看四毛，然后冲周常喜微微点头。

“四毛，现在，你找我有事情，我也有件事正要找你谈谈。我们谁先来？”周常喜很客气。

“你先请。”

“那我就不客气了。”周常喜说，“我之所以让办公室的同事回避，是想把事情控制在最小的范围内，理由很简单，因为我们是亲戚，你我都要面子。”周常喜和四毛的谈话是这样开始的。

“表哥，有什么事你尽管讲。”

周常喜顿了顿：“说事之前，我先给你表个态。只要你跟我把事情说清楚，这件事就算私了。我们也还做亲戚，以后需要我帮忙我尽力。否则，一切都会是另外的结果，你就别怪我不讲情面。”

“表哥，我听你说话怎么像审犯人？我们是亲戚嘞，十几年没见面的表兄弟嘞。”

“不错，我们是亲戚，但亲戚就得有个亲戚样。我直接问你，你前天上午在我办公室拿走人家的钱夹放哪里了？”经验告诉周常喜，对付四毛这样的老油条，棍子必须打在七寸上，用不着拐弯抹角。

“表哥，我原先是偷是骗，一直坐牢。但我现在改了，我要重新做人，你不能冤枉我啊。”

“四毛，许多细节的东西我就不给你讲了。你在牢里混了那么久，知道怎么对付警察。但我要警告你，我吃公安这碗饭几十年了，没有足够的把握绝对不会这么武断。你碰到哪个警察学我这么审案？”

四毛还在抵赖。这个油盐不进的东西，周常喜有心理准备和他耗下去：“我还给你一个承诺，如果钱你用了，只把那些证件给人家拿回来。你如果觉得面子上过不去，我可以转交。”

四毛还是不认账，甚至要赖说：“公安局就不能来人？我有案底就好欺负？”

周常喜开始使诈了：“四毛，别以为你死活不开口我就拿你没招。实话跟你说吧，锁定你盗窃钱夹的证据有三条。你要不要听听？”

四毛的白眼珠子翻了翻。

“前天整个上午，只有你一个外人到过办公室。你点名找我有事，人家认得你，并且可以当面指认你。这是其一。其二，公安局办公室的每个角落都安装了监控设备，你看不见它，但它看得见你，而且记录了你作案的全过程。当然，你长期在监狱服刑，对科技的进步与发展不知情，可以理解，但我必须给你说清楚。其三，人家发现钱夹被偷以后，刑侦技术人员当即赶过来从包上提取了指纹，你现在就在这里，干没干你其实用不着多说，只要摁几个指纹就一清二楚。但我不想动用这些侦查手段，我相信你知道这是为什么。”

周常喜发现四毛的反应没有此前快捷。他显然在对这番话的真伪做出甄别。

周常喜不会给他喘息的机会：“要不然我把相关技术人员和监控资料都弄来？他们就在隔壁房间等我发话哩。不过，我把丑话撂在前面，如果把你交给他们，你再向我求情就没用了，孰轻孰重你自己掂量。”

四毛把目光投向墙面的每个角落，他显然在确认某件事情。

“你就不用找了。”周常喜诈他说，“如果能让人看见，办公室装那玩意儿还有什么意义？”

四毛收回犹疑的目光，说话的语气开始变软：“表哥，我要是再进去，这辈子就完了。”

“我已经说得够明白了，走哪条路你自己选。”

“表哥，我错了。我给你丢脸了。钱夹是我拿的，现在，只有你才救得了我。”

周常喜如释重负地吁出一口气。四毛的话没有口供笔录，更没有录音，在没有拿到证据前，他随时都可以收回去。所以，周常喜暂时还只能哄着他来：“我说四毛呀，你也太胆大了，连公安局都敢下手。你眼里还有警察和法律吗？按我说的做，现在就带我去找回钱夹。”

“你答应帮我？”

“你现在没资格和我讨价还价，先按我的要求去做。”

四毛不置可否。此时，他的手机响了。

五

电话是四毛老婆打来的。老婆听四毛说公安局有个表哥，早就想来见见。听说四毛这会儿正和周表哥在一起，非得要来。

挂了电话，四毛两条腿软下去，跪在周常喜面前：“表哥，你要救我。我带你去取那些东西，但你要答应我一件事。”

“什么事你讲，能办到的我答应你。”周常喜心里的如意算盘是先哄着四毛把钱夹的事情搞清楚，等拿到证据后再把他交给刑侦。这样的亲戚有和没有都一样，把四毛送到监狱内，社会就多一份安宁——那里才是他应该待着的地方!

"我老婆马上要过来，求你不把这事告诉她。我答应过她改邪归正的。"四毛原本是个死扛硬顶的家伙，今天却软蛋了。周常喜知道都是因为女人。看来，四毛很在乎这个女人，要不然他低不下自己的强盗架子。

赶在老婆到来之前，四毛带周常喜到公安局斜对面的批发城。在一条巷子的拐角处，四毛在一堆露天预制件的缝隙里掏出一个红色钱夹。周常喜打开看，单玉姝的一应物品俱在。问钱的去向，四毛说，钱他花完了。前天是他老婆生日，他想给老婆买一条裙子，就向包工头借钱。四毛跟包工头搞装修，包工头只按月结账，不借钱给他。他想起公安局有个多年不见的表哥，就逛荡到九楼。结果没找着周常喜，却有了意外收获。

四毛老婆是打出租来的，很快。在公安局门口见面后，她跟四毛一样亲热地喊周常喜"表哥"。女人长相还算受看，一脸喜相，胖瘦得体，模样儿周正，举手投足也显大方。她简单地介绍自己，说就住在城郊东阳镇，前夫出车祸死后，只带着读初中的女儿过，认识四毛也才半年时间。话语间流露出一个中年寡妇对再婚的满足和期待。

说着说着，女人把四毛撇开，拉周常喜到旁边说话。女人说:"表哥，我不在乎四毛的过去，我只要他从今往后改邪归正，跟我过正经日子。公安局有你这样的表哥我就放心了，请你今后多多帮助他，教育他，扶他走上正道。"

周常喜看了女人一眼，再看了四毛一眼，心里五味杂陈。

他嗯嗯着，突然改变了主意。

女人牵着四毛要走。周常喜看到了四毛眼里近乎哀告的目光。他对四毛说：“四十多岁的人，该知足了。我只送你一句话，别好了伤疤忘了痛。”

在电梯内，周常喜从自己包内拿出五百元钱填进红色钱夹。在办公室交给单玉姝的时候，他故作轻描淡写地说：“混账东西总算认账了，也幸亏没给你造成损失。出了这样的亲戚，我都跟着丢人。”

单玉姝清点完钱夹，不好意思地说：“周主任，让你费心了。”

周常喜说：“小单，这件事请你理解。‘板寸头’确实是我一个远房亲戚，而且原来多次服刑。现在和一个寡妇刚成家，可惜本性难改，前天想给老婆买生日礼物，手头没钱本是来找我借钱的，碰巧你我都不在办公室，他又伸了贼手。我是这样想，盗窃案的立案标准是一千元以上，当然，我没有包庇他的意思，你有钱夹和其他物品，真要算起来也可能够码，何况他还有前科，算累犯。我只是不忍心毁掉一个家庭，想给他一次机会。所以……”

“周主任你放心，我不会有其他想法。是你的亲戚，说明了就是追不回来，我也不会砍倒大树捉鸟。”

六

翌年，和人们预料的结果一样，办公室主任提拔成了副局长。

主任位子空出来，人们都认为非周常喜莫属。几个玩得好的哥们甚至嚷着闹着要周常喜提前请客，就当吃他的预备喜酒，但遭周常喜拒绝。朋友们纳闷，周常喜平时挺大方的，可喜事临门了，怎会变得抠门起来？难道真的屁股决定脑袋，人一旦有了地位和权力就会自我膨胀不念旧情？对此，周常喜不做任何解释，让同事们活在费解和猜测里。

新一年的人事调整，局里施行改革，对二层骨干搞竞争上岗。先由局党委根据设定条件提名候选人，然后民主测评打分，最后每人发表五分钟竞岗演说。但不管怎么弄，全局上下都知道，对周常喜来说，办公室主任的位子不可撼动。这一点，从测评结果直接反映出来：周常喜的得分排名第一，大家都对他寄予厚望和期待。可轮到竞岗演说环节，当主持人叫到周常喜发言时，他却没到会。有知情人说，周常喜突然重感冒住院了。按规则，他将直接被淘汰出局。

会场上一片唏嘘。人们纷纷替周常喜感到惋惜。多好的机会啊，他迟不病早不病，偏偏在这节骨眼上感冒了。要知道，岁月不饶人，周常喜的年龄优势马上就会失去，过了这个村恐怕就再没那个店了。

局里真正知道内幕的其实有两个人，但他们不说，永远都是个谜。

目光透过黑夜

一

每到值夜班，米小虎就特别兴奋。他的兴奋基于一个带普遍性的事实：所有的鸡鸣狗盗都是不能见光的，这也是为什么案子大多发生在夜晚的原因。所以，值夜班就会增加破案的机会，就容易出成绩。

米小虎急切需要成绩。

入警小半年了，米小虎还没正儿八经办过案子，心里十分着急。按局里规定，新警先要下基层锻炼五年，干出一番成绩后方可申请调动，否则，可能还要在山上执行第二个“五年规划”。那样的话，米小虎可就惨啦。因为只有按期调进县城，他和媛媛的爱情马拉松才会跑到终点——这是他俩谈恋爱时媛媛开出的条件，也是米小虎给她做出的承诺。所以，在跑马镇派出所的每一天对米小虎都至关重要。他仿佛能听到自己在奔向爱情终点的路上“咚咚咚”急迫的脚步声，也能时刻感知到媛媛正迎着自己的方向一路狂奔而来。然而，一晃快半年，米小虎的成绩单上还是一张白纸，他心里能不急吗？他会急死！

可是光急有屁用，就像老早报纸上常说的那样“全国形势一片大好”，跑马镇的综治工作更是连续三年排名全县第一。米小虎除正常值班外，偶尔闲得无聊也和同事下去摸摸治安情况，按部就班的生活就像嘀嗒走动的时钟毫无刺激和新鲜感，好没劲！

所里值夜班轮着来，每个人三天轮一次，所长也不例外。所以，米小虎对每个夜班都重视，都寄予希望，都莫名地兴奋，就像恋爱中的年轻人定期约会那样。

今晚也一样。

等到九点多钟的时候，有电话打进来，奶声奶气的，是个男孩子，听声音大概七八岁：“警察叔叔，你能帮我把爸爸抓回来吗？”

小朋友用了个与警察职业相关的“抓”字，足以见得他对爸爸回家的期待，抑或是他对爸爸离家的不满。米小虎不知道小男孩的爸爸是干什么的，为什么夜里不着家，只好蒙他：“你爸爸还要加班，妈妈不是在家吗？”

“妈妈到隔壁王叔叔家打麻将去了。她最喜欢在王叔叔家打红中麻将。”小男孩就不怕警察抓赌吗？真是童言无忌啊。小男孩还说：“妈妈让我先睡。可是，我不想一个人睡觉，我要爸爸回来陪我睡觉。”

米小虎想知道那个不称职的爸爸到底在干什么。他给男孩支招说：“那你给爸爸打电话呀，不记得号码的话，把你爸爸的名字告诉我，叔叔帮你查查。”

“我打过爸爸的电话，他关机。”

爸爸这头没戏，米小虎就让小男孩去摁隔壁王叔叔家的门铃。小男孩说：“我出不去，妈妈把我反锁屋内了。妈妈说，怕坏人进来。”

米小虎心想，这个家没人管儿子，情况有点复杂。他不能辜负一个孩子对110（电话由110转警过来）的信任，说：“小朋友真乖，你是个听话的好孩子，叔叔相信你还是个勇敢的男子汉。这样吧，你先睡觉，叔叔马上给你把爸爸找回来。”

小屁孩并不好哄，和米小虎较起真来：“你不会骗我吧？”

“警察叔叔怎会骗人？”米小虎向男孩保证，“你一睡着，爸爸就会走进你的梦里，不信你试试。”

小男孩最后将信将疑地答应睡觉。于是，电话安静下来，跟睡着后的小男孩一样。

小镇的夜晚静谧安详，窗外的夜色被星光稀释掉一部分，跑马山呈现出黑魆魆的轮廓，巍然耸立在高远的天际之下。米小虎打定主意，到凌晨一点的时候，如果座机再不响铃，他就给媛媛打个电话后睡觉。媛媛在县人民医院当护士，今天也是夜班，他不怕打扰她。他盯着手机屏面，看上面的数字显示不断跳动，直到走完最后一秒。他估计今晚彻底歇菜了，便开始给媛媛拨号。就在这时候，座机突然恶作剧般响起来。米小虎抓起电话接听，里面传来一个女人的声音：“儿子，回来记得带面条哦，家里冰箱里上周就没面条了。我一向没吃面条。你晓得我是最喜欢吃面条的。我一天不吃面条就浑身发软。”

女人“面条面条”地不住嘴，米小虎好不容易插话：“奶奶，您好，您是不是打错电话了？我不是您儿子。”

女人埋怨说：“谁是你奶奶呀，我今年才六十七岁，有那么老吗？你怎么说话的？”

米小虎马上道歉：“奶奶，啊，不，阿姨，我把您叫老了。您还这么年轻，我该叫您阿姨才对。”

“阿姨”仍不饶过米小虎，振振有词地教训起来：“电话是打给我儿子的，你不是我儿子，接什么电话？我经常买到假货，想不到还有人冒充我儿子。”

米小虎哪敢冒充儿子？他只有装孙子的分。他说：“阿姨，我不是您亲儿子，是您主动把我叫成儿子的，我给您当孙子好不好？”

“阿姨”挂掉电话时扔给米小虎三个字：“神经病！”

米小虎兀自好笑，碰到这样的“母亲”，不神经病才怪呢。

二

好消息是半小时后传来的。

米小虎“唰唰唰”做完接警记录，对报警人说：“你给我盯紧点，不要惊动他，我们马上到。”

案发现场位于镇子西头。米小虎带辅警小张三分多钟就赶到。这是临河的一间小平房，不当街，后面有高高的河磡，磡上几棵粗壮的柳树在夜风里鬼鬼祟祟地招摇。房子里应该不会有什么值钱的东西，要不然，老板不会如此疏于防范，给盗贼留下可乘之机。

报案者很应景。他穿黑衣，戴黑帽，扣黑色口罩，把自己完全融入黑夜之中。悄悄指完现场，黑衣人提出要加入警察抓贼的战斗。

米小虎先不表态，只问："里面进去几个人？"

"一个人。"

"看清楚啦？"

"我发现他形迹可疑就一路跟踪，亲眼看见他撬门进去，错不了。"

米小虎再问："你确定人还在里面？"

黑衣人很有把握地说："他一直没出来。这房子我太熟悉了，三面都是封闭的，只留这个独门。"

"好吧，这儿没你的事了。"米小虎下逐客令。

黑衣人不想走，主动请战说："我想帮你们抓强盗。"

米小虎不同意，保护举报人是工作纪律，更何况自己和小张对付一个小蟊贼绰绰有余，不需要借助外力。他推辞说："感谢你配合警察的工作，你可以走了。"

黑衣人退让一步，说："我看看总可以吧？看见你们把盗贼抓住后我就走。"

黑衣人越是坚持，米小虎越是怀疑他报案的动机有问题。

时间紧迫，他不想让黑衣人掺和进来，把事情搞复杂。他命令黑衣人："让你走你就走，不要妨碍我们执行任务。"

这话很管用。黑衣人比较失望，悻悻然走了。

朦胧星光下，隐约可见小平房的木门半敞开，黑洞洞的屋子里什么也看不见。米小虎和小张轻手轻脚朝门口包抄过去。里面黑咕隆咚情况不明，贸然进去擒贼有风险。米小虎的方案是堵住门口，等盗贼出门时来个人赃俱获。说实话，米小虎期待真枪实弹地干一场已经很久了，可这一刻真的到来的时候，他心里却无端生出几分忐忑。米小虎虽说对自己在警校练就的那些拳脚功夫颇有自信，可他不知道今天将要面对的对手身体素质如何，自己的擒拿格斗术在实战中好不好使。因为盗贼都是些不好惹的狠角色，现在把他堵得没有退路，他会不会跟自己玩拼命？狗急了还跳墙呢，这种情况不可不防。这么一想，米小虎就把手里的警用手电抓牢了，同时小声提醒小张，可要注意安全。

小张晃动着手铐，一副不以为意的样子。

一团黑影从门洞里缓缓移出来，带着魔幻的色彩。从块头上看去，盗贼个儿不大，肩上扛一包东西，那无疑就是赃物了。他没有发现守候在门口两侧的米小虎和小张，也没像别的盗贼那样得手后慌不择路地逃离现场，而是转过身去，一丝不苟地把敞开的门拉回来，将门盘子扣紧，把撬开的弹子锁原样挂好。不明真相的人看上去，以为门原样锁着。米小虎想，这家伙蛮狡猾，他在伪造现场呢。他想迷惑人家，把老板发现仓库被盗的时间尽量往后推，以增加警察破案的难度，没想到“黄雀”就在身后。

“不许动！”

小张的吼声有点夸张，把河磡上那些柳树都吓得仿佛哆嗦了一下，以至于盗贼肩上的东西震落于地。同时，米小虎的手电光像一记鞭子直接抽打在盗贼脸上，令他身体僵硬，一时不知所措。

人赃俱获，没什么好说的。小张要给盗贼上铐子。米小虎看看瘦骨嶙峋的男人，认为不值得。他挥手制止小张：“算了，让他把东西背上跟我们走。”

男人四十多岁吧，看上去比较显老，也可能只有三十多岁，凌乱的头发枯萎得像一蓬秋后的荒草，黄皮寡瘦的脸上明显看得出是长期营养不良落下的后遗症。白炽灯光的照射下，他眯缝着眼睛，像瞌睡没睡醒那样。

进入正式讯问前，米小虎尽量营造轻松氛围以麻痹对手——这是刑侦学教会他的一招。他指着袋子：“说吧，什么好东西？”

“哪有好东西？一袋鸡饲料。”看来，盗贼对自己下手的目标是精准的。

“谁的？”

“店老板的，不知道名字。”

“你以前认识人家？”

“他的店子开在前街，好多年了。”

米小虎朝袋子觑一眼，几个大字映入眼帘：十公斤。他估算了一下，大概不会超过三十元。这样的结果令他有点失望。案值不大，刑事案件肯定不够码，只能将就搞治安处罚了。但不管怎么说，这也是个成绩，反正捡来的便宜，顶个拘留任务没问题。米小虎摆开纸笔，敲了一下桌子："说吧，把作案过程交代清楚。"

"警官，我不是要偷东西。"

"我没听错吧？"米小虎把椅子往前挪了挪，很认真地看着男人，"难道你是给人家送东西？"

"你没听懂我的意思。"

"你的话好没意思。"

"我要是偷东西的话……"

米小虎不想听他狡辩，决定迂回一下："请你回答我两个问题，第一，鸡饲料是不是你的？"

男人摇头。

"第二，你把鸡饲料背走，老板知不知道？"

男人还是摇头。

"那就是说，今天晚上你在别人不知道的情况下，将人家仓库里的一袋鸡饲料偷走了，是不是？"

"是，又不是。"男人的话像绕口令。

米小虎继续："我给你普及一下法律常识，构成盗窃案的两个要件，一是主观上想把别人的东西据为己有，二是用秘密窃取的手段获得财物。你对自己的行为如何解释？"

“我、我不想解释。”

“这是要赖的节奏。”米小虎说，“我提醒你，你在作案时被我们现场抓获，证据确凿，不容抵赖，别以为什么都不说，法律就拿你没办法。我还告诉你，比你狡猾的人我们见多了，零口供也是可以判罪的。”

“随你的，我没想偷东西，真要偷……”

男人的话信息含混，还藏着假设。米小虎决定切换话题：“我问你，你偷鸡饲料干什么？”这个问题连米小虎也颇有疑惑，如果用来卖钱，或者自家养鸡，这点东西实在太少了，不值得。他怎么就不多偷点？凭他的体力，再加几袋应该不成问题。

男人说：“这是我自己的事，我不想告诉你，你们也不必知道。”

“请你端正态度。”米小虎严肃起来，“你以为警察和你聊天吗？在这里，不是你想说不想说的问题，好好配合，可以争取宽大处理，一袋鸡饲料嘛。”米小虎有意给他传递信息：这件事还不至于把他怎样，没必要搞那么复杂。

男人不再说话，摆出一副死猪不怕开水烫的样子。三小时里，问话没有任何进展。

正陷入胶着时，米小虎的手机响了。媛媛说：“我要来所里看你。”

“都快天亮了，你说什么神话呀。”

媛媛说：“我临时动身的。山上有患者要求接诊，我就随救护车上山来了。”

“怎不早说？”

嫒嫒嗲声嗲气：“人家不早病，怪我吗？我就是想给你一个惊喜嘛，听口气，你好像不欢迎我？”

“刚好抓了个盗贼，正审着呢。”米小虎觉得这话有点糙，马上改口说，“来了好，我当然高兴。你到哪儿了？”

“我隔在九里坡的半山上，上不沾天下不着地呢。你要真欢迎，就开车来接我。”

上山的公路正在改造，到处挖得稀烂，总有司机不遵守单边放行的秩序喜欢乱插队，造成“肠梗阻”，结果就堵死了。现在，米小虎正在和嫌疑人较劲，怎么走得开？嫒嫒也真是赶巧，迟不来早不来，偏偏挑了这个倒霉的日子来，不是存心要给自己出难题吗？米小虎嗫嚅道：“嫒嫒，你耐心等等，说不定马上就通路了。”

嫒嫒说：“随缘吧，你走不开就算了。”

嫒嫒的话或许是随意的，但米小虎从中听出一股火药味。他想解释点什么，嫒嫒“啪”的一声将电话挂掉了。

接下来的时间里，米小虎情绪低落。他把嫌疑人晾在一边，让小张暂时对付。他向小张要了一支烟，独自走到派出所院子里。他想抽一口，可是摸遍口袋没有打火机，这才想起自己本不是烟民，从来就不好这口。他把烟放在鼻子下闻闻，然后用力掐断，捻出里面的烟丝。烟丝断断续续地散落，跟他的心思一样飘摇。

这时候，镇上哪家的公鸡开始鸣叫，“喔——喔——”拖出很长的尾音。再过几小时就会天光大亮，同事们都来上班了。米小虎觉得自己很窝囊，连现场抓获的案子都办不利索，连这么个小蟊贼都拿不下来，如果碰到大案要案怎么办？说出去真是笑话。他甚至怀疑自己是否入错了行，到底适不适合干警察。这时候，媛媛打电话来告诉米小虎，家属见救护车上不来，租车将病人送到九里坡，被他们接上了。她已经和同事打道回府，她要米小虎好好照顾自己，不要弄得太累。

米小虎松了口气：“我还以为你把电话挂掉，是不想理我了。”

“哪能啊。”媛媛知冷知热地说，“‘肉骨头’，当警察其实挺不容易的，我原先不知道，这次上山总算领教了。”米小虎把媛媛叫“狗狗”，媛媛回敬他“肉骨头”。这是他们的小秘密——每次亲热，媛媛都主动。

米小虎突然灵感来袭：“媛媛，仔细想一想，警察和医生、护士是近亲。”

“新鲜啊，说来听听。”

“警察用法律制度规范人的行为道德，医生和护士则是通过医疗技术呵护人的身心健康。我们看似职业不同，但在人的道德教化和身心养成方面却心系一处，殊途同归。”

“你变得越来越会说了。”

米小虎说：“会说个屁，我连一个盗贼都说不过来。”

三

“想好没有？有什么话要说吗？”

“我没话说。”

“你太顽固了。”米小虎一拍桌子，“有胆量偷东西，却不敢承认，你不配做一个男人。”

“我就是个没用的人。”他承认。

“这样下去，对你没好处。”

“我反正没好过。”男人的话破罐子破摔，“你们为什么不去仓库看看？你们去看看就什么都知道了。我真的不想偷东西。”

经男人提醒，米小虎恍然明白，是呀，怎么就没想到去查看现场，或许那里能找到有利的线索。

这是一间生产资料仓库。里面储存着大到农用机械小到坛坛碗碗的东西。这样的现场让米小虎迷惑了。单从盗窃的意义上说，盗贼随便捞一件电动机器都要比一袋鸡饲料值钱。可是，今晚上这主儿怎么偏偏只偷了一袋鸡饲料？他绝对不是不识货，一定另有原因。对未知的好奇和探索带着警察的职业属性，米小虎再回到值班室后就改变问话思路，试图从男人的身世和家庭切入，用人性关怀把自己的意图和锋芒包装起来。

于是，男人的情况有所呈现。

他原本是一家集体企业的煤矿工人，在一次事故中砸伤了腰椎，从此落下病根，再也干不起重体力活儿——怪不得他一次只偷一包鸡饲料。他成为企业的包袱，只好早早回家休息，拿一点少得可怜的生活费。后来企业破产，他成了镇上最早的一批下岗工人，连生活费都没指望了。在这个世界上，他还有一个患白内障的母亲。母子俩一直在一起生活，挤在河边一间不足二十平方米的破房子里。腰伤让他既不能把自己的小家庭经营好，也无法对母亲尽一份孝心，拾荒成为他唯一的也是最没保证的收入来源。这是个爱面子的男人，白天从不出门，“工作”在晚上，在不能见光的地方，在不为人知的地方。

男人只告诉米小虎这些，涉及案子的事仍然只字不提。

谁家的公鸡开始叫第三遍了，晨曦慢慢出现，天欲亮未亮。米小虎从座椅上站起来伸一个懒腰，随之打出一个长长的哈欠。他走到墙边推开窗扇，一股清新的空气涌进来，带着院子里桂花树的香味和植物负氧离子的气息。米小虎发现窗户左边的墙面上有一只叫不出名字的虫子因为瘸了一条腿，正在艰难地朝上爬，爬着爬着又退下来。但它没有停止的意思，一直做着无谓的努力。米小虎不明白它为何要把自己弄得很辛苦，究竟爬上去干什么。他有点可怜它，从办公桌上拿来一张纸，将它接下来扔到窗外。

米小虎对男人说：“走，我们上你家看看。”

“去我家干什么？家里没什么好看的。”

男人拒绝去他家，会不会是因为家里藏着其他赃物？米小虎说：“你怕什么？”

“我怕我妈。”

米小虎理解一个“强盗”儿子在母亲面前失去尊严，以及带给母亲的伤害。他承诺说：“我们只是去看看，不会对你母亲说什么。”

男人说：“要去你们去，我不去。”

“去不去由不得你。”小张一把揪住他，将他拎上车。

听到敲门声，屋子里传出一阵“吭哧吭哧”的咳嗽声。许久，白发老太太摸索着应门，嘴里不停地咕哝：“捡个垃圾，一夜都不回来，我还以为你死在外面了。”

按约定，米小虎和小张都不作声。男人回母亲：“我这不回来了吗？你不死，我哪敢死？我想死也死不起。”

老太太说：“要死也是我先死，你死还不如我死。”

男人意识到自己回应母亲的话很不得体，马上说：“妈，一早上别死呀活的，多不吉利。”

“对一个瞎子来说，没什么早和晚，反正日子每天都是黑的。”唠叨够了，老太太说，“饭给你留在锅里，冷了，你热热再吃。儿啊，你身体本来不好，可不要累垮了。你垮了，这个家就没指望了。”

趁着男人搀扶母亲上床休息的当儿，米小虎揭开灶上的锅盖。他想知道这对相依为命的母子到底把日子过成了啥样。借着晨曦的微光，他看到锅里是些浓稠的糊状的东西，能闻得出一股淡淡的腥味。它不像玉米面，但肯定不是面粉，也不是白米粥。米小虎盛了一小勺移步门外，他要借助天光看清楚母亲给儿子留下的饭食究竟是什么稀罕东西。这时候，料理完母亲的男人从屋里冲出来，惊慌失措地从米小虎手里抢过勺子，打手势让他们退到门外，不要惊扰他母亲。他面部扭曲得有些变形，语无伦次地说：“我跟你们走，我什么都交代，我错了，坐牢还不行吗？”

锅里煮着的东西果然是鸡饲料。

家里已经没有任何可吃的东西了。那个下午，男人手里仅有两元钱。他到那家门市买了一公斤鸡饲料。鸡饲料很精致，男人认为鸡能吃人也能吃。他把鸡饲料买回家，没告诉母亲是什么东西。母亲瞎着眼，反正看不清，能哄她吃饱就可以。母亲问过他，什么好东西吃起来有股香味。男人支吾着，没说出所以然。下午买饲料，老板带着他去临河的仓库里帮助搬东西。于是，落了弹子锁的库房对男人来说毫无秘密可言，那一刻，用鸡饲料糊弄些日子的念头也在脑海里产生，一个不可告人的计划在深夜里被付诸实施。他只是没想到，自己的手刚伸出来就被人跟踪，而且落在急切需要出“成绩”的警察手里。

男人说：“我什么都交代了，我说的全是真话。”

米小虎点点头：“我相信。”

“我只有一个要求，不要把这事传出去。树活一张皮，人活一张脸。现在，人家的日子都过得那么好，我却像活在旧社会，说出去丢人啦。特别是我妈，她要是知道我做强盗，把她当鸡喂，肯定会寻短路。母亲养大我不容易，她跟着我没过一天好日子，我不能失去她。她一天不死，我就得好好活着。”

“这不是你的错。”米小虎找不到合适的话安慰他。他在身上摸索半天，也只有一百二十元。他把小张拉到一边，问他有现钱没有。小张问米小虎要钱干什么。米小虎说：“别管我干什么？”

小张说：“要多少？我手里真不多。”

米小虎说：“有多少算多少，都借给我。”

当小张知道米小虎是要救济男人时，说：“借什么借？你给我也给。”

这样，他俩零零碎碎凑了两百多元。

米小虎对小张说：“兄弟，对不住啊，这个通宵让你跟我白忙活一场。”

小张说：“我们是失败者，我们败在一个盗贼手里。”

“不！”米小虎纠正小张的话，“这是一个胜利。”

两人只把男人送到家门口就转身。回到办公室，米小虎做了两件事。他先从值班日志上撕去了当晚的那份接警记录。装帧严密的日志本撕起来挺麻烦，米小虎像做一件工艺品那样小心翼翼。他不能留下任何蛛丝马迹，至少让人肉眼看不出来。做这件事情的时候，他无端地想到那个男人，总觉得自己和他一样，也在“偷”一样东西，在这件事情上，自己和强盗其实没区别。后来，他对自己的“偷”很满意，拿着本子翻来翻去反复看，不用心压根儿就瞧不出破绽。然后，他和小张订立好攻守同盟。他说，这件事要守口如瓶，说梦话也不能把它说出来。

小张让米小虎一千个一万个放心。他打了一个很不恰当的比喻："我们现在就是一根绳上的蚂蚱。这道理我懂。"

次日一上班，米小虎就带着小张上街买了把弹子锁，趁别人不注意，悄悄绕过去将那包鸡饲料送还原处，然后将被男人撬开的仓库门锁上。

他俩找到店老板。店老板听到一个精彩的故事。

老板记住了故事的基本情节：深夜巡逻时，警察发现有人撬锁盗窃他的仓库，可盗贼非常狡猾，没等警察逮住就逃跑了。后来，警察没惊动老板，而是买锁将仓库门重新锁上。

米小虎把新锁的钥匙抛了抛，对老板说："走吧，我们一起去看看丢什么东西没有。"

老板随警察反复检查自己的仓库，发现里面连一根针都没少，心里十分感激。他说："警察真是好样的，你们辛苦了，我不知道该怎么感谢你们才好。"最后，他不无遗憾地叹息一声："唉，可惜让盗贼逃跑了，要是抓住他该多好。"

米小虎敷衍道："作案未遂，抓住又能怎样？"

四

没多久，市里一家晚报把这事捅了出来，米小虎懵然不知。

所长本来不知道这件事，接到局长电话后，他专门找来那张报纸仔细看了看，又特地翻开当天的接警日志查验。好家伙，米小虎还真在日志本上做过手脚。他把报纸摔在米小虎的办公桌上，气冲冲地说："自己看看吧，你干的好事！"

随报纸一起摔在桌面上的还有那本日志。所长特意在被米小虎撕去的位置折上记号。这样的证据摆在米小虎面前，让他无可狡辩。

米小虎一目十行地看完全文，心里不禁松了口气。这篇题为《一份撕掉的接警记录》的通讯报道充满正能量，通篇都在表扬警察人性化执法，对下岗工人充满爱心。这是一个警民情深的故事。

米小虎理直气壮地说："我没给所里抹黑呀，也没给领导添乱。"

可是，领导并不这么认为。所长没好气："一个警察，不经请示报告就擅作主张，不仅把嫌疑人放掉，而且连接警记录都悄悄销毁。米小虎啊米小虎，谁给你的权力？你的胆子也太大了吧？"

米小虎想解释点什么，可话没出口，所长又来了："是的，报纸上一宣传，你米小虎是出尽了风头。可是，你想过没有，你的行为是否有违警察职责？我们一直强调规范化执法，这件事传出去影响多不好。还有，退一万步讲，你把好事做了也就做了，还在报纸上嘚瑟个什么？你这不是一泡屎不臭搅起来臭吗？我了解你，知道你没有任何目的和野心，无非是想干出成绩早点调进县城，结束牛郎织女的生活。可是，不理解的人会怎么看你？"

米小虎冤枉死了。他说："所长，你其他的批评我都接受，但有一条我反对。”

所长拿目光戳他，等他说出来。

“我没想在这件事情上做文章宣传自己。至于报道是怎么搞出来的，我风都没摸着。我比窦娥还冤。我请求查出是谁策划宣传的，还我清白。”

所长说：“查这个易如反掌，可是人家也没说我们什么坏话，查什么查？！你冤枉？你活该！”

米小虎还想替自己撇清，可他嘴唇哆嗦，一个字也说不出来。

所长心软了：“米小虎啊，你的心情我理解，可是，这件事恐怕谁也帮不了你。”

所长一语成谶。

是年底，局里的纪委书记亲自和米小虎谈话。谈来谈去，中心意思是要给米小虎一个处分，最轻的：诫勉谈话。书记说：“其实，这件事情经过报道之后，社会反响很好，对加强我们队伍的作风建设和树立警队形象都有很大助益。可是，在处理这件事情的过程中，你的行为触犯了相关规定，一码归一码，处分不能免。”

最后，书记问米小虎对处分决定有什么想法。

米小虎从没受过处分，他不知道后果有多严重。他说：“我只想知道，这个处分对我会有什么影响？”

书记沉吟片刻，说：“影响是有的，具体说来三条：第一，今年的年终奖和其他补助一律取消，评先评优的资格没有，不光你个人没有，你们派出所也跟着遭殃，只能靠边站。第二，作为新警，你将被推迟一年转正。第三，处分解除前不得提出入党申请。”

米小虎知道，还有书记没说的第四条，也是最现实的问题，他将做好在跑马岭派出所长期工作的准备，调动的事想都别想。他心里默默算账，经济的、政治的加起来，损失真还不小。可对米小虎来说，最大的问题还是声誉。他最大的担心是受处分的消息传到媛媛耳朵里，她会不会和自己吹灯。米小虎心情沮丧，无奈地想：吹了就吹了，强扭的瓜不甜。我就在山上干十年吧，当和尚也是命。

米小虎多虑了。

媛媛听到消息后，主动打电话给米小虎：“‘肉骨头’，你是好样的，我没看错人，放心吧，在哪儿‘狗狗’都跟定你，死啃你。”

（补记：这个故事是我的一段亲身经历。我把它写出来，以致敬自己的青春岁月。）

相逢原是故人

一

天气“病”得不轻，持续“高烧”不退。

巡警大队长匡兆武在办公室一边享受冷气，一边“哀民生之多艰”。他粗略算了一下，从七月中旬开始，已经连续四十多天不见雨星。雨水好像把地球人给忘了。这位从山里走出来的警察对农民和土地怀着与生俱来的悲悯，他对可以想见的现实忧心如焚：山上的玉米正在灌浆，可营养突然断供了；地里的烟叶刚刚长开，竟然提前烤黄了；园子里的柑橘还不到成熟期，却过早糖化了……再这么持续下去，老百姓一年的指望真就化为泡影了。

稍许欣慰的是手下弟兄们可以稍稍缓口气——这么极端的天气里，人走出去等于蒸桑拿，所以，他料定暂时不会有人给巡警找麻烦。巡警大队的职责就是二十四小时巡逻执勤，负责维护城区街面的治安秩序。可以这么说，公安局的门户一小半是巡警撑起来的。市民眼里只要有警察在，心里便踏实；城区安静，社会治安就稳定，人民群众就满意，领导评价就好。所以，公安的面子和里子很大程度上看巡警的表现——匡兆武对自己的职业充满敬畏。

他从小羡慕警察。他认为天底下最神奇的职业就是干警察。

这个认知来自某种遥远的记忆。他开始记事的年代，乡里还时兴召开“公捕公判”大会，乡下人称作“万人大会”。“万人大会”的高潮部分毫无疑问是主持人宣布：把犯罪分子押上台来！可以这么说，主持人所有的话就数这句冲击力最大。它是一针兴奋剂，绝大多数参会的人都是冲着这一针去的。那时候，生活比较单调、枯燥，不像现在这么多元。“万人大会”是一个多么刺激的场面啊，人们从高音喇叭里听到这句振奋人心的台词，纷纷踮起脚跟，翘首引颈，要把主席台上胸前挂着黑牌牌的人看个分明。当是时也，会场上所有的人都长高了五厘米，眼睛瞪得又大又圆，生怕一眨眼就会错失终生引以为憾的场景。那阵子，会场上也出奇地安静，只有警察在忙碌。

匡兆武认为，那些忙碌的警察里应该有自己。

于是，他从小模拟各种场景。

他首先演练抓捕。没人的时候，他把一截木棍别在裤腰带上当枪使。他飞起一脚，假装把“门”踹开，暴喊一声“不许动！”然后把腰间的“手枪”拔出来指向假想中的“敌人”。“敌人”很不老实，不仅拒捕，还意欲暴力抗警，那就没什么客气好讲了，“砰”的一声，他扣动扳机，对手的脑袋在想象中被打爆……

他还没想过审讯。对手很狡猾，睁眼光说瞎话，明摆的事实都不招。他承认自己是个缺少耐心的人。他甚至认为一个警察有限的耐心不该花在那些不值得的人身上。于是，他决定直接“修理”对手。结果，对手很快就服软，“竹筒倒豆子”般把什么屎肠子都吐出来。在警察要不要动手的问题上，匡兆武是这样说服自己的：警察不打好人，但坏人还是可以适当教训一下。因为你不让他尝尝锤子的滋味，他就不知道钉子是铁打的。他的皮肉会经常发痒，就跟长了牛皮癣一样，警察不给他挠几下子，他就不长记性。

心中有梦想，脚下有乾坤。高考成绩出来，可以填报五个志愿。匡兆武的第一志愿是“××公安专科学校”。后面四个空白栏里，他只写两个字：同上。

班主任说：“你可以选择五所不同的学校。”老师另拿一张表，要他重新填写。

“不必，我只有一个志愿。”匡兆武把笔帽拧紧，摔在桌子上，以表明自己的不可动摇和志在必得。

班主任不无担心地说：“你这样选择会失去四次机会，到时候可能留下遗憾，追悔莫及。年轻人，你正处在人生的十字路口，千万不要意气用事。”

匡兆武以回敬的目光看着老师，道：“对一个执着的人来说，失去的都不是机会。”

哲理！班主任无言以对。他倏然觉得这个学生长大了，连思想的翅膀都长出来了，可以在自由的天空里翱翔了。他感到一丝欣慰。可是，就算你一门心思报考警校，至少格式不对呀。

匡兆武对老师的宽宥和理解表示感谢。他重新拧开笔帽，在志愿表上把“××公安专科学校”连写五遍，宣言一般，字迹工整，排列整齐。

后来，同学们取笑匡兆武说，公专是被他的执着和诚意感动才录取他的。要不，分数刚刚压线，他的运气没那么好。

匡兆武说：“你们就不仔细想想，我为什么只考那个分数？我就是掐着那个录取线做题的，我就是冲着公专去的。知道我最大的担心是什么？我最担心的事情是自己不小心超常发挥，不幸被清华、北大录取。果真如此，我的理想不就破灭了吗？”

匡兆武成绩平平，心态超好，考上公专已是万幸。不得不说，他的黑色幽默不完全出于自我调侃，也包含了一种人生选择。可现实很骨感，等到匡兆武警校毕业，国家取消大学生分配制度，他当警察的愿望成了一场梦幻。在恨死新制度出台之前，他先在心里把父母亲狠狠恨过一遍——你们就不能提前好上吗？实在来不及的话，未婚先孕也不至于造成儿子眼下的被动嘛。

往事如云。

今天上午，一中队当班。

匡兆武哪想到，即便天气这么炎热，扒手们也没闲着。一中队长报告说，有个中年妇女的五千元钱在公交车上被扒了。

匡兆武有点烦他："这么鸡毛蒜皮的事也报告，有意思吗？"

中队长回话："有意思的是受害人撒泼，横躺在公交车前面不让开，已经造成交通拥堵，汽车喇叭掀翻天，司机们都骂朝天娘。"

"公交车上的人控制好没有？"

中队长说："除了扒手不在，乘客都在。"

"车载监控呢？"

消息仍是不妙。"监控坏了！前两天的事，司机说还没来得及换新。"

匡兆武没好气地说："运气不错嘛，好事都让你一中队赶上了。"觉得这话有点过火，他缓和一点语气："通知交警没有？让他们协助。"

"他们的人马上就到。"中队长说，"匡大队呀，场面几近失控，我们三个快要招架不住了。"

匡兆武从电话里能清晰地听到对方的呼哧声和现场的吵闹声。共事多年，他对一中队长应对各种复杂情况的智慧和能力毫不怀疑。看来，这次事情有点紧张，得赶快派人增援。就在这当口，局长的电话打进来，劈头盖脸："匡大队，你在哪里？"

匡兆武心知不妙，趁口说："我正准备带队处警。"

局长说："现场有人打县长热线都快打爆了，县长问我是不是要他亲自跑一趟。这个问题，我现在想请你回答。"

匡兆武心里一凛："请局长放心，我保证十分钟之内解决问题。”回头，他把单位内勤小孙叫来，让她马上准备五千元现金随他去处警。

“哪来的钱？我私人卡上的钱也不多了。”公安局没有小金库，小孙颇感为难，但她心知大队长要钱干什么。不到万不得已，他是不会这么干的。他一旦决定干，就没什么道理可讲。

匡兆武把嘴唇从茶杯口移出来：“那是你的事。”

习惯了！匡兆武每次遇急处警时都要把一满杯茶水喝下去，就像某些时候不得不斗酒一样。

二

匡兆武最痛恨的人是扒手。

为什么？因为他曾亲自遭遇过一次扒窃。钱虽不多，也就十五元，可想起来憋屈。猪尿脬打人不疼，但气人。那时候，他还在县城读高中，那是在学校放月假坐班车回家途中发生的事。当时，他坐最后一排。到了一个站口，有位老奶奶拎着大包小包上车，她腿脚不好使，一只瘦骨嶙峋的手攀住车门，颤颤巍巍老是上不来。前面那么多人，谁都舍不得伸手帮老人一把。匡同学有点看不过去，就把夹克脱了放在座位上，穿过长长的过道，下去替老奶奶拎东西。班车再次启动以后，邻座“好心”地提醒他说：“你的钱好像被人扒了。”他翻看夹克，发现兜内的钱果真不见了。联想起就在车门即将关上的刹那，有个年轻人突然嚷嚷着下了车，印象中那家伙比自己年纪还小，匡兆武恨得牙根痒痒。他很生气地对“好心人”说：“你怎么先不说？这不成马后炮了吗？”邻座是个胆小的女人，她告诉匡兆武，她是亲眼看见年轻人掏夹克的口袋，可她不敢见义勇为，因为扒手下车时，特意把手里的刀片朝她晃了晃，意在告诫她“少管闲事”，她不想自找麻烦。她说：“你也太大意了，谁让你把衣服丢在座位上？我善意地提醒你一下还有错吗？”

匡兆武差点崩溃。

换成别人，这件事完全可以当成八卦说给人家听，逗个乐儿。乏善可陈的生活需要乐趣，说破天不就十五元嘛。可是，匡兆武后来成了警察，这件事就怎么想都不自在。那是嵌在他肉里的一根毒刺，是卡在他喉咙里的一块鱼骨，是揉进他眼里的一颗沙粒，是投在他心里的一团阴影。万恶的扒手不该趁他做好事时下黑手，这是对“活雷锋”的侮辱，是明目张胆地打击好人！

这段经历说起来有点可耻，它让匡兆武更加矢志要当一名合格的警察，而且他誓言对那些扒手将会毫不留情，一个也不放过。

匡兆武考上警察是后来的事情。

大学毕业后，他到城关派出所当联防队员。他觉得所有的职业中，只有联防队员与警察的距离最近，所以，他没有选择其他待遇优渥的工作，直接奔一身警服去了。那时候，几乎每个认识他的人都知道，匡兆武想当警察都快想疯了，他迟早是要梦想成真的。他不是警察，可干起活儿来比警察还警察。他的表现得到领导认可，联防队长的帽子很快就从一个占着茅坑不拉屎的“老油条”头上挪到他脑袋上。所里配给匡兆武一辆带边斗的三轮摩托，车身喷着蓝白两道漆，车把上贴着盾牌的标志，人坐进去，车飙起来，在县城里卷起一阵旋风。匡兆武和他的队友们成为街头巷尾一道夺目的风景。市民们不一定认识所长，但他们一定认得“匡队长”。

所长对匡兆武说：“联防队员不可小觑，你们有不可替代的优势，许多警察干不来的事情要靠你们去完成。你们要沉下去，要和那些人打交道，到时候有些情况才摸得上来。”所长把自己这番说辞归纳成警察常用的一个专业词：潜水作业。

匡兆武知道“那些人”是哪些人。其中，“缺牙齿”就是“那些人”中的一个，也是他最早碰到的一个。

这是后话。

现场的情况很不乐观。匡兆武最保守地估计被堵在路上的车辆不少于两百台，围观的群众往少里说也有三百人。那位遭扒窃的妇女四仰八叉躺在公交车前面，无声无息，不知死活，看上去很不雅观。她的头发披散在路面上，黑黑的一团乱麻。偶尔有一股风，掀开她脏兮兮的衣摆，露出肚腹处的一块白肉。匡兆武蹲下身子，正试图和她对话，一个戴白帽子的交警过来讨好他说：“你们赶快把人弄走，后面的事情交给我们。”

匡兆武拿目光狠狠捅了白帽子几下，挥挥手说：“去你们的吧。我们把人弄走，后面还有你们什么事？”

换在平时，匡兆武碰到这类警情，会毫不犹豫地指挥兄弟们先将挡车的女人抬走，再善后。可是，眼下的情势十分微妙，那么多眼睛盯着警察的一举一动，人们的手机早就调到视频拍摄模式，警察和躺在地上的女人稍有肢体接触，都会被人从不同角度记录在案，并以现代科技的速度传播出去。和谐社会以人为本啊！

匡兆武细声细气地说：“大姐，我是巡警大队长，你起来随我去公安局，我承诺帮你追回那些钱，好不好？”

女人说：“我现在就要钱。不见到钱，我腿子就没劲，连路都走不稳。”她一直闭着眼睛说话，说完话把头歪向一边，看起来真差劲。

匡兆武说：“我们正在抓那个扒手。”

“你们么时候能抓到他？”

匡兆武噎住。

“我儿子后天开学要钱，我等不起。”女人说着说着就嚎起来，汗水、泪水、涎水和鼻涕一起迸溅。许是皱纹太密太深，汗水在额头流不动，流也只能横着流。她手膀子上全是汗，使劲一甩就把汗水和阳光一起洒在马路上。她擤完一把鼻涕后说：“男人死了，我带着儿子过着猪狗日子。我到砖厂打工，干男人该干的重活累活，挣几个血汗钱。钱找不回来，我就只剩死路一条了。”

匡兆武心想：这么耗下去，你晒也会被晒死的。

这时候，局长又打来电话：“匡大队，怎么回事？你在华盛顿吧？我们有时差吗？”

匡兆武看看手机，快半小时了，心急如焚的局长一直还在办公室等他处警的结果，县长应该也在等局长的回复。匡兆武离开办公室时喝下的那杯水成功转换成由汗腺分泌的液体，迅速洇湿了他的短袖制服。结果比过程更重要。他当巡警大队长这些年，都是这么过来的。别以为当警察都威风，警察的辛酸只有月亮才知道，只有星星才知道，只有风雨才知道。他递个眼色，小孙会意后就起身找中队长“办事”去了。

接下来的情节很简单。

这是匡兆武和手下经常配合着玩的套路。一中队长屁颠颠跑来，说扒手被逮住，那笔款子也追了回来。躺在地上的女人真的看到了一扎钱。她的眼里顿时发光，血色回到脸颊上。虽说包钱的手帕不见了，但她认定那些钱就是她的，钱上面有她的味道，那是汗水和唾沫混合而成的，她闻得出来。她几乎是从中队长手里抢过钱去，然后扑通跪地，把额头一次次磕在坚硬滚烫的路面上。匡兆武将女人扯起来。她的脸上有汗水粘连的尘土和沙粒。她努力微笑，但表情切换太快，笑容里带着明显僵硬的痕迹。

围观的人不明真相，以为匡兆武他们真的成了神探，纷纷鼓掌，盛赞警察神勇，一个个正能量的短视频立马传播出去，带着制作者由衷的评价，想必县长和局长都看到了。

三

匡兆武是在一次抓赌行动中被迫结识“缺牙齿”的。那时候，他的联防队长正当得大红大紫。

场面闹得够大，庄家和参赌人员加一起有四十多人，全所警力都出动了。场面被控制住以后，地上到处扔着现金，一张张躺在地上很委屈，问是谁的，谁都说“不是我的”。那好吧，没人认账就是国家财政的。所长安排几个女警在地上捡钱、清点、登记，个个手脚麻利。

人手紧张，参赌人员被警察和联防队员一对一押上停在外面的中巴车——所里临时租用的。匡兆武负责押送“缺牙齿”。

刚出大门，匡兆武只觉得“缺牙齿”在他身上蹭了一把，动作快如电疾如风。他立马感觉左边裤袋有点沉，伸手摸，竟触到一大坨现金，估摸着有好几千元。他刚要发作，只听“缺牙齿”在耳边嗡嗡一句：“别声张，我和你们所长是亲戚。”

匡兆武立时瞪大眼睛瞪“缺牙齿”一眼。“缺牙齿”把头低下去，装作若无其事。他回头再看所长，所长的表情也比较含糊，让人捉摸不透。他脑海里顿然闪过一连串疑问：自己并不认识这个缺了半边门牙的年轻人，他凭什么要把钱塞进我的裤袋？而且动作那么干净利索，任何人都没看出半点破绽。莫非他和所长真是亲戚？抑或是所长刻意安排的？所长为什么要这么做？他是在考验我吗？

时间紧迫，由不得匡兆武想太多。等他把“缺牙齿”押上车刚坐定，所长就宣布收队了。于是，那一沓赌资就鬼使神差地落进匡兆武兜内，成为他后来很长一段时间挥之不去的心病。

如果“缺牙齿”不说是所长亲戚，匡兆武是一定要给他一点颜色瞧瞧的。他会把“缺牙齿”塞进自己裤兜的“赃款”掏出来，朝他的鼻子砸过去，当场揭穿他，让他进去好好体验一把。可是，这家伙无厘头的一句话把匡兆武活跃的心思给摁住了，他插进兜内的手在反复犹豫一阵后很无趣地抽回来。他想：就算你是所长的亲戚吧，到了所里，你和所长总得给我一个说法。我且把面子给你留着，不，是给所长留着，到时候看你如何收场。

蹊跷的是忙完一通宵，“缺牙齿”和所长谁都不提那笔赌资的事，好像那事压根儿就没发生过一样。匡兆武有点沉不住气了。他瞅准一个单独相处的机会，对“缺牙齿”拍拍自己的口袋，悄声问：“这个怎么办？”“缺牙齿”仍然装出一副莫名其妙的样子不搭理他。匡兆武以为“缺牙齿”没反应过来，连忙拿两指头捻了捻：“喂，这个？”“缺牙齿”显得不耐烦了，故意提高嗓门说：“匡队长，你神神道道的搞什么鬼呀？有话你只管说。”

“缺牙齿”这么一咋呼反倒把匡兆武吓一跳。是嘛，钱揣自己兜内，如果让“缺牙齿”反咬一口，匡兆武就算跳进长江也洗不清。“缺牙齿”正是赌他不敢吭声，才故意激他。匡兆武一怒之下狠狠甩了“缺牙齿”一巴掌，从牙缝里挤出两个冰冷的字：卑鄙！

匡兆武决定马上找所长把事情说清楚，将那笔赌资交出来，自证清白。“缺牙齿”如果真是所长亲戚，这个屎屁股就留给他擦好了，匡兆武可不愿替人家背这口黑锅；如果不是，所长当然不会客气，他肯定要好好收拾“缺牙齿”。

可是，所长折腾一晚上，先一步回家休息了。匡兆武打他电话，关机。

老婆听完事情的来龙去脉，对这糗事有自己的想法。她问匡兆武：“你能确定‘缺牙齿’是所长的亲戚？”

匡兆武说：“他亲口对我说的，回到所里再问他，又没别人在场，他却装样子。”

“那你认为他不是所长亲戚？”

老婆的话就像一道必答的选择题，而且二选一。这有点出乎匡兆武的意料。他的本意是想从她嘴里找到答案，结果皮球还是踢回来了。

“人家那是为了保护所长，故意给你布下的迷魂阵。”老婆的言外之意，“缺牙齿”还真可能是所长亲戚。

匡兆武对老婆的话将信将疑。

“你确定所长真的回家休息了？”

“折腾一通宵，谁都犯困，何况所长年纪也不小了。”匡兆武的话里带着明显的倾向。

“我看他是在故意回避，不想让你去找他。”

这个问题匡兆武不是没想过：“可是，那有什么意义？”

“意义可大了。”老婆分析说，“在这个赌博案中，‘缺牙齿’如果身无分文，他就只是现身赌场的一名看客——谁没有凑热闹的时候？这样的话，警察因没有证据拿他没辙，他可以逃脱处罚。”

老婆的判断倒是没错。天亮后，“缺牙齿”就大摇大摆地走出派出所，嘴里还哼着《好汉歌》，尾音拖得老长：该出手时就出手，红红火火闯九州哇——

“而且，‘缺牙齿’料定那些钱足以塞紧你的嘴巴。你得了好处，自然就不敢说出真相。”

“他做梦吧！”匡兆武气不打一处来，“我现在就去把事情说清楚。”

“迟了，没机会了。”老婆说，“不当场交出赌资，你的话谁还会信？人家反而认为你是要报复或陷害谁谁谁。你说得清楚吗？”

从此，匡兆武像做过什么亏心事似的，感觉自己在单位做不起人。他通过多年努力，在内心深处用荣誉和操守筑起的长城让“缺牙齿”那王八蛋给毁了。这是他职业生涯中一个恶浊的开始，一个引为耻辱的记忆，而且不做个了断注定将会伴随终生。

女人被带到巡警队来。巨款“失而复得”，她需要配合警察做一份笔录，还要打一张领条——那笔钱是内勤小孙临时从柜机上取的。她只是私人垫付，终归要记在巡警大队的账上。那笔钱追得回来好说，万一抓不到扒手，五千元还得请示局长通过财务室做“技术处理”。这样的难堪和尴尬匡兆武还是头一遭碰到。当时情势所迫，匡兆武他们为了迅速疏导交通，给领导和受害人一个满意的交代，不得已假戏真做。当场围观的群众都见证了那“感人”的一幕，并给巡警们纷纷点赞，使公安局赢得了荣誉。现在如果道出真相，传出去岂不贻笑大方？

隔天，公安局大门口突然响起一阵鞭炮声，引来不少市民看热闹。

那女人为了感谢警察，特意请来一支号鼓队，吹吹打打，要把一面锦旗送给巡警大队。看看，那锦旗上写着什么对仗句：民工大意公交车上遭扒窃，巡警无畏神速追回血汗钱。这简直是故意要给匡兆武心里添堵。因为嗅觉灵敏的电视台记者和报社记者听闻消息纷纷赶来搞现场报道，匡兆武和他的同事们不仅要出面接受锦旗，还要接受采访。面对记者们摆开的长枪短炮，匡兆武不得不睁眼说瞎话。他编台词的水平比较差火，当记者追问案情进展时，他灵光一闪忽然想起一句外交场上的套话：“案件正在进一步侦办之中，暂时无可奉告，谢谢！”这才把事情应付过去。

女人闹的这一出把匡兆武逼到悬崖上，这案子不查个水落石出是说不过去了。

这样，他才想到了“缺牙齿”。

四

自从那次抓赌以后，匡兆武和“缺牙齿”之间就建立起一种特殊关系，大致相当于过去的“地下工作”。

赌博案过后没多久，匡兆武就以自己的方式对所长和“缺牙齿”的“亲戚”关系暗中做过几番试探，他百分之百地肯定自己被“缺牙齿”耍了，所长是无辜的。但正如老婆所说，他已失去先机，无法证明自己的清白。不过，这件事远没过去。匡兆武不可能因为几千元赌资让“缺牙齿”拿住把柄，将自己玩弄于股掌之间。他决定把钱还给他，干脆让“缺牙齿”来一个完胜。更何况所长早有暗示，要他多和“那些人”接触。单从塞钱这场闹剧看来，“缺牙齿”有勇有谋能量不小，或许他是个不错的人选。

匡兆武有意“发展”他。

匡兆武至今清楚记得第一次约“缺牙齿”见面的情景。

那是一家临河的茶楼，卡座。

匡兆武开门见山：“没想到我会约你吧？”

“缺牙齿”说：“完全在我的预料之中。”

“为什么？”

“因为你想把那些钱给我。”

“凭什么要给你？”

“因为你是一位合格的联防队长。对一个正直的人来说，那点钱就是埋在你心里的一颗炸弹。”

匡兆武看着茶几上广口的紫砂杯，里面的明前绿茶上下浮动，一如他此刻的心境。茶杯口面上氤氲着淡淡的茶香，袅袅的热气和萦绕于茶室之间的轻音乐那么契合、应景。匡兆武端起杯子，轻轻地吹了吹滚烫的茶水，说：“你真够狠的。”

“我们之间玩的就是猫和老鼠的游戏，比拼的是智力，不能说谁比谁更狠。”“缺牙齿”说话时语速不急不缓，但嘴巴并不关风。

匡兆武把一个信封掏出来，放在桌面上，朝“缺牙齿”面前推了推。这是你的东西，收起来吧，让人看见不好。

“缺牙齿”把信封往回推了推：“你有这个姿态就足以令我感动和佩服，何必太认真？”

“必须的。”匡兆武说，“这件事不可饶恕。”

“你是说我？”

“也包括我自己。”

“你的包袱太重，其实没必要。”

“没懂你的意思。”

“因为你有原谅自己的理由。”

“好啊，新鲜，不妨说出来听听。”

“很简单，因为你还不是警察。”

还不是警察！这句话把匡兆武深深刺痛了。是的，我匡兆武现在还不是警察，我只是正在赶往警察路上的一名联防队长，一个仰望宇宙追求星辰大海的人。对一个忙于赶路的人来说，难免会需要一些临时“补给”，也会遭遇各种意外的诱惑。可是，警察才是我人生路上的终点。我不能因为自己暂时还不是警察，就放纵自己，做有违初衷的事情。如果玷污了警察的名节，我奔向终点的意义安在？匡兆武想把自己的这些想法说给“缺牙齿”听，让他开开眼，知道什么才是警察的灵魂和坚守，转念一想，还是算了。那英不是唱过，白天不懂夜的黑吗？匡兆武现在急需要做的事情是摸清“缺牙齿”的底细。他想走近他。

“换个话题吧，我对你的职业很感兴趣。可能的话，我们甚至可以做朋友。”

“我啊，怎么说呢，你肯定听到过一种流行的说法：混社会……”“缺牙齿”打住话头，摇摇脑袋，“我们是生活在世界对立面的人，你说怎么会成为朋友？”

匡兆武莞尔一笑：“警察有责任，也有能力把你们改造成好人。”

“我说过，你还不是警察。”“缺牙齿”也不怕刺激匡兆武，继续戳他的痛处，“别忘了自己的身份。”

“我一定会成为警察的，这一点请你相信。”

后来，匡兆武终于考上警察，而且一步步稳扎稳打，走到如今巡警大队长的位置上。他一直把“缺牙齿”当“内线”，通过这条线索把自己的治安触觉伸向社会某些隐秘的角落，以争取工作主动。“缺牙齿”也确实发挥过一些作用，协助匡兆武破过几起案子。尤其是当案子卡在某个关键节点往下走不动的时候，匡兆武常常怀着“死马当作活马医”的心态请“缺牙齿”暗中相助，好几次还真柳暗花明地打开了局面。在打交道的过程中，他俩按照各自的规则和逻辑行事，就像对弈双方按既定的秩序厮杀和攻防。所以，几年交往下来，匡兆武和“缺牙齿”这对“朋友”彼此熟悉而又陌生，他们用一种心照不宣的默契跨越职业鸿沟，建立起一种工作意义上的信任和友谊，成为互相依赖的“朋友”。

五

现在，因为公交车上的扒窃案，又轮到匡兆武求助“缺牙齿”了。

在匡兆武的办公室，“缺牙齿”先声夺人：“大队长肯定又遇到麻烦了。”

匡兆武就把先天上午处警的事情囫囵说了。他说：“巡警大队现在被逼上梁山，不挖出那个扒手日子不好过呢。”

“找人不是问题。”“缺牙齿”很有把握地说，“我想知道你准备怎么处理人家。”

听“缺牙齿”这口气，事情的枝枝叶叶他都知道了，而且那扒手似乎也在他的掌控之中。匡兆武也就不绕弯子："在公交车上扒窃属刑事案件，怎么处理你心里应该清楚。"

"如果人家主动投案自首，并且交出全部赃款，你能放他一马吗？"

"进去没商量，但可以考虑从轻，那也是法院的事情。"

"我如果向你求情，怎样？"

"求情？"匡兆武反问"缺牙齿"，"你知道我最痛恨的是哪种人吗？"

"扒手？"

接着，匡兆武就把他那年在回家的班车上遭到扒窃的故事说给"缺牙齿"听。他情绪激动，带着控诉和声讨："那时候我还是一名学生，那点钱是我体恤父母饥一顿饱半顿攒下的生活费……"

"缺牙齿"听着听着，浑身刺痒起来，心里感到一阵焦渴。直到匡兆武带着激愤情绪的讲述画上句号，他才喃喃地说："对不起，那个扒手很倒霉……"

匡兆武和"缺牙齿"的思维不在一个频道上。他愤然道："你还有没有一点正义和良知？"

"缺牙齿"继续："为了那区区十五元，他在逃跑中摔掉了半边门牙……这样的代价足以值得你原谅他一回了。"

匡兆武睁大眼睛，定定地看着眼前的"缺牙齿"，好久缓不过神来。

"也就是从那次起，我告别那个职业……"

“你也有良心发现的时候？”

“不，我的缺牙太明显，不适合在车上开展‘工作’。后来很长一段时间里，我只能退到幕后。”

“原来，你居然转入地下了。”

“可以这么说。”“缺牙齿”就像在回忆一段辉煌的往事，脸上洋溢着一种莫名的自豪感，“县城的扒手都归我管，我给他们各自划分了路段和车次……持续了好多年。”

“缺牙齿”的话让匡兆武终于明白，他为什么对找到公交车上的扒手那么信心满满，又为什么一门心思要给扒手说情。

“缺牙齿”还在自说自话：“后来，我将他们遣散，要求他们出去寻找一份正当工作。我对兄弟们说，现在生活富裕了，人们口袋内的钱都转移到手机里去了，公交车上也安装了监控，扒手这个职业注定只会走向没落，大家就别再惦记公交车了。另外，我们都有一双灵巧的手，都可以走正途致富，浪子回头金不换，我们不能辜负上天赐予的改邪归正的机会。”

三天后，匡兆武忽然接到“缺牙齿”的微信，让他马上带人去某茶楼三号包房抓人。

当时，“缺牙齿”答应将扒手引蛇出洞，匡兆武还怀疑，更没想到会这么快。

行动很利索。扒手对自己曾经的“老大”不存任何戒心。当警察给他上好手铐就要带走的时候，他看着“缺牙齿”，表情很淡定，嘴唇哆嗦着，只说：“老大，我不怪你，我没听你的话，管住自己这双手。”

“缺牙齿”拍拍扒手的肩：“去吧，时间不会太长……”说完这句话，他把头扭向一边。迎着灯光，他的双眼里闪闪发亮……

晚　节

一

老魏干刑警马上到头了，干到五十八岁干不动了。退休只差两年，他要求挪地儿，就像行驶中的汽车，泊车前先减缓一下速度。

老魏是员猛将，从警后破过不少大案要案，啃的都是硬骨头，身上至今还带着几处旧伤，可谓立下汗马功劳。现在，他年纪大了，牙齿啃不动了，组织上应该有所照拂，让他过两年安逸日子。所以，人事调整前局长对他的请求颇为重视，谈心说："老魏，局机关这么多二层单位，你挑一个。你想去哪里吱一声，局里就把你安排到哪里。放心，你到哪单位都只当顾问，发挥余热，工作上指导指导，上半个自由班，活少干，应得的福利待遇不少给。"

——好暖心的话。

老魏早就瞄准了一个单位。他说："我已经想好了，去调度室。"

老魏这想法令局长颇感意外。调度室的老常下个月底就到点，“位子”正好腾出来，这个情况局长是清楚的。而且，他正在为谁来填补老常这个“坑”大费周章。调度室负责各级指示、指令的上传下达，对“110”接警、处警情况进行协调指挥，还要接受来自社会面的各种咨询，可谓公安机关的中枢神经。一个地方的社会治安好不好，从接警、报警的数据上一目了然；一个县局的警察作风优不优，从出警、处警的速度上一清一楚；一支警队的形象正不正，从群众反馈的信息里一览无余。那里二十四小时工作制，四个人轮着来，一根电话线把人牢牢绚住，须臾不得离开。说得难听点，一脚踏进调度室，你吃喝拉撒睡都被限制在不到二十平方米的房间内，相当于关“禁闭”。所以，调度室看似权力大，对人的吸引力却不大。前不久，下面派出所有位副所长在执行任务时受伤，伤愈出院后需照顾性安排。局里建议他接手调度室的老常，他当时满口答应，可回去睡觉时辗转半宿，最后一个翻身就变了卦，问他为什么，他说，调度室有责任没想头，有想头没奔头，还限制活动空间，他受不了不想去。然而，调度室非比别的部门，其他单位多个人少个人，短期里无所谓，大不了每个人多分担点工作。调度室可不同，一个萝卜一个坑，萝卜没了，坑不能空着。坑不堵住，就会掉链子，就玩不转。所以，派谁去调度室成为局长的头号难题。现在，老魏主动提出来，好事嘞，局长当然求之不得。但这样安排并非出自他的本心，他心里感觉有点对不住老魏，讪然道：“老魏啊，这个，你可要想清楚哦；这个，可是你自愿的哦；这个，到时候可不能撂挑子啊……”

局长“这个”一番，事情就这么定下来了。

谈完话，老魏冇回家，直接去调度室“踩点”。调度室虽说不大，但室内配置很人性化，有空调，有电视，有电脑，有饮水机，有烤火炉，有办公桌椅，有柜子，还有席梦思床，俨然一个像模像样的“家”。只是空间不大，房间正中安放一架窄窄的木床，靠南墙边立着一排必不可少的柜子，供值班警察收拾衣物之用，加上办公桌椅也占去不少地方，鼻子杵眼睛，人腾挪起来就有点儿别扭。

这些，老魏都不在意。老魏是过过苦日子的人，什么困难都经历过。他觉得两年时间飞快，眨巴眼就过去了。至于工作难度，他更是没当回事。老魏经见过那么多凶危，还有什么比面对舞刀弄枪的嫌疑人更惧怕的呢？还有比侦破错综复杂的迷案更熬人吗？没有！所以，老魏自信地认为，凭自己大半生的侦查智慧和人生经验，应付调度室的日常工作应该绰绰有余。好歹对付两年，熬到退休，自己的警察人生就能画上圆满句号，一辈子也便有所交代了。

哪想到上任没多久，区区一个红包竟把他搞得灰头土脸的。

二

木子是老魏的发小，一直在老家当村干部。

老魏突然接到木子的电话，说是要来县城看他。老魏当然知道，事情没那么简单。他直截了当问：“木子，有什么事电话里说，搞那么复杂干吗？”

“不行！”木子说，“这事可大了，必须面谈。”

木子不是一个人来的，他还带来了另一个中年男人，说是他老婆那边的亲戚。老魏那天正好当班，就在调度室例行公事式地接待两位来自山里老家的客人。木子记得老魏原先是干刑警的，常年揣着枪领着一班年轻侦查员呼隆隆来呼隆隆去地搞案子，煞是威风。现在，他窝在屁股大个地方专门伺候一部电话，心里顿生疑窦，小心翼翼问：“老伙计，你犯错误啦？”

“没有，”老魏惊愣一下，讷讷地说，“你咒我。”

“没有？”木子不信，“怎会把你贬到这旮旯？”

老魏说：“没人贬我，是我自己申请来的。我老了，破案的事让年轻人干去，这儿挺轻松的。”末了，老魏又给自己长脸说：“当然，也挺重要的，到这儿工作的人要严格挑选。”

木子将信将疑，撇撇嘴说：“生姜还是老的辣呀，干部要靠传帮带。你看，我都这把年纪了，肩上不还压着担子吗？”

老魏脸上挂不住了，作色道：“木子，别紧着水我，说你的正事。”

木子这才切换话题，陈明来意。中年男人的儿子邱强裹进一桩盗窃案里，现在正关押在看守所。他要请老魏帮忙，把亲戚的儿子捞出来。老魏让木子说说案情。他跟医生诊病那样，先要望闻问切。木子就朝邱父努努嘴：“我说不清楚，你自己介绍吧，择关紧的说。”

邱父就“叭叭叭”地把事情原委叨咕了一遍。人家花一万多元新买一辆“爬山王”，停在堂屋里没放热，就让几个小蟊贼偷走，一夜之间开到外地。幸亏派出所动作快，把赃物及时给追了回来。邱父一个劲儿地给老魏解释。在他看来，赃物没出手，没给受害人造成损失，案子就不成立；儿子没亲自动手，只负责踩点、望风，就不构成犯罪。一句话，他儿子是冤枉的，不该进去。他收尾的话是：“我儿子没偷东西，他只是帮人家报信、放哨。”

盗窃案，还是团伙作案。老魏一听，事儿可大了。踩点、望风，就不算作案？你以为没接触赃物就能摆脱盗窃嫌疑？笑话！这哪是捞得出来的事情？法律岂能儿戏！

老魏给客人续茶，肯定地说：“这事不好办，你儿子出不来。”

邱父一听急了，哭丧着一张脸说：“魏叔，你无论如何也要帮我。我就这么一个儿子。他平素很听话的，帮大人干活从不偷懒，村里人都可以作证。他这回是鬼迷心窍，上别人的当了。我们可以向政府保证，儿子再不会干坏事。车主如果要赔钱，我们答应赔。只要他放过我儿子一马，我们拆屋卖瓦也赔。魏叔，我儿子要是坐了牢，将来就娶不到媳妇儿。他成不了家，我们邱家就绝了后，这个家就毁了……魏叔，你和木子叔既然是亲戚，我们就切肉连着皮，也成了亲戚。帮了这个忙，我会记得你的好处。我们不是那种忘恩负义的人。你要相信我的话，不然，你可以问木子叔，看看我们平时是怎么做人的。魏叔，你说是不是……”

邱父一口一个“魏叔”，嘴巴里尽是话，排着队往外涌，就像拧开龙头的自来水，哗哗啦啦没个完，有点喧宾夺主了。木子拦住他：“哎，说那么多废话干吗呢，听你魏叔说。”

“人家也是救子心切，我理解。”老魏随后问了一嘴，“案子现在走到哪儿了？”

木子说，到法院了，只等着判决了。

老魏心想，马上就要出结果，还跑个什么劲。他说，回去吧，别再跑来跑去地瞎耽误工夫，要相信法律是公正的。

木子一脸索然，对着老魏：“真没救了？”

老魏看着他，莞尔道：“依法判决也是法律对年轻人的一种挽救，家属要正确认识和对待。”

木子说：“你不给我面子。”

老魏无奈地笑笑：“我老了，皮糙肉粗，连自己都没面子，哪来的面子给人家？”

木子说：“你没混出个人样来。”

老魏继续笑：“判断正确，我也是这么认为的。”

木子说：“你没卵用。”

老魏还是笑：“对不住，我让你失望了。”

木子说：“你连一个辅警都不如。”

这下，老魏不服气：“木子，你这话什么意思？太伤自尊了。”

木子说："人家辅警虽说事没办成，可口气比你硬。"

"辅警？"老魏糊涂了，"什么意思，你说清楚点。"

"人家辅警都有路子，也比你热心。我这一趟算是白跑了。"

老魏差点崩溃。

三

公安局新录用了一批辅警。张火是一个。这孩子大学刚毕业，他的梦想是当一名警察，正等待机会准备报名参加入警考试。他先到警察队伍里"辅"一阵，算是提前给自己热身。据说，年轻人挺不错的，当地派出所很看好他。如果不是因为这件事情暴露给老魏，或者说，如果他听老魏的话及时把屁股擦干净，应该有一个很好的前程。老魏是给张火留着机会的，他不想把年轻人一棍子敲死，可张火没把握住，这就怪不得老魏了。老魏把自己的职业看得比金子还贵，他不允许行为不端的人混进队伍里，坏了警察的名声。所以，张火给年轻人上了一课：在成长路上每一步都要走稳，不然，会毁掉一辈子。

老魏并不认识张火。此前，他俩既没交集，也没有可比性。可木子说老魏连一个辅警都不如，他当然不服。老魏接着问："张火是谁？怎么把我和他比上了？你把话说清楚。"

然后，老魏才知道张火是新招的辅警。他只是没懂，一个辅警凭什么承诺人家到看守所捞人？

接下来，木子就把事情的枝枝叶叶说了。邱强一出事，张火就找到木子，说邱强不是本案主犯，像他这种情况可以“操作”一下。木子知道“操作”是吗意思。他当村干部多年，大大小小的事情平时没少帮别人“操作”过，而且大多“操作”成了，但那都是些上不了台面的芝麻小事，小得可以忽略不计。像这种从看守所捞人的事他想都不敢想。他问张火要多少“米米”——“操作”是不能谈钱的，只能说“米米”。张火很鬼，他不说话，只伸出一个巴掌。他那五根葱白的指头排列整齐，光照之下，显得干净而透亮。木子明白那指头不是指头，是一种指代。他也把一只手伸出来。不过，他的三根指头都弯着，只有两根指头是伸直的。张火摇摇头，又把手伸出来。这回他照样不说话。他弯着大拇指的手朝木子直摇晃，告诉他“你懂的”。木子再把手举起来。这次，他把一根指头捋直了加上去，用三根指头回应张火。他也学着张火摇了摇，意思是“这是最后的价码，你看着办吧”。就这样，一件挺微妙的事情，让木子和张火拿几根指头比画来比画去就给比画妥了。木子在把三根指头放下来之前，说了句总结性的话：“作数，但人要出来。”

张火回他一句很“嗨”的话：“只要‘米米’到位，没有我搞不定的事情。”

木子仍不放心，追着问：“要多久？”

张火说，一个月。

老魏听出来，这就是木子所说的“口气硬”，张火是想在邱强刑事拘留期间给他办取保候审。这孩子也太张狂了。老魏听得头皮发麻，连毛发都奓了起来。且不说这种案件的嫌疑人办不出来，就算暂时取保，检察院那边随后也会做出逮捕决定，并把案子起诉到法院判决。法院一旦判了实刑，邱强还得收监进去。张火这是在玩火，胆儿也太大了！老魏的第一反应是这糗事最好不张扬出去。他不是要包庇张火，纵容犯罪，而是另有考量。社会上哪分得清这警那警，人们总认为辅警也是警，出了事，屎盆子都会扣到警察头上，严重损害公安形象，让自己也跟着脸上抹黑。不行，得赶紧给这小子踩刹车，否则，他会滑到深渊里去的。

邱父抱怨说："张火就是个骗子！收钱的时候，他说得一好一好的，保证一个月之内放人。可时间到了，人还关着，问他，说是案情比较复杂，二号同伙还没抓住，得等一等。两个月后，人还是没放出来，他推说卡在检察院了，正在抓紧做工作。他还伸出'三根指头'说，'米米'可能不够花——花他娘的脚。"末了，邱父恶狠狠地带骂一句。

木子接过话头："我觉得这事玄乎，不敢再信他了，所以来求你。"

邱父说："我们没找对人，一开始找你就好了。"

老魏心想，这种事找人没用，找我也是白找。

邱父又说："后来，我不给钱，张火就不管事了。案子到了法院，只等着开庭审理，我要他退钱。一开始，他还接电话、回信息，只说钱花完了，没退的，他还给我倒贴钱呢，鬼才信他。再后来，他就玩失联，电话不接，连微信也不回了。”

老魏问：“话不能乱说，你说的这些话可有证据？”

“有。”邱父把手机掏出来翻给老魏看。老魏一条条扒拉。我的个天，真是不看不知道，一看吓晕倒。微信转账和两人之间的对话记录清清楚楚，一条都没删。完了完了，张火真是猪脑子，人家如果把这当证据一状告上去，他就彻底完蛋了。老魏心里恶骂张火，脑子里却在风驰电掣地想问题，有两个声音各执一词在激烈争吵。一个说：“年轻人这么不知天高地厚，真是白读了那么多书。他自讨的，你莫去管他。”另一个说：“谁没年轻过？谁又能保证一辈子不犯错误？他一时糊涂财迷心窍，这时候得有人帮他指点迷津。”一个说：“关你鸟事啊，不亲不邻的，搞不好，人家还会说你狗拿耗子呢。”另一个说：“这事你就得管。你一个老警察，骨子里要有正义感，不能由着年轻人胡来。你不把他送进去就算够意思了。”一个说：“偏不管他，让法律好好收拾这个混蛋，不然，年轻人不会长记性。”另一个说：“一粒耗子屎坏了一锅汤。张火要是黑了，警察都跟着黑，好看吗？”一个说：“林子大了，什么鸟儿都有，哪里都不是净土。”另一个说：“给他机会吧，看他自己能不能把握住……”两个声音吵得老魏头都大了，他把两个各执己见的家伙从脑海里赶了出去。

木子问：“老伙计，你看这事……”

老魏没好气：“我说木子，你糊涂啊，这么多年的村干部真是白当了。这种事也能‘操作’吗？你就不怕把自己连带着

'操作'进去?"话虽这么说,老魏心里还是有杆秤的,他知道哪头轻哪头重。这件事他肯定要"干预"一下。邱强捞不出来,但张火也不必跟着进去。警察不能光打击犯罪,还要防患于未然,最好能制止犯罪,关键时候能拉人家一把就拉一把。那话怎么说的?救人一命……老魏对邱父说:"我尽力让张火把钱退给你。"

邱父惊诧不已:"他听你的?"

老魏相信张火是聪明人,自己只要对他晓以利害,他会做出正确选择。他说:"我们每个公民都要听法律的。"

邱父没懂老魏的话,撵着问:"你们是亲戚?"

木子嗔他一眼:"警民本是一家人,什么亲不亲的?"

老魏把邱父的手机要过来,直接在微信上"操作"。他字斟句酌,给张火编了一段敏感短信,"啪"地摁过去。在确认对方接收到后,老魏又把手机上的信息删除——内外有别,那些话是一个老警察对一个年轻辅警掏心扒肺说的,语重心长,不能为外人所知,张火能领会就好。老人家曾说过,惩前毖后,治病救人。老魏不想让邱父知道得太多,年轻人以后的路还长着呢。

邱父接过手机,发现没内容,正疑惑间,手机"嘀咕"一声。他再看时,张火已经转账过来。不过,他只转来两万,且回信说:"钱全花完了,算我赔进去两万,别再烦人。"

木子和稀泥说:"我看行了。人家多多少少还是花掉一些的,这时候多得不如少得,少得不如现得,捡一个算一个。"

邱父对这个结果也表示认可。

老魏不买账，但他嘴上没说出来。一开始，老魏是想直接电话张火的，让他把钱退还人家。可转念一想，觉得不合适。一个人做错了事情，知情的人自然越少越好。这事关年轻人的自尊心，更何况他还不认识张火，人家未必听他的。人老了，尽量多栽花少栽刺，唐突了不好。事情能够冷处理，大家脸面上都好看，何乐而不为？可是，张火这孩子做事不够利索，退了两万，却还留着个烂“尾巴”，就好比解完大手擦屁股，屎没擦干净。这是有“后遗症”的。屁股不擦干净容易生痔疮，人心不擦干净，就会沉入黑暗。他们之间的往来信息和转款记录就是铁证。任何时候，邱父只要拿这当“炸弹”炮轰张火，他准玩完。老魏有心了，他加了邱父的微信，把那些“炸弹”截了图转到自己手机上收藏起来，然后说：“你不会有损失的，我会让张火把剩下的那一万元退给你。”

邱父喜出望外。

趁他高兴，老魏以商量的口气说：“但有个条件，你要把你和张火之间的那些往来信息包括刚才的转账记录清理干净。”

邱父并不傻，他知道老魏担心什么。他说：“张火退完钱我就删。我连他的微信一起拉黑，这种人以后不值得交往。”

老魏说：“那一万元，你问我，就当是我欠你的，与他再没关系。”

“这不好吧？”邱父嗫嚅道，“一码归一码，明明是他欠我，怎么成了你欠我？”

老魏把手机摇了摇："放心，证据都在这里，我替你保管着呢，要不回钱，我把证据还给你。"

邱父还在犹豫。木子说："你还信不过魏叔？你儿子的事要不要他帮忙？"

一提到儿子，邱父马上蔫了。眼下最当紧的事情不是钱，而是人。他从张火退钱这件事情上看出老魏的能耐和魄力，相信老魏能镇住一切邪恶，立马就把张火的微信从自己手机里踢了出去。他这一删，老魏心里顿感轻松，不亚于剜去一个恶性肿瘤。

四

张火是在局里参加辅警培训时被老魏"请"到调度室的。他要以老乡的名义和张火好好"谈谈"。那天，他俩"谈"的时间不长，没人知道他们究竟"谈"了些什么。但人们依稀记得，张火那天从调度室出来时情绪不佳，脸色很不好看，两个老乡想必"谈"得不大愉快。

没错，正如人们猜想的那样，他们后来谈崩了。老魏先给年轻人沏完茶，简单问了他家里的一些情况，然后直奔主题。他说："邱强的事我全知道了。"老魏使用了自己惯用的行之有效的审讯方法。干刑警时，他常常以这种突兀的方式扔出重磅炸弹，令对手于猝不及防中乱掉方寸，然后缴械投降。

张火怔了怔，马上强作镇定："领导，哪个邱强？我不知道你在说什么。"

见他还要装，老魏的语气就重了："小张啊，你知道你在和谁说话吗？"

张火听出弦外之音。他怎会不知道赫赫威名的老魏呢。神探老魏在家乡有口皆碑，他破了那么多案子，抓过那么多坏人，能让大人们用来唬住哭闹不休的孩子。张火只是从没见过老魏而已。他没想到这个老乡此刻就像神一样端坐在面前，而且掐住自己的"七寸"。"领……领导，你听我说，事情是、是这样的……"张火磕磕巴巴，急于想解释什么。

"什么都不要说了。"老魏打断他的话，"小张，这件事我现在替你接了盘。你把那一万元给我，我再转给人家，就当什么事情都没发生一样。今后引以为戒，这样处理你看行不行？"

张火耍赖说："我不欠谁的钱。"

"不要急于回答，你再好好想想。"老魏敲打年轻人说，"我也不希望你欠谁的钱，有些债是不能欠的，尤其是准备当警察的人。"

老魏的敲打张火秒懂。他有所让步："谁要钱谁找我，我和人家有约定。"

"哦，你的意思是说，这件事和我没关系，老头子多事了是不是？"老魏说，"那我告诉你，人家再不会找你，要找只会找组织，到时候，恐怕没我好说话，事情的性质也大不一样。"

张火还是不领情："就是说，我只能听你的了？"

“你自便。”老魏仍在苦口婆心，“不过，我是发自内心地想挽救你。我这么处理，已经有点对不住自己的职业了。我可从来没这么恶浊过。”

“我没兴趣。”张火不以为然地说，“我看这件事情你就不必操心。”

老魏一听，张火这孩子狗咬吕洞宾，太不知好歹，对法律也没有敬畏心。一个辅警，就横到这份儿上，他哪来的底气！长此下去，将来他若真的当上警察，还不翻了天！不行，不能让这种人混进队伍里来。老魏给年轻人敲警钟说：“小张啊，你的认识有问题，态度也很成问题。”他把手机里收藏的“炸弹”亮给张火看，然后说：“亏你还是知识分子，你想过这件事的后果吗？”

张火一看铁证如山，这才把脑袋耷拉下去，嗡嗡地说：“领导，我把一万元交给你。然后，我只有一个请求……”

老魏知道张火想说什么。他本来是要放年轻人一马的。一个农村孩子走到今天多不容易，就算道德上有瑕疵，能知错即改就原谅他一回。可张火的表现太令老魏失望了。他从张火跋扈的表情上看到了那种藐视一切的野心和欲望，从他桀骜的话语里听到了一种不可遏止的心跳……这种人惯不得，留在警察队伍里早晚出事。老魏语气沉重地说：“小张，不是每项工作都适合所有的人干……这个世界太大，也太精彩了。条条大路通罗马，年轻人不必吊死在一棵树上。如果，我是说如果你没能当上警察，选择别的职业也许会成就另一番事业。”

张火没答话。他攥紧拳头，一排瓷白的牙齿把下嘴唇咬出一片白来。

培训结束，招录办主任当众宣布，张火被淘汰，理由是他体能训练不达标，不能胜任未来的辅警工作。当然，一个干辅警都不适合的人，就别指望当警察了，张火也就死了那份心。后来传出风声，有人说是老魏在领导那里给张火使了绊子。对老乡也敢下狠手，老魏做人真不厚道，缺人情味儿，和警察打交道，真是危险。对此，老魏感到心痛，但他保持缄默，从来不做解释。

张火辅警没当成，自知入警无望，只好选择出门打工。他用一万元买断老魏手机里的“炸弹”时，心里恶狠狠地说：“君子报仇，十年不晚。等着瞧吧，有你倒霉的那一天……”

五

这天夜里，老魏上门“拜访”文庭长。他打听清楚，法院的文庭长负责审理邱强的案子。

文庭长见老魏拎着东西上门，批评说：“兄弟，你越线了哦。老熟人嘛，来就来，还兴这套？”

“都是家里的处理品，积压久了浪费。”老魏抖抖手说，“血压升起来了，酒不敢再喝；体检查出支气管扩张，遇冷遇热都咳嗽，你嫂子就限制我抽烟。你说，我过的什么日子，这还有没有人性？”

“所以，你就嫁祸于我？”文庭长幽了一默，开始坐下来说正事，他告诉老魏，“那案子庭里几个法官都看了，你说的那个邱……邱什么？”老魏接过话头，他叫邱强。“对，就是那个邱强，他在团伙中确属从犯，情节显著轻微，可以考虑判缓刑。但是，”文庭长来了个转折，“结果暂时还说不好，要等开完庭后合议庭再议一议才能定下来，有消息我会第一时间告诉你。”

“围绕有利于判决，还需要他家里配合做什么，你就直说。”老魏说，“当然，必须是法律允许的，我们都不能乱来。”

文庭长问：“老魏，这孩子是你什么人？”

老魏本来要说“老乡”的，闷了一下，改口说：“是我老婆那边一个亲戚，据说平时很听话的孩子，不知怎么就犯了糊涂。”

文庭长听出老魏打了诳语，玩笑道：“老魏，你可真沉得住气啊。”

“怎么说？”

“真要是你老婆的亲戚，你会拖到现在才来找我？开水都结冰了，你是提篮子的。”

老魏：“嘿嘿，什么事都瞒不过你。不过，我没提篮子，纯帮忙。”

“你几时学会玩套路的？你给我个实话，收了人家多大的红包？”

“红包？”文庭长这一问，把老魏问傻了，额头上马上飙出一层汗珠子来。

那天在调度室，木子和邱强的父亲把张火那边搞定以后，开始讨论捞人的事情。老魏知道，人肯定捞不出来，最理想的结果看法院能不能给邱强判个缓刑。

邱强的父亲问，缓刑是什么刑。

老魏解释，缓刑也是实刑，是有罪判决。只不过判决后，人可以出来，暂缓执行。

“到底几时执行？”邱父只关心这个。

“在缓刑期里，他只要不重新犯罪，就不会被收监执行。”

“可以，”邱父关注的是“人可以出来”，他说，“管他实刑虚刑，让儿子有自由就行。”

木子一旁嘚瑟：“我就说过，只要老伙计出面就没有摆不平的事情，关键是要找对人。”

老魏一听不对，马上纠正：“你们别搞错了。缓刑不是我说了算，要等法院判决。我只是说，看有没有这种可能。我可以找法官打听一下。在这件事情上，我的作用是非常有限的，法律的弹性也不大，你们可别做指望。”

木子和邱父顿时像锅里烧开的水塌了火，立马跌下去了。

“不过，如果真如你们所说，邱强在本案中的角色并不重要，判缓刑是有希望的。”老魏搞了一辈子案子，他心里有谱。本案价值不太大，而且赃物及时追回，没给受害人造成财产损失，加上邱强又是初犯，平时表现也不错，如能与受害人达成谅解，判个缓刑不是没可能。但他不会大包大揽把话说死，他要给自己留着余地。

木子说："这事你得帮忙。你说，多少钱？"

老魏杵了木子一眼："什么钱？你眼里除了钱，还有别的吗？嗯，你以为法律是玩儿的？你把我当什么人哪？"

邱父说："钱还是要给的，请客吃饭要钱，抽烟喝酒要钱，打电话要钱，租车也要钱。我总不能让你贴钱办事。"

老魏说："我并没答应给你办事呀，要办事也是法官的事，没我的事。"

木子说："联系法官也是办事，办事就要付费。"

"走走走，你们赶紧走吧。"老魏听他们钱钱钱的，心里直冒火，就轰他们走。木子和邱父面面相觑，待在调度室不愿起身。好吧，客不走主人走。老魏气冲冲地上卫生间小解去了。等他回来的时候，房间内空荡荡的。木子和邱父到底拗不过老魏，只好识趣地离开。等老魏晚上睡觉的时候，掀开被子，发现枕头下面压着个红包。他点了点，不多不少五千元。老魏连骂三声娘，然后给木子打电话，狠狠熊了他一顿，最后说："你干的就不是人事，赶快给老子把红包拿回去，要不，我交纪委，连你头上的主任帽子一块撸掉。"老魏都给木子称"老子"了，说明他已经忍无可忍了。

木子被骂得招架不住，告饶说："骂骂骂，那么难听的话你都说得出口，我还有什么好说的？我拿回来得了，你别发火，伤肝的。"

可是，木子离县城不是一脚两脚的路，开车也要三小时。他说第二天下来拿，到现在还没来。所以，文庭长刚才一提说红包，老魏心里就像被马蜂蜇了一下。他期期艾艾说：“文庭长，还真让你猜对了，是有一个红包。那是个炸药包，我得马上回去把它清理掉。”

从文庭长家里出来，老魏给木子打电话，催他赶快下来把红包拿回去。木子说：“我近段时间会忙死，能不能变通一下，你给我转过来？”

老魏想了想，觉得不妥，回他说：“必须原物领回，有假钱也是你的。在这件事情上，我们之间不存在金钱往来，你不要坑我，我也给你帮不上忙。”

隔天下午，木子到县城办事，老魏把红包交给他。木子怯怯地打探道：“那事给问了没？法院怎么说？”

老魏含糊着，等消息吧。

木子理解的意思是两字：有戏！他心里开了一朵花，试探着问老魏：“真就白帮忙？”

老魏没好气：“没帮忙！”

六

是年底，法院判决结果出炉，邱强果真被判了缓刑。他赶上了回家过春节，一家人幸福团聚。木子和邱强全家都非常感谢老魏，说是大恩大德没齿难忘，弄得老魏反而不好意思。因为他觉得在邱强的缓刑问题上，自己出力非常有限，仅仅利用当司法局局长的同学关系，出面帮邱强请了个律师，不需要付费的那种法律援助。老魏心里高兴，自己明年就要退休了，想不到老有所为，这会儿还做了件善事，而且帮助的对象是山里小老乡。同时，他逼着张火给人家"退赃"，并把他踢出警队，这不是无情，他认为是对年轻人的一种挽救，就好比看到一个盲人已经走到悬崖边了，再往前挪动一步就会万劫不复。这时候，他及时拉了人家一把——举手之劳的事情。两件事情加在一起，让老魏感觉自己讲原则，有底线，守规矩，知进退，啥时候回老家去也多了一份脸面。山里人朴实，你只要给他帮点点忙，他都会感激你一辈子。

只是没想到，就在次年秋天，也就是老魏离退休只差三个多月的时候，相关部门接到举报，请他去"坐坐"。老魏很忐忑。他知道那个部门的"门"好进不好出，那里的椅子坐着并不舒坦。

两个问话人原先都认识，只是打交道少。坐定以后，问话人甲先客套："老魏，快退休了吧？"

老魏说："快了，眨巴眼就到了。"

"是这样的，组织上接到举报，说你替人办事，收过人家的红包。请你来，是想就这件事情了解些情况。你是老警察了，而且一直搞案子，这方面是专家，我们也就不绕弯子。"

举报？谁会干这脏活？举报什么？老魏第一反应想到了邱

强。对，只有邱强一家才会过河拆桥。老魏费解的是邱强自由了，那红包也退回去了。他家一直感恩啊，年前还寄来过年的腊肉呢，怎会背后捅刀子？不会，绝对不会。哈，还有一种可能，木子把自己退给邱家的那个红包吃黑了。按说，木子也不是那种人吧？他如果那么黑，村干部怎么干下来的？老魏脑海里一团糨糊。怎么把眼下的局面应付过去？说假话肯定行不通。老魏一生最恨说假话的人。况且，在这件事情上，他问心无愧，用不着说假话，那就只能实事求是了。他说："有红包的事，但不是我索要，是别人趁我不在，蒙在枕头下就走人，我没及时退掉。你们误会了。"

问话人甲："后来呢？"

"后来退了。"

"退给谁？"

"退给中间人，他叫木子，是个村干部。"

"还有中间人？怎么不直接退给当事人呢？"

"我说的中间人是老熟人，我不认识当事人，经熟人介绍的。"

问话人甲："那就是说，基本事实是成立的，举报属实，人家并没有诬陷你。"

老魏干了一辈子审问人的活，他当然知道问话的内在逻辑。他说："有这回事与是否构成诬陷没有必然联系，你的结论是不是下得早了点儿？"然后，老魏就一五一十地把事情的来龙去脉讲了一遍。他请求有关部门调查清楚。

问话人没有为难老魏，很快就让他回去了。

半个月后，老魏再次受到相关部门的“召见”，还是那两个问话人。

问话人甲：“老魏，我们做过调查，你说的情况基本属实。”

随后，老魏知道了个中蹊跷。原来，木子把红包拿回去后，邱强的父母拒收。他们说了两句话：一句是当今谁也不会白帮忙，人要有感恩之心，我们懂得该怎么做。第二句是我们不相信这个世界上还有送不出去的红包，除非河水倒流。可是，他们碰到了老魏。老魏颠覆了他们对社会风气的某些褊狭认知。这样一来，红包就落在木子手里。他不拿回去，挨老魏的臭骂；拿回后又砸手里退不掉。邱父说红包就交给他了，怎么处理是他的事。两边不买账的结果，是这件事情被当成一段廉政佳话在当地广为传播，妇孺皆知。人们不禁感叹，中央反腐倡廉真是大快人心啊，效果还用说嘛，老魏就是这样的典型。他是干部的好榜样，是值得人民群众敬仰的好警察。于是，一个红包把老魏架到火上烤了，他的“尾巴”被人踩住了。老魏大致猜出来是谁举报了自己。但他不责怪人家，内心反而有种还债的平衡。

不过，老魏不能就这么过关。相关部门要对工作有所交代——每一份举报都要有查处结果。

问话人乙说：“老魏，经研究，我们还是决定给你一个象征性的处分：诫勉谈话。”

老魏傻眼了：“不是说我没问题吗？”

问话人甲说："有没有问题看你怎么看问题。"

老魏说："请赐教。"

还是问话人甲："你想嘛，这个红包不是在你手上待过些日子吗？而且不也是因为邱强的案子引起的吗？所以，这里面就构成了因果关系。你当时并不知情，这一点很清楚，但你百分之百摆脱责任是说不过去的。我们不妨设想一下，如果没人举报，这个红包是不是就会石沉大海不见天日？当然了，这只是个假设，组织上做任何决定只能就事论事。"

老魏把脸扭向一边："什么逻辑啊，这也太勉强了吧。"

问话人乙说："老魏，其实说起来，你也可以不把这当处分。"

老魏气不打一处来："那叫表扬？"

问话人甲："老同志，不要生气嘛。所谓诫勉谈话，我们可以针对每个有公权力的人进行，无非就是告诫你，工作中要时刻注意遵守纪律，不要出半点差错。你说，一名共产党员、一名老警察襟怀坦荡，这有什么不好理解的呢？"

问话人乙补充说："我们也知道，你老魏是一名优秀警察，为公安事业做出的贡献不小……我们也是履行职责，目的就是要严明纪律，请理解。"

老魏心里比较烦。自己一辈子立功受奖，只拿红本本回家，马上就要起床的人了，想不到天亮后撒泡尿在床上。他一秒钟都不想在这里待下去。他只问了句兜底的话："这个处分对一个快要退休的老头子会造成什么影响？"

问话人乙回答，一年之内不能评先评优，其他没什么。

评他娘的脚！老魏有自知之明，马上就退休了，谁还会把“红本本”评给一个糟老头子？再说，那东西塞满了家里两个屉子，于他来说，多一个少一个无所谓的，又不能当饭吃。他权衡一番，虽说心里憋屈，但好歹还能承受，就决定接受“谈话”。他说，算了，那就诫勉吧，那就谈话吧。签完字按指纹的时候，老魏提出一个请求：“能不能把这个处分尽量控制在小范围内，照顾一下我这张老脸？”

“放心，这是我们的工作纪律。”问话人甲保证说，“按规定，我们要把处分结果通知你们单位相关部门，但我们一定会交代好，替你保密。”

走出那间办公室时，老魏踉跄一下，差点摔倒。他心里堵着，觉得这糗事摊到自己头上真是倒霉透顶。

这天晚上，老魏失眠了。围绕晚节不保的问题他想了大半宿，后来，他也慢慢想开了，有什么大不了的呢？自己背个处分，却挽救了两个家庭。邱强得到了宽大处理，料想他回归社会后一定会痛改前非，重新做人。这是明面上的账。还有那个张火，自己没让他当成辅警，给警察队伍提前“政审”否决了他，表面看来是挡了年轻人的道，实则是在他滑下悬崖的瞬间及时拉了他一把。虽然张火不知道自己是在帮他，甚而恩将仇报，但老魏很知足。他甚至感到欣慰，在整个事件中，自己没有触碰纪律红线，也没做出什么对不住警徽的事情。如此“晚节不保”，他觉得值了。

无目标射击

一

暖冬最大的好处是能把季节小小地颠覆一下。

春节刚过，江南春天的气息就已经咄咄逼人了。山上的杂树吐出新芽，各色花儿竞相绽放。鸟儿们喊喊喳喳，这边枝头蹦过去，那边丫杈跳过来，你追我赶闹着玩，看样子像是调情，说的全是鸟语，人反正是听不懂。坡地里，麦苗开始返青，从料峭春寒里挺直腰身，正借着回暖的地气往季节深处里噌噌生长。最惹眼的当数那些油菜花，江山一半菜花黄，这儿一簇，那儿一片，把富贵的色彩铺得漫天遍野都是。蜂虫撵上好天气，赶大集似的纷纷扑向花丛，扎进去久久出不来，想必是醉卧其中了。

才下过几场雨。山脚下，瘦了一冬的河床让春水盈满，绸缎一样铺展在城市边沿，留恋似的不舍离去。急慌慌赶路的永远只有火车。站在方顶山观景台往下看，列车像一队毛毛虫自东边逶迤而来，轧得钢轨哐啷响，驶近隧道口，很是憋足劲儿嘶鸣一声，然后“哧溜”钻进洞子。感觉里，那隧道就是一张阔嘴，把火车囫囵吞进肚里，再从方顶山那边吐出来——三江口水面上有座铁架桥，呼隆隆，火车过，汽车也过，甚是热闹。

隔不久，又有火车从山那边驶入隧道。这边车未现身，脚下先有震颤，如妊妇七月的胎动，继而听到呻吟，火车一节一节从隧道口分娩出来。于是，立在观景台的人想必会有阵痛感。

前些日子，才下过一连串春雨。天刚出晴，空气里少有粉尘和杂质，被洗过的大地、天空干净得让人心颤。这样的季节，当然最适合春游了。尤其是那些正在谈情说爱的年轻人，谁都不愿错过。

这个周末，果真有对年轻人越过隧道口前面的铁路，循着旁边的缓坡往上爬。坡地里种满橘树，一条窄窄的水泥路在橘园里探头探脑向上延伸，直达观景台。生活在小城里的人都知道，这是县城的制高点，站在方顶山上，可以鸟瞰城区全貌。据说，当年日本攻打县城惨遭失败。国军在这里据险设置炮台，居高临下轻易轰跑鬼子，牢牢控制住整座县城。罢了罢了，往事不赘。如今，这里优越的位置成全了那些爱好拍摄风光片的人。政府鼓励他们的行为，特地在这儿修了个观景台。不过，搞摄影的人一般只会选择在晨曦或黄昏夕照里来这里取景抓拍，这会儿不会来和恋人们争抢地盘。这对年轻人看上去像一对恋人——至少，在不明真相的人眼里，他们就是一对恋人。按常识性猜想，只有恋人才会成双结对地公开出游。如果是情人关系，他俩怎么着也得掩人耳目，私奔到别处享受甜蜜——县城太小，随处都会碰到熟人，那怎好意思呢？可是，你错了。往后的事不好说，至少，他俩暂时还真不是恋人关系——男人即使单方面有这意思，但这要看以后的发展，很大程度上取决于这次郊游。

男人叫鲁天佑，胳膊长腿长，连带着脖颈也长，理着精致的小平头，精气神十足。他手上戴着钏子，据说是去嵩山旅游时请少林寺一位得道高僧开过光的佛珠，能保佑他诸事如意（自然也包括爱情），别人出多少钱都不定弄得到手。女孩呢，身材凹凸有致，生得婉约，动不动喜欢笑，像一只铃铛走一路响一路。她右手腕缠一方手帕，想必是用来擦汗的，脚下的半高跟，走坡路有些不稳桩，又要防备鲁天佑趁机搭手扶她，两只手就一直摆开着行走，像鸟儿展开的两翼保持着身子平衡。稍有闪失，她的笑声马上就会切换成尖叫，惊得路边草丛里的土蛙呀蚱蜢呀蝈蝈呀活蹦乱跳，连旁边橘园中胆大的麻雀也莫名其妙地惊飞。相较而言，鲁天佑对这次出游似乎准备得更充分一些，一件白底黑条纹的T恤看上去质地不错，立领配上他那长脖颈正合适。下面穿一条米黄色休闲裤，裤脚收得稍微有点紧，但丝毫不影响行动。这身衣服如果配一双皮鞋真是没说的。可是，他脚上却穿了双新买的骆驼牌登山鞋。这些都无所谓，重要的是他手里还拎着一个包，看上去不重，但里面肯定内容丰富——这是一次蓄谋已久的春游，对鲁天佑来说，意义可不一般。他哪想到会乐极生悲，一场自天而降的伤害正在前面等着他呢！

走前面的女孩立住了。她回过身来，对鲁天佑说："我们去哪儿？"

鲁天佑说："去上次那儿，马上就到了。"

女孩当然知道上次那儿是哪儿，停了片刻，她强调一句："说好了，这是最后一次。"

鲁天佑说："我不是已经答应过你吗？你这话今天至少说了五遍。"

女孩说："你上次不也说是最后一次？怎么又约我？对一个说话不算数的人来说，五遍算什么？五十遍都不多。"

鲁天佑嘿嘿笑，对女孩的抢白无可辩驳。他仰着脖子往上看，女孩的脸很生动，许是走路热的，两边脸颊上泛起胭脂红，圆而肉感的小鼻子喷着热气，一只手当扇子在面前扰来扰去。从他的角度看，女孩的胸部要山有山要水有水，轮廓分明，裙裤裹着的腿饱满而修长，散发出撩人的青春气息。鲁天佑想，如果摆在眼前的是一只苹果，他会不顾一切地生吃了它。可惜，她不是一只苹果或别的什么水果，她是这么漂亮的一个女孩儿，而且已经名花有主。要想拿下她，没耐心不行。况且，他都试探过好几回了，对这样的女孩来说，光使钱不管用，还得耐着性子磨，冷水泡茶慢慢浓地那么熬她，枯藤缠死大树地那么箍她，滴水穿石般地那么砸她。鲁天佑就不信自己精诚所至、锲而不舍不能赢得女孩的芳心，把她从那个小警察手里夺过来。

——警察又怎么啦！竞争是当今世界的主流，爱情也不例外。

二

女孩叫颜如妙。

说起来，鲁天佑能和颜如妙认识还真得感谢那个姓师的小警察。师警察和鲁天佑住同一个小区，师警察住三栋，鲁天佑往后退两排，住五栋。鲁天佑是因为一场赌局和师警察发生交集的。那次，师警察接到举报，带人去宾馆抓了鲁天佑哥们的现场。鲁天佑他们干得挺大，警察当场收缴不少赌资。当然，这对鲁天佑来说是常事，除非他们不凑桌。师警察将鲁天佑他们带回队里，还没开始记材料，队长就接到说情电话，要求放人。说情的人来头应该不小，要不然，队长不会这么便宜他们。师警察也不便多计较——同住一个小区，他一直都不知道会有一个稍微年长的地产商和自己做邻居，怎么说也算缘分。治安处罚是免掉，但收缴的赌资一分没退——这应该是出面说情的某位“大神”在电话里跟领导“协调”的结果。师警察不知道鲁天佑会不会怪他，反正他只能按规定办事，鲁天佑硬要错怪人也没办法，吃警察这碗饭受冤枉遭误解得诟病是常事。事实上，鲁天佑从那一刻起就把这个邻居小警察铭刻在心里了，以至于第一眼发现师警察送颜如妙出小区，他就生出一个颇具挑战性的想法——他身边真的不缺女孩，他的初衷只想多交个朋友。

那个傍晚，鲁天佑开着自己的奥迪 A4 从小区大门口进来，恰好碰上师警察送颜如妙出小区。鲁天佑并没下车，他远远地把车掉头，透过车窗静静观察，发现师警察把颜如妙送到门口马路边后就折转回去了，颜如妙还和师警察依依挥手。

颜如妙回过身来的时候，鲁天佑的车已悄然泊在身边。车窗落下来，鲁天佑说："美女要去哪儿？"

颜如妙已经习惯了男人对她的讨好和殷勤，并没急着回答，而是回他一个应景的微笑。她在心里说："我去哪儿关你什么事啊！你心里打什么主意本小姐知道。"

鲁天佑对颜如妙的矜持一点也不介意。他说："我去东城，顺路的话让我当一回护花使者？"

颜如妙恰好住东城，于她来说，这是个不明真相的巧合，但她不会这么随便就承人家的情——她是有男朋友的人。她说："谢谢你，我坐公交回去。"她把目光投向西头的远处，男友已不见身影，通往小区门口的马路上一片寂寥。

"喂，"鲁天佑摇着手机说，"公交都收班了，你没赶上趟。"

"那我就等的士吧。"颜如妙的话等于告诉鲁天佑：我是住在东城，只是不想上你的车。你如果识趣的话，就不要再纠缠，应该趁早把车开走。

鲁天佑没走——在漂亮女孩面前，一个男人如果有想法，会显得很耐心，很低调，会没有架子。他说："这会儿的士车不会来的，街面整修，前面道路早挖得稀烂，过来得绕北线。”

可不是吗？北线等于绕到城郊去了，出租车跑起来很不合算。颜如妙差点把这个情况忽略，要不是鲁天佑提醒，她会一直在这儿傻等下去。男友本来是要送她回家的，可她推辞了，说自己打车回去。现在这么个情况，她只能将就一下，说出的话有点失颜面：“你绕北线去东城吗？”

鲁天佑知道有戏，话里就开始拿架子：“你运气真好，还不上车，机遇会稍纵即逝的。”说话的同时，副驾驶座的车门已经洞开。他走下车来，腰微倾，伸出右手，很绅士地请颜如妙上车。

要说，鲁天佑的行为还算得体，至少不会让一个陌生女孩感到突兀或生厌。颜如妙不再忸怩，就势坐上车，说：“先说清楚，我会按出租车付费，平时到我们那儿十五元，你要绕北线，我另加五元。”

“那你最好下车。”

“为什么？刚才不是你请我吗？”

鲁天佑说：“因为我不知道出租车行情，我怕你骗我。另外，我也没有出租的习惯。”

“车我是不会下的。”颜如妙用女孩子那种调皮和矫情说话，“问题是，本小姐也没有占便宜的习惯呀。你拒载和不收费，我都给你差评。”

“这样吧，”鲁天佑就手从驾驶台上取一张名片递过去，“以后，如果能听到美女的一次电话，我这趟助人为乐就扯平，怎么样？”

颜如妙在把名片收进坤包的同时，礼节性地扫了一眼。她其实什么也没看——如果不是出于起码的礼貌和尊重，她会马上找一只垃圾桶扔进去的。她说：“对不住大哥，可能会让你失望。一般情况下，我不会给仅有一面之交的异性打电话。”

“那可不一定。”鲁天佑说，“这要看那人是谁，有没有继续交往下去的必要。”

颜如妙说：“你还挺自信的。”

“比如说，”鲁天佑扭头看了看颜如妙，“你和你的朋友想要买房子就可以找我。”

颜如妙这才知道眼前这位是地产开发商。她随口问：“优惠一定不少吧？”

“这要看情况。”鲁天佑笑笑，“如果是你亲自买房，我初步决定，七折。不过，仅限一套哦。”

“初步决定？怎么理解？”

“就是说，这是起码的优惠，如果……我的意思是说，如果你愿意，我还可以考虑优惠更多，甚至白送你一套也是可以的……”

颜如妙说：“你还是注意红灯吧，别让它抄了牌。”

那次坐鲁天佑的顺风车，好像只说了这些话，准确说，是颜如妙只记住了这些话。不，她还记住了关键的那句。最后下车的时候，鲁天佑对道谢离开的颜如妙说：“美女，我忘了告诉你一个秘密。”

“秘密？”颜如妙有点好奇。她后来听到的“秘密”是：“我还没谈女朋友呢。”

三

观景台是个水泥平台，约莫二十平方米，东面留有缺口，由水泥台阶引入，其余三面安装了铝合金栏杆。

“你不累吗？”鲁天佑在台阶上铺着新毛巾，对欣赏远景的颜如妙说。从包里掏出来的毛巾，显然是他在殡仪馆吊唁后的回礼，质量好不到哪去，用来垫屁股坐坐挺合适。

颜如妙看一眼毛巾，只够坐一张屁股，说：“你先坐吧。”

鲁天佑秒懂颜如妙的话，人家是不愿和他挨挤在一起。他有点小失望。等颜如妙回头再看鲁天佑时，他却变戏法般又拿出一条新毛巾铺好。

颜如妙说：“你蛮鬼呢。”

“我知道你很累。来，坐吧。”鲁天佑伸出左手，在面前画了个半圆，说，“坐着一样看风景。”

话题自然是从隧道口开始的。这不仅仅是因为赫然呈现在视线里的隧道口不时有火车出入，是一幅动态的风景，鲁天佑和颜如妙的爷爷当年恰好都参与了这个隧道口的建设。这样的信息是他们第一次来这儿交流时互通过的，自然成为首选话题。

对颜如妙来说，隧道是一幅永恒的神秘的风景，它只能存在于略带恐怖的想象里。本来，前年夏天她和几个闺蜜约好，要用一个周末的上午玩一把现实中的穿越，同时体验“洞中方七日，世上已千年”的古意，不料计划刚成形，就让一个女孩在隧道里被杀的消息搅黄了。颜如妙是听男友说的。师警察那会儿在刑警大队当侦查员，参加侦办那起命案。他第一时间到达现场，被奸污的尸体下半身裸露，开始腐烂。师警察干刑警还是头一次办杀人案，尸臭让他三天后面对饭菜时想起当时的情景就反胃。案子最终搁浅，警察虽然从受害人下体里提取到残留的物证，但就是找不到那个对应的男人。师警察的刑警生涯也卡在这起出师未捷的命案上。他后来被调到三江口派出所任副所长。于是，隧道口在颜如妙心里永远堵上了。她不敢想象，鲁天佑一个人哪来的胆量独自穿越隧道。

“你真的走过？”颜如妙认为鲁天佑原先是吹牛。

“我走到中间时，从三江口方向开过来一列火车，他妈的运气真差，还是一列货运车，连灯都没有开。进洞口时，那一声笛鸣能把人的肝胆震破。”

颜如妙听鲁天佑说过，这条隧道全长不到两公里，他那次走过去花了一个多小时。她后来计算过，隧道再难走，也要不了那么长时间。她因此对鲁天佑的穿越表示怀疑，她认为他在忽悠自己。

“你一个人？”

鲁天佑哽了一下，咳一声，旋即躲开颜如妙的目光：“你别这样看我好不好？我从来都没说是两个人。”鲁天佑对颜如妙的醋意暗自高兴。

颜如妙知道鲁天佑误解了自己的意思，直接明说：“你就不怕火车卷起的气浪把你带倒？”

“我当时躲在洞壁的安全孔里——隧道是上世纪七十年代修建的，每隔二三十米，都有那么一个躲避火车的安全孔，听到轰鸣声，人可以先躲进去，贴墙站住，捂紧耳朵。不过，那么近的距离，我得把眼睛闭上。”

鲁天佑能讲出这些细节，颜如妙确信他是真的穿过隧道。她在心里下意识地把两个男人联系在一起。师警察和鲁天佑都是真男人，他们胆大心细，敢挑战一切。

“我要带你穿越一次，帮你实现梦想。过去后，我们在三江鱼馆吃鱼，那儿的鱼现捕现杀，佐以紫苏、大蒜、葱花、野藠腌菜，炖出乳白色的汤汁，再把豆腐下进去，神仙味道。”

鲁天佑说得没错，师警察曾带颜如妙吃过一次。三江鱼馆的清水鱼全县城绝无仅有，每天去吃鱼的人忒多，必须电话预订，迟了还不一定能预订得到。

鲁天佑再说：“人想干的事情一定要干成，不然，人生是不完美的。”

“可是，我怕。”

“有什么好怕的？我陪着，你怕什么！”

颜如妙想到了那具腐烂的女尸。她认为，有时别人陪着才是最可怕的。记得师警察说过，根据现场分析，隧洞里的命案是一个男子所为，而且流窜作案的嫌疑很大。

鲁天佑显然不明白颜如妙此刻的思维会和一具死尸联系在一起。他说："我可不想有第三者参与，那将失去我们穿越的意义。"

"你不觉得有点自作多情？"颜如妙说。

鲁天佑不在意："你是不是觉得只有警察陪着才会有安全感？我可告诉你，警察的佩枪有时候还不如一根拨火棍，不要过于迷信他们的神勇，许多时候都是吹出来的。"

颜如妙想象不出鲁天佑为什么会瞧不起警察，他的话让她骨子里生出反感。同时，她对这个渐渐熟悉起来的男人，突然有点捉摸不定的感觉。

他们的交往当然始自那次"顺风车"——

"我还没谈女朋友呢。"当时，鲁天佑说完这句话，就调转车头往回开。原来，他并不住东城，这趟"助人为乐"完全是一个男人为了讨好一个女孩刻意设计的桥段，甚至说蓄谋已久也不为过。当颜如妙明白"此中有真意"后，临时改变主意，把掏出来准备扔进垃圾桶的名片又收进坤包，以至于当她知道闺蜜甄有买房的意愿时，毫不犹豫地充当起不拿提成的中介人。甄在和鲁天佑的房产交易中吃了大便宜，这让颜如妙在朋友面前挣足了面子。当然，对鲁天佑来说并不亏，他所有的便宜都是冲着颜如妙送的，值得！就从房子成交开始，鲁天佑和颜如妙的交往也顺理成章地热络起来。颜如妙不得不承认，在自己的爱情答卷上多出了一道选择题，原来备选的答案是单选，现在变成了双选。鲁天佑并不傻，他像一位监考官一直掌握着考场的主动。他也由原来的“只想玩儿”动起真格。他发现把颜如妙这样的女孩子追到手变成自己的未婚妻要比开发一栋房产更有价值。于是，他的丘比特箭有了明确的射向，而且，一切都在“按计划走”。这次春游就是计划中的一步，他要厘清一个基本问题——对男人来说，这个问题很重要。

他说：“我想知道，你和姓师的警察关系到了哪份儿上？”

颜如妙脸上有红有白地问：“你这话什么意思？”

“我的意思你懂，就是那意思。”

“你不觉得很无聊吗？”

“是有点无聊，别人可能无所谓，但我绕不过去，我对你可是认真的。”

“你想到哪份儿上就到了哪份儿上。这么回答，你满意吧？”

“如妙，请不要拿这种话伤害我，作为一个男人，我有权利捍卫自己的尊严。”

“可是，我的过去与你的尊严什么关系都没有。”

此话在理。颜如妙心里，一个地产商和一个警察实在没有可比性。但人是有情感倾向的，俗话说得好，一千个不如先一个，先入为主的师警察在她心里占据着不可动摇的位置，尽管在可预见的未来，跟着鲁天佑这样的土豪过日子一定不比师警察差，但爱情不单单是为了过物质的日子，用时髦说法叫“寻找灵魂伴侣”。所以，鲁天佑现在想凭借自己的财富把师警察从颜如妙心里挤走，并不是件容易的事情。日子还远着啦。

四

许多时候，吃东西是调节气氛的好办法。

鲁天佑从包里一件件往外掏，有香蕉、凤梨、草莓、龙眼，还有牛奶、饼干、面包，花样多，每样分量却不多，分别用几个塑料袋装着，水果袋能看出水渍，显然是精心清洗过后再装进去的。他把一根吸管插进牛奶盒，递到颜如妙面前："喝吧，我们不谈那些不开心的话题，我也想明白了，该是你的才是你的，不是你的争也争不来。再说了，有些事并不重要，也不值得计较。"说完，他把一颗草莓丢进嘴里，狠劲嚼碎，猛不丁吞下去，急了一点儿，然后打出一个饱嗝。他感觉心里有什么堵着的东西立马消解，说出一个字："爽！"

牛奶是"特仑苏"。颜如妙只喝这牌子——不是所有牛奶都叫"特仑苏"，也不是所有女孩都配喝这牛奶，鲁天佑很用心。颜如妙喝得斯文，小嘴唇嘟出来，两边脸颊一瘪一瘪。每瘪一下，纸质的牛奶盒子也跟着瘦一下，还伴着"嚯嚯"的响声。

"你后来又走过隧道没？"颜如妙吐出吸管，凭空来一句。

"一点都不好玩，我再也不想走那鬼地方。"鲁天佑继而又说，"当然，如果你愿意，我会陪你去。男人说话是要算数的，别说一趟，十趟都行。”

“你当时怎么想到要去那儿？”

“就是……就是觉得神秘，跟你们最初的动机一样，也许就是网络小说看多了，无非想玩一把穿越。”鲁天佑望着隧道口，像一个看图说话的人，认真琢磨着每一个词。他又说：“我喜欢户外运动。对男人来说，越刺激越想挑战一下。哎，告诉我，你和他到这儿来过几次？”

颜如妙正把喝完的牛奶盒子收拾进塑料袋。她的思维跟着鲁天佑跳转：“与你有关系吗？”

“不说就算了。”鲁天佑的话里带着明显的醋意，“肯定比我俩多。如妙，我可告诉你，对每个人来说，一生的好机遇不会太多。我劝你眼睛睁大点，机遇主动跑到你面前，是件幸运的事情。幸福在向你招手，不抓住你会后悔的。”

颜如妙说：“我最怕做出一个后悔的选择。”

“人，有时候真是贱东西。许多女孩子追我，而且条件不错，我总是没感觉，偏偏喜欢啃你这块最难啃的硬骨头——我是属狗的，喜欢挑战难度。”

颜如妙笑一下。

“你笑什么？”

“我笑狗啃骨头。狗是贱东西，骨头可不是贱骨头。”

鲁天佑左手扬起来，装出要打人的样子——时机应该差不多了，他本意是想趁机占便宜在颜如妙身上随便摸一把，却又不敢落下来，虚空里僵硬有顷，最后只得把手缩回去，说：“算了，好男不跟女斗。”

这时候，鲁天佑感觉左耳热辣一下，同时，左腿肚子有股痉挛般的灼痛感。

“咦，”颜如妙指着鲁天佑说，“你耳朵怎么出血了？”

鲁天佑朝左脸抹去，果然巴掌满红。他把半边脸凑近颜如妙。颜如妙发现他的左耳垂破了，有血滴答出来。鲁天佑关心的倒不是耳垂，而是来自腿肚子的疼痛。他挽起裤筒，发现自己肉鼓鼓的左腿肚子已经被什么东西洞穿，摁一摁，能明显感觉出一个硬硬的、灼热的物件嵌进肉里，血正从破口处往外冒。

颜如妙以她有限的医学常识，将手帕解下来，把鲁天佑的伤处缠紧，防止失血过多。她力气单薄，手有些抖，在鲁天佑的帮助下才处理完。鲁天佑倒是显得沉静，他掏手机拨打120，然后，由颜如妙搀扶着走下坡道，急救车已经等在公路边。

这只是个小手术，可事情却非同小可。医生发现从鲁天佑腿上取出的竟是一颗枪弹。主刀医生用手术钳将血糊嘟噜的金属物夹出来，哐啷一声丢进盘子里，扒开仔细瞧，顿时傻眼了，怎么会是子弹头？谁敢在光天化日之下开枪行凶？从业余角度，医生首先想到了杀人，事情非同小可。于是，将这事报告给了医院保卫科。

警察来得够快。他们问了鲁天佑和颜如妙的事情经过，然后，让他们在问话笔录上签字。那颗来历不明的弹头自然让警察作为物证带走，上面还残留着血迹。他们要去观景台勘查现场，要对弹头进行化验和鉴定，要锁定侦查范围和嫌疑对象，迅速展开调查摸排工作。他们要做的事情太多了。办案警察当然知道颜如妙是师副所长的女友，更知道鲁天佑在县城的名头很响，况且这涉及枪案，它的敏感度和私密性都不得不审慎考虑。所以，他们对颜如妙自称和鲁天佑“只是朋友关系”“去观景台游玩不约而同碰上”的说辞假装糊涂，不作深究，只要求他俩随时保持联系，积极配合办案。

刚把警察送走，颜如妙就接到师副所长的电话，问她在哪儿，约她一起吃午饭。

“在医院干什么？你生病了？”

颜如妙觉得失口，马上撒谎说：“没有，我看一个同学，她预产期到了。”

病床上的鲁天佑耳朵尖，听出电话是谁打来的。他有点撒气说：“你去吧，别耽误你们吃饭。”

颜如妙没理他，继续煲她的电话粥：“不用接，我自己打车来，你把地方定好后告诉我就是。”

这个上午，师副所长带所里俩警察处理完一起很棘手的群体事件，颇有成就感，觉得有必要请女友庆贺一下。连续几天的大雨使河水暴涨，许是上游某个林场堆积的木材被洪水冲散，三江口附近的河面上涌现出大量原木，黑压压覆盖了好大一片水面。这些木料大都是上好的木材，可用来打制家具，再不济背回家也能当柴烧。三江口是三条河流交汇于澧水的地方，河面宽阔，汹涌的河水在这里形成洄流，漂浮的木料冲到这里速度明显慢下来，甚至打几个回旋后才流走。一大早，岸边围观的人群中有人开始行动了。他们用长长的抓篙将木材捞上岸，然后往家里扛。一开始，只是个别胆大的人冒险干，后来见危险系数不大又没人干预，大家都效仿。有不甘寂寞且不愿涉险的人打电话报警了。师副所长听得头皮发麻。连续多年，派出所辖区平安无事，连非正常死亡事件都没有发生，倘若为了一根木头闹出人命，自己对职责就没法交代了。他带两名干警赶到现场时，河岸边已经挤满了人。大家争先恐后地干，情势十分危险。师副所长亲眼看到有个肥胖笨拙的男人拉不住木头，若不是及时放手，差点就被卷入滔滔洪水。此时，汇聚在河边的人越来越多，三名警察的呐喊、规劝显得无济于事，场面已然失控。从众的心态让大家都在想，不就是捞几根浮木吗？这是唾手可得的偏财，也是千载难逢的机会，关你警察什么事嘛，难道我们自个儿还不惜命吗？师副所长安排两名年轻干警下去劝阻，自己站在大坝上观察全局。可手下两名干警都是新警，应对这种复杂警情的经验和能力都明显不足，师副所长感到很无助。看来，不霸点蛮恐怕镇不住现场了，他掏出腰间的左轮，朝天放了一枪。砰！这一枪的效果立竿见影。师副所长发现，那些还忙着捞木材的人都停止动作，像信号微弱的视频画面被定格住。他们不知道背后的枪声是不是冲自己开的，但他们看到了师副所长手里举着的枪，知道警察这次动真格了。这可不是闹着玩儿的，谁也不敢拿值钱的命换一根朽木。

师副所长命令所有人迅速离开河岸，警察开始清场，河面很快恢复平静。

五

鲁天佑到公安局讨到说法——他的枪伤是师副所长间接造成的。说间接，是因为师副所长那一枪压根就不是冲鲁天佑开的 师副所长是全局有名的点射手，如果真打冷枪，他鲁天佑早就一命呜呼了。

三江口和隧道口观景台之间相隔着一架方顶山，一把左轮的枪弹射程有限，怎么会不偏不倚钻进鲁天佑的腿肚子里？这也太悬乎了。警察是在编故事吧。

鲁天佑不会相信。

公安局的弹道专家这样给鲁天佑解释：发射的子弹冲向天空后呈抛物线落下来。在下坠的过程中，弹头有了加速度，加上弹体运行中与空气摩擦产生高温高热，击穿鲁天佑的腿部肌肉是完全成立的。当然，恰巧是坐在观景台正和颜如妙围绕狗与骨头的话题争论不休的鲁天佑遭此横祸实属造化弄人，也颇有几分戏剧色彩。

鲁天佑不认可警方这样的解释，由于他和师副所长都在追求同一个女孩，就不能不引起他许多联想。从心底里说，他正好想借这件事把文章做大做足，希望颜如妙能认清师警察的“险恶”嘴脸，将爱情天平偏向自己这边。他对警方说：“这绝不是一起简单的枪击事件，我怀疑里面存在猫腻，我需要一个公正的说法。”

警方说：“这起枪击事件的结论由检察机关做出，我们说了不算，有疑问你可以去问他们。”

关于师副所长开枪是否合法，检察院已经给出结论：当人民群众的生命财产安全受到严重威胁，局面又无法控制的特殊情况下，师副所长为了制止群众的鲁莽行为，鸣枪示警控制事态朝坏的方向发展是正当必要的，至于造成鲁天佑意外伤害，应该另当别论。

鲁天佑不买账，师副所长还有想法呢。他万万没想到，自己无意中伤害的竟然还是自己潜在的“情敌”。这就无法不让他对头上的“绿帽子”引起重视，他觉得有必要和颜如妙认真谈一谈。

这正合了颜如妙的心思，有些话她也想和师副所长当面说清楚。颜如妙问去哪儿谈，师副所长想了想说就去隧道口上面的观景台。颜如妙说去哪儿都可以，她不想去观景台，那地方晦气。师副所长说哪儿也不去，就定观景台。

这样的约定，师副所长经过了一番审慎考虑。那里是他和颜如妙恋爱后常去的地方，带着某些温馨和甜蜜的记忆。想不到，女友居然背着他和鲁天佑暗度陈仓，也会选择去那里，其间的挑战意味就不言而喻了。鲁天佑在观景台受伤，师副所长又何尝不是在那里受伤？按说，师副所长是不情愿再去观景台的，他想起那地方就恶心，就崩溃，但他有意要敲打颜如妙，给她造成一点心理压力，只能违心地选择去那里。他比较乐观地想，颜如妙对自己的“背叛”应该背上包袱，感到压力，她会向自己忏悔和道歉的。他最终也会别无选择地原谅她，但他不想让颜如妙轻易过关，恋爱中的颜如妙必须从这件事情中吸取教训，不然，婚后的感情他无法驾驭！

谈话并不投机。和鲁天佑一样，颜如妙也不认同公安局关于枪击事件的解释和检察院的结论。

“想不到，你竟然脚踩两只船。”在观景台刚坐下来，师副所长就对颜如妙表示谴责。

“我怎么就踩了两只船？”

“你不是说在医院看预产期的同学吗？任何谎言的背后都有不可示人的目的。它已说明一切，你再狡辩毫无意义。”

“你没资格和我这样说话。”

颜如妙的反击让师副所长瞪大眼睛，他面对的是一个完全陌生的女人。

颜如妙接着说：“你不是那只船，我也不是非要坐船的那个人。再说，脚长在我身上，愿意踩哪只船是我自己的事，谁也管不着。”

颜如妙是有个性的女孩，这一点师副所长知道。但真正领教她的倔强，这还是头一次。他想，这样撑下去，结果注定会不欢而散。他决定妥协，改变策略，攻心为上，把心仪的女友重新拉回自己的怀抱。

“如妙，别说那些气话了。这件事情已经过去，我们还是回到从前吧。”

“不可能！”也许觉得太绝情，颜如妙追加一句，“至少在我未弄清真相之前。”

颜如妙的话像一把利箭，刺破师副所长的心房，那里鲜血迸溅。“没想到，你会变得这样快。姓鲁的除了钱多，还有哪些让你着迷，你能给我解释清楚？”

“不要提别人，我的决定和任何人没关系，只和一颗子弹有关系。”显然，颜如妙和鲁天佑一样，对公安局的解释和检察院的结论不予认可。

“你是说我开的那一枪？”

“你心里清楚就好。”

“告诉你，我那是正义的射击，是没有目标的射击。当时的情况那么危急，我哪怕就是违反枪支使用规定受到纪律处分，也无怨无悔。”

“你的正义只有天知道。”

“难道你怀疑我是……”

“我什么也不怀疑，我只相信事实。你是不是又要给我讲述一个精彩的破案故事？可惜隧道里黑暗太深，它让我想起那句名诗：黑夜给了我黑色的眼睛，我却用它来寻找光明。告诉你，本姑娘心明眼亮，谁也别想蒙骗我。”

“如妙，你心里太阴暗了。”师副所长叹息一声，“你这样评价我和我的职业，我真的不理解，也伤害了我的自尊。别人不了解我，难道你也不了解我？”

“我原来以为自己真的了解你，看来我错了，大错特错了。人性是复杂善变的，认识一个人并非那么简单，我需要对你重新认知。”颜如妙说，“一个睚眦必报的人，如果手里有枪，那是很可怕的，和这样的人生活在一起太没安全感了，趋利避害是每个人起码的本能，所以，请你理解和尊重我的选择。”

“这么说，你是铁定跟姓鲁的了。”

“这不是你关心的事情。”颜如妙无情地说，“就算如此，有什么不可以吗？”

“如妙，你这么绝情，我真的觉得很愚蠢，你也伤害了我们之间的感情。”

“我是愚蠢，可是，有的人是被自己的聪明耽误的。你放下吧，用不着留恋一个脚踩两只船的女人。”说完，颜如妙开始下山。从观景台走下去，一直走，一直走……师副所长在后面喊她，她没有回头。

师副所长沮丧地坐在原地，直愣愣地看着颜如妙的背影渐渐变小，直至消失……

尾　声

当天晚上回到家中，颜如妙感觉百无聊赖，浑身瘫软乏力。她早早洗漱完后半躺在床头，连灯也不开，任思绪在黑暗里飘渺。

客厅里隐隐传来电视声——家里只有母亲还在坚持每天看电视，而且对本地新闻情有独钟，她认为身边的事最可信。

忽然，房门被打开。母亲走进来，按捺不住内心的喜悦："如妙，快、快起来看呦，我家小师得表扬啦！"

"他得表扬，关我什么事哦。"

母亲发现女儿不对："哎，你今天怎么啦？连灯也不开。"说着，她摁开灯控，将颜如妙拉进客厅。

电视里正在口播一条新闻，说的是师副所长带民警处置三江口河面老百姓冒险捞木头的事。颜如妙盯着电视，主持人正好说到师副所长鸣枪示警的情节，没有画面，只有真相。看来，他当时开枪实属不得已，颜如妙心里一个咯噔。新闻播完了，她还默然地站在客厅……

母亲并不知道女儿和男友之间究竟发生了什么，感觉如妙今天的情绪和往前大不一样，便嚷嚷说："你看看，我家小师多了不起啊，只可惜没让记者拍到现场镜头，那场面多带劲！"

颜如妙有点烦，冲母亲说："妈，你一口一个小师，谁是你家小师啊？"

母亲说："我分享我女婿的好消息有错吗？"

颜如妙说："他是谁家女婿还不好说呢。"

"放心，没人敢跟你抢。"

"妈——"

母亲再没接茬，"啪"地关掉电视，休息去了。

"枪案"发生的那个周三，市报刊登了这样一则消息：

【本报讯】昨日，S县公安局成功侦破一起命案。

X年七月二十四日，S县三江口铁路隧道里发现一具女尸。经查，受害人为该县某中学高三学生金某珍，侦查人员从受害人体内提取了相关物证，确定为被强奸后杀害。由于时间较长，尸体高度腐烂，警方没有查找到与提取物相对应的证据，造成案件搁浅。

今年X月X日，警方在对一名意外受伤的男子鲁某佑的血液进行DNA比对时发现重要线索，随即展开侦查，并控制了该男子。经过讯问，犯罪嫌疑人鲁某佑对作案事实供认不讳。

据悉，一位不便透露姓名的女子为案件侦破提供了关键信息。

目前，鲁某佑已被警方刑事拘留，此案正在进一步侦办之中。

强子被带走之后

一

强子被带走后，花嫂首先想到金主任。在神仙湾，她最能指望的人只有他。

当然，她还想到了另一个人。那人远在县城，不仅是老乡，据说还和强子沾亲带故，只是素无交往，她够不着。她在心里琢磨来琢磨去，最后还是觉得县官不如现管，这事找村主任才靠谱。

金主任就住对门竹园坡。花嫂站在自家门口放眼望去，他家小洋楼沐浴在秋夜皎洁的月光里，像深睡中的婴儿，朦胧中呈现出梦幻般的温馨。屋里却黑黢黢的，不漏半点亮光。夜很深了，即便在平时，金主任两口子此刻也会睡得喷香，遑论今夜还有警察上门抓人！花嫂想，金主任哪怕没瞌睡也要装睡，他才不会那么傻呢。

都说存心装睡的人是叫不醒的。花嫂没办法，她这回必须上门去把他叫醒。事关重大。金主任瞌睡再大也比不过自家男人的事儿重要。

月光朗照，夜空澄明，天地一片岑寂，世界睡熟了。花嫂踩着自己变形的身影出门，能听见自己脚下的摩擦声和心脏的怦怦跳声。她没走公路。水泥路面好走，却拐到坟山丘那边去了，要绕出两三百米。她抄近道一阵风下到溪沟边，快走到金主任屋旁时，突然想起自己是空着手来的。这怎么行呢？土家族人有话，长短是根棍，大小是个情，出得你的手，进得我的门。平日里你来我往，乡亲们尚且礼轻情重，绝少空脚甩手，几枚鸡蛋、一碗酱辣椒、半刀腊肉……手上总要有点拿头。自己今天有求于人，怎能两手空空地去麻烦金主任？这不合礼数，无论如何得折转身去，好歹应个手。

花嫂极不情愿地转身——出门办事图吉利，走回头路预示着事情可能不祥——花嫂希望遇事一帆风顺，她信这个。可是，花嫂认为如果不回家拾掇几样东西，去金主任家等于白跑。这不是她的人生经验，只是她对现实社会的一种从众认知。因为她的生活是相对干净的，纯洁的，除了人情世故，没有太多的矫情和伪饰。

月悬中天，秋夜薄凉。金主任披着夹克，看见一脸忧戚的花嫂杵在昏蒙灯光里，像一截枯干的木头。他疑惑地正欲开口，便听花嫂说："金主任，俺家强子被警察抓走了。"

金主任"啊"一声，嘴巴撮成"O"形，能放进去一个大鹅蛋。这样的造型只定格了两秒，金主任马上反应过来。他迫不及待地问："么时候的事？"

花嫂估摸一下："半小时前。"

金主任瞄一眼手机，快凌晨一点。他问："为么事？"

"警察说我家有枪。"

金主任好像遭遇枪击，身子哆嗦一下："真有吗？"

"有杆火铳，让他们搜去了。"

"火铳是火铳，枪是枪。"金主任进一步追问，"真是火铳？"

"就是火铳，打野牲口的那种'抓子火'。"

金主任早年打猎，使过"抓子火"，便松了一口气，很有把握地说："那哪是枪？警察肯定搞错了。"

花嫂当然希望警察搞错。但是，警察就这么说的，私藏枪支必须把人带走。火铳不是枪，难道他们不懂？花嫂不知道到底应该相信金主任还是警察。

"强子就因为一支'抓子火'让警察抓走了？"金主任感到有点不可思议。

"就是嘛，所以，我半夜三更才来喊门，把你闹醒。"花嫂甚是沮丧，"不到万不得已，我是不会这么做的。"在给自己的唐突找到充足理由的同时，花嫂还说，"家里出了这事，只能投奔村干部，除了你，没人能帮我这个忙。"

"那可不一定，社会上能人多的是。"金主任说。

"就算有人愿意帮忙，你若不出面，也不一定好使。"花嫂在话里留了个缝，缝隙里可以安进去一个人。

"强子被带走时，没给你交代什么？"

花嫂仔细回忆一下，事发突然，强子来不及做任何交代，就被警察押上了车。不过，花嫂这次没说实话，她脑壳里稍微活跃一下，临时编造说："强子悄悄说了，让我赶紧找你帮忙。"

"真的？"金主任来了兴趣，"他怎么说的？你把原话说给我听。"

花嫂就干脆扯谎扯到底："他说他是冤枉的，叫我赶紧找金主任，只有金主任才能救他。"

多大的信任啊！金主任抖抖肩膀，两手往袖孔里一插，把披着的夹克穿好，然后请花嫂进屋坐下来细说。看样子，事情有点复杂，不是披着衣这么面对面站着说说就能捋清楚的。

花嫂把手里的蛇皮袋放下，咕哝一句："警察来神仙湾抓人也不通报金主任一声，也太不应该了。"

这话算是花嫂对上述说法的完善和补充，也是一个客套，在金主任听来却是个提醒。他在花嫂无意间的抱怨声里找到自己的位置，觉得警察今晚的行为对村级组织不那么友好，对他这个村主任也不怎么尊重，这毫无疑问激起了他骨子里的"主人翁"意识。他觉得自己有责任也有义务替村民主持公道，帮助花嫂解决眼下急难，顺便找回自己的三分薄面。

"警察带人时，给强子戴手铐没？"金主任需要求证。

"戴不戴手铐有区别吗？"花嫂摇头说。

"当然有区别，而且大着呢。"这方面金主任有经验。他想，警察既然不给强子上手铐，说明他的问题不大，有救，这无疑增强了他出手相助的信心。

金主任蓦然发现花嫂还带来只袋子。他朝蛇皮袋乜一眼、翘一嘴，以为是什么能证明强子清白的证据需要向他提供。

花嫂说，一点小心意。她没有打开袋子，也不需要打开，东西拎进门就是金主任的，连袋子都是他的。

金主任不悦，批评花嫂："我从来不收礼，一个村子住着，我的脾气你不知道？还来这一套，不像话嘛。"

花嫂说："你是村干部。"

"我懂你的意思了，你是不是认为干部都贪财？"

"那不是。"花嫂马上否定，"包大人就是个清官。"这是电视剧给她的印象。

金主任觉得花嫂扯远了，都扯到宋代去了，难道现在就没有好干部吗？他说："我只想知道你对我的评价。"

"我不评价领导，也从没给你送过东西，这是头一次。我不说出去，别人就不会知道。"

"这么说，你心里的清官只有一个包大人，是不是？"

这话不好回答。但花嫂坚信一条，人熟礼不熟，礼多人不怪。金主任心里想收礼，嘴上就不能客气一下？现在，农村请一个小工每天都要两百元，还管吃管喝，社会上谁还愿意给人家白帮忙？再说，花嫂也不愿欠他人情——人情总是要还的，老欠着心里有负担。花嫂说："我没别的意思，只想求金主任帮忙，早点把强子弄出来。"

"你如果真想让我帮你，就把袋子收回去。这条做不到，一切免谈。"说完，金主任打个哈欠，起身做出要谢客睡觉的样子。

花嫂很为难。金主任的话不像口是心非。那么，他是不是觉得这只“蛇皮袋”不够分量？难道他还想收红包？他的手不至于那么长、心不至于那么黑、喉咙也不至于那么粗吧？花嫂转而又想，自己是不是多虑了？金主任或许是想给自己留着后路——这件事他要么办不好，要么就没打算办好。

金主任答应帮花嫂把强子捞出来。但他说，要想救出强子单凭他的力量不行，还必须去县城找一个人。金主任和花嫂想到一块儿去了，他说的这个人正是花嫂一开始就想到的那个人，是她在话里留着缝隙计划安放进去的那个人。他叫吴远届，从神仙湾走出去的能人，当警察，不是拿枪的那种警察，是操笔杆子的那种“儒警”，在森林公安局办公室当副主任。关于吴主任，从外乡嫁到神仙湾的花嫂听强子说起过。攀起来，他和强子还是远房老表，只是三十年亲戚四十年没行走，就失去联系渐渐疏远了。现在来事了临时抱佛脚去求他，就怕人家不愿搭理。金主任说，吴远届是从村里走出去的人，他喝神仙湾的水、吃神仙湾的饭长大，说话也是神仙湾的腔调，更何况他和强子还是亲戚，他肯定抹不开这个面子。

这么一说，花嫂心里敞亮了。

接下来，金主任安排花嫂回去多备些礼物。他说，吴主任那里需要打点一下。

花嫂知道金主任所说的“打点”是吗意思。有了先前关于“清官”的讨论，她在送礼的问题上显得无所适从。花嫂担心吴主任如果和金主任一样想当清官，到时候自己不好收场。她试探着问："金主任你不是反对送礼吗？"

"我反对你给我送礼。"

"你不反对我给吴主任送礼？"

"我是我，吴主任是吴主任，你不要把我和他扯到一起。"

"不都是送礼吗？"

"我们是一个村的，还是邻居，早不见晚见。"联想到自己的村主任身份，金主任说，"帮助每位村民是我的应尽职责，收礼就不是那么回事了。"

花嫂越发糊涂了，吴主任也是老乡，和强子还是老表："他如果也这么说，我咋办？"

金主任没想到花嫂这么死脑筋，一根筋拧着转不过弯来，便开导她："我们上门去总得有个见面礼才好说话吧。人和人不一样，送礼和收礼的道理也不一样，不要老是拿我跟吴主任比。"

可是，对花嫂来说，"打点"是道技术难题。她从没给城里人送过礼，不知道给吴主任送什么礼物合适。

金主任要花嫂回去尽量多准备些土特产，越土越好。他说城里人不缺山珍海味，只缺原汁原味的绿色环保食品。吴主任对产自神仙湾的东西肯定感兴趣。他高兴，强子的事情就好办。

花嫂拎着袋子快快回家。

二

一开门，吴远届就闻到客厅里充斥着一股新鲜鸡屎的臭味。他抽抽鼻子，很快找到源头——客厅里摆放着纸盒、袋子，沙发上坐着两个人。

金主任连忙起身相迎。他一起身，花嫂也跟着站起来，像金主任影子似的。这时候，单老师从厨房出来，在围裙上揩着手上的水，喜洋洋地说："老家的亲人来看你了。"说完，她吩咐吴远届陪"亲人"说话，自己进厨房继续做饭。

出门看天色，进门看脸色。这是老祖宗传下的话。从进门到现在，花嫂心里一直交织着悬念和期待。她期待吴主任早点回来，但又不知道他为人怎样，回来后脸色如何。这种矛盾心情加上晕车带来的疲累令她内心焦灼不安。单老师刚才的话就像暑天里的一支雪糕化在花嫂心里，给她送进一片清凉。花嫂想，单老师不愧是老师，说话就是水平高。

吴远届在玄关处换好拖鞋，将夹在腋下的公文包放在电视机旁边柜台上，把鼻梁上的眼镜朝上扶了扶，欠着身子和金主任握手寒暄，神情极尽谦卑。当他把手转过来的时候，花嫂犹豫了一下。花嫂知道吴主任是要和自己握手，她也知道握手是官方礼仪，可她除了碰过强子的手之外，还从没和别的男人挨过手。她以为吴主任只会和金主任握手，那是他们干部之间的事情，也是男人之间的事情，没自己什么事，哪想到吴主任还要和自己握手？所以，当吴远届把手伸过来时，毫无准备的花嫂一时愣怔没反应过来。稍一犹豫，她畏畏缩缩的手就慢了半拍，以至于让吴主任的手在虚空里停了一两秒。好在花嫂最终还是把手递给吴主任，让他象征性地碰了一下。

金主任和吴主任是熟人。他开门见山地说："吴主任想必知道我们村里的强子吧？"

"强子？"吴远届顿了顿，"当然知道，往前追溯三代，我们还是姨老表呢。"

金主任朝花嫂指指："她是强子家的，你表嫂。"

"哦。"吴远届叫了声"表嫂"，马上歉意地说，"你看，许多年没回老家，我都'六亲不认'了。"

"你表嫂这次来就是认亲的，顺便也有事请你帮忙。"金主任没说什么事，示意花嫂先把礼物拿出来。

花嫂将置放在沙发边的袋子拉过来，蹲伏在地上，动作娴熟地解开蛇皮袋的扎口，把那只鸡爪般的右手伸进去，开始往外掏东西。她最先掏出一个罐头瓶。"这是野蜂蜜，你表哥从山上岩罅里掰下蜂窝片，回家后用饭甑蒸，用纱布滤。"花嫂说，"只剩这点了。"

物以稀为贵。搁在茶几上的蜂蜜色泽金黄而透亮，看上去像化猪油。吴远届比较在行地想，真是好东西，现在市场上压根就买不到品质这么纯正的蜂蜜了。

接着，花嫂掏出用食品袋包装的葛粉。未等花嫂介绍，金主任抢先说："葛根是你表哥上山挖的，弄回家洗三遍，沥干水，然后把葛根砸烂，去渣，沉淀，晒干，没掺半点假。这东西清热解凉，化痰润肺，夏天吃最合适。”

金主任的补充说明令花嫂暗自诧异：他什么时候见证了我家制作葛粉的全流程？

花嫂还在往外掏东西：绿豆、酱辣椒、干马铃薯片、红薯干……蛇皮袋就像个魔术箱，掏出来的东西每样都不多，但种类丰富，花样翻新。这只袋子本来是要送给金主任的，可金主任执意不收，它就从神仙湾乘车来到吴主任家的客厅，再也走不动了。

吴远届可不像金主任，一点婉拒的意思都没有，这让花嫂很开心。她务实地认为，吴主任只要收下这些礼物，强子的事就有戏。不是说吃人家嘴短、拿人家手软吗？不是说拿人钱财、替人消灾吗？不是说人敬我一尺、我敬人一丈吗？不是说滴水之恩、涌泉相报吗？不是说美不美家乡水、亲不亲故乡人吗？不是说有亲三分顾吗？她继而又想，幸亏听金主任的，带这么多土特产上门，不然就失算了。原来，金主任对场面上的套路很熟悉，他说吴主任和自己有区别，真是一猜一个准。花嫂只是没想到，城里人收礼会如此利索，吴主任连半句客套和推辞都没有。

花嫂和金主任像一对双簧演员，一口一个“你表哥”，吴主任这才想起来似的：“哎，表哥为啥没来？”

“唉，”花嫂停下掏东西的动作轻叹一声，这才进入正题，“别提你表哥了，他提前来啦。”

金主任一旁补充道：“强子夜里被你们的人抓了。”

“晚上？”吴远届之所以对这个时间点敏感，是因为他知道警察夜间行动一般都是“上档次”的事儿。

“是的，下半夜。”花嫂说，“这次，你可要帮我一把，无论如何把你表哥捞出来。他要是进去坐牢，我们这个家就完了。”说着说着，花嫂声音哽咽，嘤嘤哭起来。哭着哭着，花嫂使劲揪鼻涕。吴远届见势不妙，生怕她把鼻涕甩地板上，赶紧递上两片抽纸。

金主任安慰花嫂说：“哭有啥用？先不要急嘛，天上雷打人，地上人救人。有吴主任出面帮忙，还怕强子出不来？”

吴远届觉得好笑。听金主任口气，拘留所、看守所都成了菜园子，他吴远届就是那个园子的守门人。

他问：“谁抓的？”

金主任说：“我问过派出所所长，就是你们森林公安局刑侦队抓的。”吴远届心里“咯噔”一下，刑侦队是干啥的他心里有数，犹豫片刻后他说：“表嫂，这个忙恐怕有难度，我不一定能帮好，你要有思想准备。”

“人都抓了，难度肯定大。”金主任咬住吴主任不放，“但再大的难度也要看谁出面帮忙，怎么个帮法。”

吴远届听出金主任的弦外之音，说：“我肯定会尽力，但案子上的事真还说不好。”

金主任大而化之地说：“我们都相信你能帮好。”

吴远届心知金主任所说的“我们”是谁。他甚至想到了金主任未竟的话意：就看你有不有诚心帮这个忙了。那么，把强子捞出来这件事就上升到高度。它不仅关乎亲情、乡情，还涉及吴远届的人品。一个农家子弟走出大山，脚趾缝里藏着的泥垢还没完全抠干净吧，就把自己的出身给忘了，对乡亲们的求助虚与委蛇？有点说不过去。

见吴远届有所犹豫，刚刚清理完鼻子的花嫂说："你表哥被带走后，村里人都给我出主意，让我马上进城找你。他们说，强子的老表就在森林公安局当领导，有这么硬的靠山在背后撑着，他不会有事的。"

金主任配合说："我们都知道你行。"

"我没当领导……"吴远届想解释点什么，却一时语塞没说出来。话里话外，他明显感觉出来，金主任和表嫂这次来不仅代表自己，还代表神仙湾的民意。这个忙不帮不行，帮不好更不行。可是，怎么说呢，吴远届有隐衷，自己人微言轻，在单位只是个小警察，而且长期笔耕，从没在实战单位办过案子，不太懂套路，也从没帮过这种忙。最后，吴远届含糊道："这个，嗯，我们一起想办法，先把事情弄清楚，能争取宽大处理就好，治病救人嘛。"

见吴远届不够利索，花嫂心里忐忑起来——是不是自己的礼物送少了？她马上表态说："吴主任，只要你能把强子弄出来，我还会重重感谢你的，我说到做到。"

"强子两口子都是实在人，这一点请放心。"金主任的话是在给花嫂的承诺上保险。

其实，吴远届的暧昧不在礼物轻重，而是家乡人高估了他的能力。他从神仙湾出来，虽说在森林公安干的时间不短了，可还从没替人帮这种出格的忙。他认为这种忙是不可能帮得上的，自己帮不上，别人也未必就帮得成。如果按金主任和表嫂的说法，连涉嫌违法犯罪的嫌疑人都能随便捞出来，公安局不就成了菜市场？法律岂不成了儿戏！所以，他心里没把握，甚至生出反感情绪。

“你表嫂晕车，连苦胆汁都呕出来了，进一次县城不亚于死一次。”金主任这话含意深刻，无非是想给吴远届加点压力。

花嫂自嘲说：“我就是土包子的命。”

吴远届认真地看了看表嫂。她面色蜡黄，一脸憔悴，头发乱成鸡窝，晕车迹象十分明显。这让他蓦然产生出同病相怜的感觉。他联想起自己某些鲜为人知的尴尬，其中，晕车的毛病就和表嫂一脉相承，带着神仙湾人的本土特征。

他对金主任和花嫂说：“晕车的感觉我曾体会过，确实难受。”

“吴主任也晕车？”花嫂很好奇。她以为晕车只属于自己这类“土包子”，没想到吴警官这么高级的人也晕车。

“表嫂，不用自卑。我敢说，往上追溯三五代，我们的先人都是土包子。”

花嫂心头热乎乎的，吴远届的话拉近了他们之间的距离。看来，这个表弟不仅没架子，还是个热心人，求他帮忙算是找对了人，强子这回有指望了。

三

强子只是捡了杆火铳。

“表嫂，你是说火铳不是表哥的？”一个“捡”字让吴远届灵光乍现，这情节对强子的“非法持枪”或“私藏枪支”是否成立很关键，他不能放过。

花嫂说：“当然不是我家的，这是一起冤案。”

原来，强子那天上山捡野菌子，发现有人非法狩猎野生动物。“我们神仙湾是国家自然保护区嘛，你强子哥就发一声猛喊，吓得盗猎者屁滚尿流，撒腿就跑。”花嫂说，“后来，强子没追着人，却捡到了人家跑丢的一杆猎枪。强子从没玩过枪，以为那东西蛮值钱，就带回家收藏在柜子里，没主动上交，哪想到这一藏就连自己一起藏进去了。”后来的剧情是那个盗猎者让森林公安给收拾了，警察顺藤摸瓜就把强子当同伙摸了出来，人赃俱获。

吴远届对表嫂的陈述表示怀疑——怀疑差不多是警察的职业习惯。

他问花嫂：“表哥平时打猎吗？”

花嫂摇摇头：“你表哥胆小，他连放鞭炮都眨眼睛、捂耳朵，哪敢开枪打野牲口！”

“那就是说，这杆枪到他手里还没动过。”吴远届求证道，“警察收缴枪支时，你就不知道解释一下？”

“我当时急得没了主张，警察也不听我啰嗦，说有话到局里讲清楚。”

“你说的可是真话？”

“我不会说假话，就连打鼾都是真的。”

吴远届想，不管怎么说，私藏枪支是违法的。而且局里花了不少精力常年宣传，禁止捕猎野生动物，猎枪一律上缴。现在铁证如山，强子有麻烦了。

单老师插嘴说：“没麻烦表嫂会上门找你？”

花嫂听出另外的意味，讪讪说：“我们一年四季瞎忙，平时亲戚走动少，有事了才想起……”

单老师忙说：“我没别的意思，就是想把表哥早点捞出来。”

吴远届剜老婆一眼，心里嘀咕道：“你倒是配合得挺默契的，幸亏是我表哥，换成你表哥，我解救不成恐怕只能去劫狱了。”

花嫂说：“无论如何拜托表弟帮着操作一下，把你表哥弄出来。”

中年农妇花嫂居然连“操作”一词都用上了，而且语意贴切，令吴远届甚感讶异。他从表嫂的话里听到了一种悲哀，一种来自社会的偏执的悲哀。

吴主任指出：“表嫂，我不同意你说的‘操作’，任何时候，法律的准绳在警察这里都不会拐弯。另外，现在是法治社会，只能依法办事。你把‘操作’用在表哥这件事上很不恰当，我也感到失望。”

一旁的金主任见话不投机，赶忙打圆场。他用骄傲的语气说：“在我们神仙湾，你吴主任可是个传奇人物呢，我们都为你感到骄傲。”

吴远届把目光投向窗外，不远处的澧水河穿过这座古老的县城，河水像一匹绿毯铺展在城市中间，七孔拱桥似一条纽带将河流两边的城区捆绑在一起，宽阔的河面波光潋滟。有风从下游轻轻吹来，水面上漾起一层层涟漪。波纹被风追逐着，一叠一叠往上翻涌。视觉被颠倒了，澧水看上去成了倒流河。吴远届感觉心累，他把头靠在沙发上，短暂地闭目养神。

在极短的闲暇里，吴远届品咂着金主任的话，心知这件事如果办不好，不仅会令家乡人失望、寒心，伤害他们的感情，乡亲们也会看不起自己，往后回山里老家，面子上怎么搁得住？再说，根据表嫂道出的实情，他认为强子的案子还是有“操作空间”的。不就一杆破枪吗？表哥既没用它打野生动物，更没拿它杀人，酿成什么严重后果。刑侦队收缴就得了，还追究个屁呀。他决定找刑侦队长沟通一下，不管怎样也要讨个人情。

单老师见丈夫碰到难题，思维发散，突然联想到丁副局长。她给吴远届出主意：“你和丁副局长不是挺好吗？可以找他帮忙，人多力量大啵。”

丁副局长早先在一个偏远山区派出所当“山大王”。吴远届当年把他的事迹写成一篇通讯发在报纸上。也算丁所长撞了好彩头，据说某领导看过那篇报道后，对丁所长长期扎根山区守护绿水青山的奉献精神赞赏有加，丁所长因此受到关注。后来，他被评为全国特级优秀人民警察。再后来，丁所长调进局机关，一步步成了丁副局长。如今，他分管刑侦口一摊子事。吴远届和丁副局长的关系就这么来的。其实，和丁副局长到底咋回事只有吴远届心里最清楚，那就是一个偶然事件，是生活中一个无关紧要的小插曲。对于单老师的“指点迷津”，吴远届真不知说什么好。这个当了大半辈子班主任的小学教师，钟爱自己的事业，长期和小朋友打交道，把自己的智商也玩到了90以下。但不管怎样，处于更年期的单老师除了嘴碎点、爱管点闲事和喜欢刷存在感外，怀有一副热心肠。她希望自己的男人在乡亲们面前不跌分，有成就感，自己跟着沾光。说到底，这有什么值得责怪的呢？

至于要不要求助丁副局长，吴远届嘴上不说，心里却有自己的盘算：不到万不得已，他是不会打扰丁副局长的。吴远届觉得自己当年妙笔生花，把默默无闻的丁所长写成了现在的丁副局长，那是一种缘分。丁副局长仕途坦荡，一路绿灯，他也因那篇文章拿了个“金盾奖”，成就了自己办公室副主任的辉煌。所以，文章成就彼此，效果双赢，谁也不欠谁的。他不想因为那件事让丁副局长把自己看扁，看成一个以贵人自居的贪得无厌的索取者。他打定主意，下午上班后去会会刑侦队长，先把他那儿的底细摸清楚。表嫂既然找上门来，总得给她一个说法。表哥进不进去不仅考验自己的能力，也事关形象。生活中许多事情就是这么不由人的。一代亲，二代表，三代四代就完了。这是土家族人的说法。可他做梦都没想到，一个已然淡出自己生活的“表哥”会因为一杆火铳接续亲情，把自己绑架在一起。

吴远届答应下午上班后过问表哥的事，第一站去见刑侦队长。他要求金主任和表嫂随自己一起去。

金主任说："不太合适吧？"

花嫂也说："我不认得他，恐怕不方便。"

公开透明是吴远届一向的行事风格。有话当面说，事情成与不成都摆在桌面上，他不想事后让人说长道短。

最后，问题落在怎么去见刑侦队长。吴远届的安排是由表嫂拎着袋子去，他不知道刑侦队长会不会收下这些土特产，但礼物不拿在自己手上，他进退有据，可灵活处理，不至遭遇尴尬。

花嫂说："那不行，这些东西是送给你的，一物不落二主，怎么能转手呢？"

金主任也觉得欠妥。他说："给队长送礼，还是另作安排。"

吴远届说："我从来不搞这些。"

"一点土特产，只是亲人之间的礼尚往来，是家乡人的一份感情。如果换成别人，你送人家这东西，他还不定喜欢呢。"金主任替花嫂说。

吴远届可不这样想，他认为收礼就是变相的腐败。

"那么，你就不该让我送给刑侦队长。"花嫂突然抓住吴远届的逻辑漏洞，"他要是和你一样也这么想，你让我怎么下台？"

"也是啊。"吴远届自己打脸说，"我怎么能这样安排呢？

那就先不要送了。”

四

下午一上班，吴远届只在办公室点个卯，就去刑侦队私干。

他没有贸然群访刑侦队长，而是让表嫂和金主任先在外面楼道里候着，自己单独去见他。

“你的鼻子挺灵呢，队里刚刚办了个非法捕猎野生动物的案子，我这儿有猛料。”队长以为吴远届来队里是要采访他，从屉子里拿出一包烟甩给吴远届。

吴远届怕令队长失望。他把烟退给他，只问表哥强子的事。

队长爽朗地笑，问吴主任：“那个私藏枪支的家伙是你表哥？”

吴远届点头：“我表哥落你手里了。”

“喂喂，先纠正一下，不是落我手里，是他踩线了。”

“差不多，就那么回事吧。”

“亲的疏的？”

“他妈是我大姨。你说呢？”

其实，强子他妈的外婆才是吴远届的姨奶奶。他和强子只是胳膊肘拐弯的亲戚。他尽量把自己和强子的关系往近里说，用意很明显，这样有利于开展“营救”工作。

“哦，他怎么早不提这关系？”队长说，“既然是老表，你就不用说情了，我也不绕弯子，你表哥没事。”

“真没事？不是说准备拘留他吗？”

“我说他没事就没事，拘留也没事。”

吴远届喜出望外。他说：“没事，那就不用拘留，我把人领回去。”

队长说：“我说的没事不等于就可以放人。案子正在办理中，还要走程序，你表哥私藏枪支的事实是成立的，他也承认看过我们下发的交枪公告，这就有点主观故意了。你说，他是不是应该对这件事负责？”

“他没事是你说的。”吴远届说，“那你告诉我，结案要等多久？”

“很急吗？”

“我怕万一生变，对亲戚不好交代。”

吴远届金刚脑袋，一点幽默感都没有，居然把玩笑当真。队长有点烦他：“老兄，这种案子我办得不少了，心里没谱，我会乱说话？你是个老实人，我讲的也是大实话，没有你说的万一。今天到案的人，总要留置下来，把事情查清楚，再怎么关照，也得明天放人吧。”

吴远届释然。他想，这样的结果对表嫂也算有交代了。

可是，有人不买账。他们的谈话，花嫂和金主任在门外竖着耳朵听得一清二楚。队长的话刚落音，花嫂就推门进来，话也口无遮拦：“既然没我家强子什么事，他就不能坐牢。”

见花嫂怒目金刚，后面还跟进个男人，队长未免吃惊。他问吴远届："什么情况？你这是组团来兴师问罪吗？"

事发突然，吴远届呆愣着，一时不知说什么好。

还是金主任老到些。他哈着身子，先把双手叉腰的花嫂扒到身后，脸上尽量堆笑，给队长解释说："对不住啊，乡下人没见过大世面，男人被抓，她都急出毛病来了。"扭过头来，金主任背对着队长，大声斥责花嫂说："像什么样子？太不像话了！一点规矩都不懂，队长的办公室能随便闯吗？你这个神经病，拉都拉不住！"

花嫂一开始没明白金主任何以发这么大的火，骂她的话更是刻毒难听，直到看见金主任一个劲地对自己翻白眼、咧嘴角，才反应过来。她身子触电样软塌下去，一屁股坐地上，双手拍打着地板，两条腿弹来弹去，边哭边嚎："冤枉啊，我男人只是捡了杆火铳，犯了什么法？他什么都没干，糊里糊涂就成了罪人。他要是坐牢了，我也不活了，一瓶农药喝死算了。我的天啦，这日子怎么往下过？"

金主任吼她："你没听队长说嘛，强子暂时只是留置，这是办案程序，不依规矩不成方圆。"

"我不要程序，只要人。我家强子是清白的，他是好人。好人短阳寿，王八活千年，谁给我们申冤？"说着说着，花嫂的眼泪和鼻涕就"飞流直下三千尺"了。她使劲擤鼻子。她的动作吓了金主任一大跳。金主任赶紧将花嫂从地上搂起来，半推半搡着将她弄出办公室。

门被金主任带上，室内清静下来。吴远届像做过亏心事似的说："队长，山里人就这点出息，让你见笑了。"

见笑无所谓。队长很严肃地说："看出来没有，你表嫂是不是精神出了问题？"

吴远届说："原来没听说她有这方面的病史，家族也没遗传，但这次我感觉她不大正常。"吴远届只是多了个心眼，顺着队长的意思发挥，尽量把情况往严重里说。他心里很清楚，表嫂除了晕车啥事都没有，他和金主任是在演戏给队长看。他对这样的配合很满意。

"如果因为一杆破枪把你表嫂逼出精神病来，我们可就成了罪人。"

队长的话不无忧虑，也让吴远届找到切入点。他说："我们是人民的保护神，我们都不能当罪人。"接下来，他顺理成章地提出抓紧给强子走程序，早点把人放了。

"其实，屁大个事。你表嫂像天塌了一样，还想寻短路。唉！"队长叹一声，没想到女人会这么不经事，也只能这样了，要不然闹出人命，这个责任谁都负不起。只是，队长一摊手："放人归丁副局长一支笔签字。他不同意，谁也不敢办。"

吴远届说："那你抓紧给丁副局长汇报吧。"

队长没好气："你让我给丁副局长汇报，就说马上放人？"

"有什么不可以吗？"

队长反问："你说呢？"

"我没懂，你的意思是……"

"你这么聪明的人。我没别的意思，反正这事必须是丁副局长说了算。”队长瞪大眼睛看着吴远届，他把所有的意思都用眼神表达出来了。

“你是这么看丁副局长的？”吴远届恍然明白。

“我说什么啦？”

“你说了，什么都说了，还想否认。”

“我也只是猜测。”队长说，“你和他关系那么好，这事好办。”

“你这是瞎猜。”

“我猜的不是人，而是一种现象，是极少数领导办事的风格。我对事不对人。”

吴远届就想，你既然猜丁副局长，我也不妨猜你一回。他试探着问队长：“表嫂从山里进城来，给我带了些土特产，你要不要分一杯羹？”

队长没想到吴远届在给他挖坑，实打实地说：“她送给你的，我怎好意思夺人所爱？”

“都是好东西，纯天然呢。”吴远届的话里充满诱惑。

队长拱拱手：“那我就承情啦。”

吴远届见队长上钩，吞吞吐吐说：“那，你看，这个，嗯，我是不是就不用找丁副局长汇报了？”

队长朝吴远届胸前擂一拳：“好你个吴主任，居然给兄弟下套！告诉你，别在我这里打歪主意了，抓紧找丁副局长办事去，而且动作麻利点，今天下班前，我们必须把案卷报给领导审签，留给你的时间并不多。”

金主任和表嫂就在刑侦队院子的花台树荫下坐等吴远届的“好消息”。他一下楼，两人都把寻求答案的目光刺向他。

答案很明了，就写在吴远届忧郁的脸上。他在两双由热切转而落寞的目光里感到一阵眩晕，沮丧的神情也感染着花嫂和金主任。

花嫂急不可耐地问：“队长不同意放人？”

吴远届点点头。

“那就是说，你表哥坐牢坐定了。”花嫂蔫巴巴的，说话的语气轻得像蚊子哼哼。

吴远届摇摇头。

他脑袋的两个动作所传递出的信息相互矛盾，把花嫂和金主任搞糊涂了。花嫂有些情急：“哎，你是不是撞鬼了？你表哥到底有救没救？”

吴远届说：“队长这里通了，但是，他给我出了道难题。”

“赶快说出来呀，”花嫂说，“天啦，我都快急死了。”

五

强子要出来，丁副局长签字是关键，而且时间紧迫，不容迟缓。

怎么搞定丁副局长，吴远届严重缺乏经验。队长的话里虽有暗示，但究竟怎么操作，他拿不定主意。他决定发挥集体智慧，三人商量行好事。

金主任和花嫂很快形成共识：送礼！

吴远届心里很矛盾。他相信丁副局长是正派人，但他还是违心地认为不在丁副局长那儿打好前站，等队长那边将案卷报过去，结果就真不好说，强子出来的希望就渺茫。说句内心话，吴远届打心眼里对金主任和花嫂送礼的行为嗤之以鼻，甚至生出几分厌恶和反感，可是，面对丁副局长，他认为不适当“表示”一下恐怕难以过关。

花嫂说：“强子落到这步，我们只能认了。”

“这话有点出格。”金主任知道花嫂气头上的话刺激了吴远届的自尊，马上打圆场，“强子触犯法律，怪不得别人。他如果做一个守法公民，吴主任只能保护他。”他转而对吴远届说，“你表嫂真是糊涂了，连话都说不圆了。”

最后，金主任和表嫂商量来商量去，决定给丁副局长送一个“信封”，里面装比较丰厚的“资料”。

吴远届吓出一身冷汗：“作死啊！干脆送他一包炸药得了。你们这样搞既救不了表哥，还会害惨丁副局长。”

“那你说怎么办？”

吴远届也不知道怎么办，他只知道不能送“信封”。事情陷入僵局。三个臭皮匠在自己的冥想中失去诸葛亮的智慧与妙算，找不到好办法。

关键时刻，还是金主任有金点子，他的话迅速打破僵局。他说：“我们就请丁副局长‘烟酒’一下强子的案情怎么样？”

吴远屈权衡一番，觉得这个方案虽说比较保险，但仍不够严谨。酒都是盒装瓶装，拎着丁零当啷响，还显眼，绝对送不出手。另外，丁副局长不抽烟，送烟也不是最佳选择。

“你多虑了。”金主任武断地说，“抽不抽是他的事，送不送是我们的事。”

既然拿不出更好的方案，也就只能这样，问题是吴远屈不抽烟，他不知道送什么牌子合适。

“当然送最好的。”金主任提议，“当前最好的牌子是‘1916’与‘和天下’。尤其是‘和天下’，听着名字就让人舒坦。天下和气，强子还关着干什么，赶紧放出来吧。”

丁副局长有一副轮廓分明的五官，哪部位都想抢风头，都不含糊。他额头宽阔透亮，脸颊肌肉饱满，鼻梁直而挺，耳垂大而肥，连嘴巴也肉嘟嘟的。他说话声音洪亮，中气十足，还动不动挥手，颇具领导风范。他本来就有个毫不谦虚的腹部，走路时却不加收敛，偏偏喜欢昂着头把肚子努力往上挺。他以这样的姿态行走，不仅让人产生联想，而且常常遭人诟病，给他的人品减分。所以，在单位，他给大家的外在印象是不好接触，能不接近他最好躲远点。

电话约好后，吴远屈拎着“文件袋”去“汇报”——这是烟草专卖店老板给他提供的标配。当时，吴远屈特别强调说，必须是真家伙啊，这是要派上大用场的。店老板经验丰富，显然对“文件”的去向和用途了然于心，他二话没说，拿起笔就在包装盒上做记号，并承诺如假包换——这种事开不得半点玩笑。

吴远届抬起右手，深呼吸三次，待心跳平静后敲开丁副局长办公室的门。

丁副局长先扫视吴远届手里的文件袋，再把目光定定地落在他脸上，说出的话令吴远届措手不及：“袋子里装什么好东西？是送给本局长的吧？”

吴远届像一个被看透作案动机的强盗，涨红着脸说：“过春节本来计划给您拜年，结果让一摊烂事耽搁了。”他抖了抖手里的“文件袋”说：“老人有话，有心拜年端午不迟。”

丁副局长挥挥手，太迟了，端午早过了。

吴远届蓦然想起，中秋都过了。

“不过，送礼不需要由头，何必扯上拜年。再说，拜年也可以换一种更节能的方式，比如说过来坐坐，喝喝茶，在不影响工作的情况下还可以聊聊天。你搞这么复杂，很俗套嘛！”

吴远届心里一凛。他不知道丁副局长所说的“俗套”是吗意思，与“俗套”对应的词是“创新”。那么，丁副局长是不是对这种送礼的方式不感兴趣？吴远届硬着头皮说，人熟礼不熟，任何时候都要尊重领导。

丁副局长说：“我先猜一个谜语，你袋子内装着烟吧？而且是‘和天下’的真货。”

吴远届就像被人在大庭广众下扒掉裤头，羞怯得恨不能找地缝钻进去。他大着舌头说：“一点小心意，领导高瞻远瞩，真是明察秋毫。”

丁副局长说："士别三日，想不到你不光笔头子硬，嘴皮子也操练出来了，而且心理素质不差，说假话都理直气壮。"

吴远届成了一只被戳破的气球，立马瘪下去。他抖抖手里的袋子，索性转守为攻："我可以放下来坐着说话吗？你这样对待自己的下属很不礼貌。"

"你先回答我一个问题，是不是找我有事？"

"没……没事。"吴远届心虚，说话结巴，血压升上来，心率每分钟超过100次。

"真没事？"

"真没事。"

"好！那我就不客气了。"丁副局长又一挥手，"我收礼，你请坐。"

吴远届趋步上前拉开丁副局长大班台左边的第二格屉子，准备把装着重要使命的"文件袋"放进去，不料丁副局长说："就放桌面上，有话摆在台面上说。你送我两条烟，只是朋友交情，没什么见不得人的。我们又不搞交易，怕什么！"

吴远届毛孔偾张，汗都飙出来了，吞吞吐吐说："丁局长，我想请教你一个法律问题。"

丁副局长再次挥挥手，示意他往下说。

"一个人如果私藏了一杆火铳，而且是捡来的，被公安机关查获后会有什么后果？"

"新鲜啊，我的吴主任，这个你真不知道，还用问我？"

"你就当赐教吧。"

“不好说，这要视情况而论。我不明白你的意思，你最好直截了当点。”

“我就是想知道，能不能不关人？”

“真捡的？”

“没假。”

“造成后果没有？”

“假如没有。”

“案子上的事没有假如。”丁副局长摘下眼镜——他什么时候开始戴眼镜的，吴远届不得而知。他只是觉得丁副局长的国字脸配上这么一副眼镜确实增添不少威仪和儒雅。丁副局长说：“按正常程序，公安这边先要留置人。当然喽，如果如你所说，情节显著轻微，嫌疑人认罪态度好，没前科，又能主动配合工作，或者有立功表现的，也可以考虑不采取强制措施。怎么，你要给人说情？”

吴远届就把表哥的事抖搂出来。

丁副局长诡秘地笑笑：“我就知道你上门来没什么好事，还打着拜年的幌子。你这不是要给我拜年，你是一只黄鼠狼。”

吴远届解释说：“一码归一码，两件事不能搅和到一起。”

“这不睁眼说瞎话嘛。你先拜年，后说事，两件事在时间上已经发生关联，形成因果，怎么能分开呢？”丁副局长脸上的肌肉有些松动，“你表哥平时表现如何？”

吴远届大包大揽：“表哥是个守法公民，这一点村里可以证明。”

“你代表村里说话？”

吴远届本来想说村主任就等在自己家里，最终说：“我可以担保。”

“有没有前科？”

“他祖宗三代就找不出一个违法犯罪的人。”

“我只是随便问问，没事了，你表哥的事在我这里肯定办不成。”

“说半天还是这个结果，”吴远届大惑不解，“为什么？”

“你破坏了纪律，拜年也缺乏诚意。”丁副局长说，“既然拜年，你就不应该夹带私货。我办事的风格向来一事一议。我既然接受你拜年，就不能允诺你办事，两利相权取其重，烟我就收下了，谢谢。”

吴远届对丁副局长这番话颇为费解。丁副局长说他拜年缺乏诚意，那么诚意是什么？是分量不够还是方式不对？至于“一事一议”就可能只是做做样子罢了。

吴远届说：“怪我不懂规矩，下不为例。表哥的情节确属轻微，等刑侦队把案子报过来，还恳请丁局长高抬贵手，网开一面。”

“回去吧，你那位表哥运气真不好。”

“看我三分薄面，就不能关照一次？只这一次。”吴远届特别强调，“我可从没求你办过事。”

“恰好是你把事情搞砸了。”迟疑片刻，丁副局长把目光落在桌面的“文件袋”上，打哑谜似的说，“这要看你下面的表现。”

吴远届来脾气了，愤然离开丁副局长办公室时，他做了件有违常理也很提气的事情，把装烟的文件袋从桌面上给拎走了。

出门时，吴远届听到背后响起哈哈声。丁副局长朗声说：“你终于找到正确答案，也还有点文人傲骨，本局长佩服你。”

吴远届下手这么狠有三个原因。一是不得已而为之。事没办好，回去对表嫂无法交代。两条“和天下”，说多不多，说少也值两千元，就算表嫂舍得起，但这么不明不白地送给丁副局长，达不到“一团和气”的目的，吴远届心有不甘，弄不好表嫂还会怀疑自己玩空手道，将烟截和了。他背不起这个污名。二是不蒸馒头争口气。丁副局长太无耻了！不给半点情面也罢，居然还装，说什么“一事一议”，批评他不该“夹带私货”。吴远届最看不惯这种嘴上一套心里一套、当面一套背后一套、台上一套台下一套的伪君子。他以为谁都是软柿子，拿在手里随便捏。吴远届偏偏要在强权面前硬气一次，以挽回面子。三是也给丁副局长提个醒。丁副局长最后说要看吴远届“下面的表现”。一件芝麻小事，难道两条“和天下”还不足以“表现”诚意吗？

六

吴远届回家后把情况一说，花嫂和金主任都差点晕死。

“你就这么把烟拿回来了？”花嫂将信将疑地盯着“文件袋”，就像收到法院的一纸败诉判决书，话里满是绝望。

吴远届说：“怎么啦，他还敢抢回去？就不便宜他！”

“早知这样，还不如不送。这次，你把丁副局长彻底得罪了，你表哥坐牢坐定了。”

吴远届理解表嫂的意思，她在埋怨他帮了倒忙，强子真是倒霉透顶，早知是这个结果，还不如不来求他。

“他就没留下什么话？”金主任深挖细节，他想知道事情已然烂到什么程度，还有无一线挽救希望。

“他说我有‘文人傲骨’，终于找到‘正确答案’，表面上说‘佩服’我，其实是酸我。”

金主任也听出来，丁副局长的话酸不拉叽，绝不是表扬吴主任，而是挖苦他。这个成事不足、败事有余的吴远届把强子的事彻底搞砸了。他恨铁不成钢地说：“丁副局长不同意办也就算了，你怎么能把烟往回拿呢？世界上哪有送礼不成又往回拿的道理？”

花嫂的话更是讥诮：“吴主任，真是难为你了。我们山里人头脑简单，想不到世上的事情会这么难办，比登天还难。”

面对表嫂的嗔怪，吴远届只能狗死牙硬。他说：“就算以表哥坐牢做代价，我也要把烟收回来。我要让丁副局长明白，权力不是万能的，并不是所有人都会在强权面前摧眉折腰。他不是要看我的‘表现’吗？那好吧，我就好好‘表现’给他看看，不能让他失望。”

花嫂开始拾掇东西。她要赶开往神仙湾的最后那趟班车回家。吴远届人之常情地留客："还是住一夜再回吧，那么远的路，你晕车又厉害。"

"多谢了。"花嫂没好气，"你表哥出不来，我住在你家有什么意思？他坐牢去了，家还得有人管，活也得有人干。这就是我的命。"

吴远届要花嫂把两条烟带回去。他心安理得地想，事没办成，物归原主，这是常理。没让表嫂白白蒙受损失，自己也只能做到这分上了，表嫂不该有什么话说。

可是，花嫂的话比山里的麻雀还啰嗦："拿回去干什么，老百姓谁抽得起这么贵的烟？一千块钱一条，就是一百块钱一包。每包二十根，每根五块钱，比吃饭贵多了，抽这烟死去？"

吴远届心里说，抽得起这种烟的人都不容易死，就是死了也值。

花嫂还在叨咕："一条烟抵得上我们农村半头猪，半亩茶，一只羊，十只鸡，二十只鸭子……叼嘴上，火点着，化作青烟，分分钟就飘散，烧得钱叭叭响，太不公平了。"

吴远届没想到表嫂会这么算细账。原来，给丁副局长送烟不亚于从她身上割掉一叶肝。能把强子救出来，这个痛她姑且忍了。现在计划落空，她想起来心里滴血。

吴远届暗自庆幸，把烟收回来做对了。

金主任生怕花嫂假装推辞一番，真的把烟带回去。他抢先说："烟就留给吴主任吧，大半天跑上跑下，真是辛苦了。"

吴远届无地自容。表哥的事以失败告终，他所有的辛苦付诸东流，毫无价值。他像一个考试得零分的小学生，怀着深深的歉意说："我让表嫂和金主任失望了，也辜负了神仙湾，请求你们理解、原谅。"

金主任见吴远届自责于心不忍，宽解他说："谋事在人，成事在天，这事不能全怪你。"

这时，吴远届的电话突然响起，是刑侦队长打来的，要他去队里给强子办手续，马上把人接走。

"放人？"吴远届说，"队长，我没听错吧？"说完，他还用指甲使劲掐了掐自己的耳垂，有痛感。他高兴。

"你这话什么意思？"队长反问道。

"不是说要丁副局长签字吗？"

"你说呢？"

"他签了？"

队长没好气："你到底办还是不办？"

吴远届诺诺连声："办，谁说不办？当然要办。"

"那就快点来，紧着啰嗦什么！"

这次去刑侦队办手续，吴远届要带金主任和表嫂一起去。他要让大家一起分享喜悦。

花嫂扭扭捏捏，说她不想去。她那点心思谁都明白——先前装疯卖傻，现在怎好意思面对队长！

吴远届给她打气："你别搞错了，这不是送礼，是去接你男人。"

临出门，花嫂去了趟卫生间。出来时换了个人。她面部光洁，头发喷过单老师的啫喱水，梳理得整整齐齐。可想而知，在短暂的时间里，她很是把自己整理了一把。

在刑侦队办手续其实并不复杂，强子写下检查和保证书，金主任出具一份强子的现实表现材料，再由吴远届签下担保就完事。吴远届懵懂地问队长："怎么就放人了？"

队长说："丁副局长有指令，谁敢不放。"他问吴远届："你是不是给他送过烟？"

吴远届心里一愣，难道丁副局长连这个也当"指令"一起下达给队长了？

见吴远届纳闷，队长追问道："后来话不投机，听说你竟然把装烟的袋子又拿回去了。你可真硬气，兄弟小看你了。"

既然队长什么都知道，吴远届也就无所顾忌，没什么好隐瞒的。他干脆把话挑明："兄弟，你给我说实话，从一开始，我是不是就不该给丁副局长送礼？"

"嗯，你这么做是很愚蠢。丁副局长什么人，我们还不了解？"

这回轮到吴远届蒙圈了。他问队长："你不是暗示过我吗？"

"我那也是瞎猜，没想到你会真出手。"队长想了想说，"不过，这不怪你，换成我也会那么做。"

"为什么？说实话，别诓我。"

"见了佛没有不烧香的道理，除非你是神仙。"

吴远届相信队长说的是真心话。

“可事实证明，我们都错了。我们不该那么恶浊、阴暗，丁副局长不是我们想象的那种人。”

队长说：“这不是谁的错，而是我们的集体无意识。”

吴远届问队长：“你觉得我后来的行为是不是显得不近人情，也太不厚道？”

“没，”队长说，“这件事你恰恰做对了。丁副局长说过，你表哥本就没事，法律意识淡薄嘛，适当教育一下就可以。你如果不把烟收回去，他还真不想签字，至少不会这么快就签。”

“此话怎讲？”

“也是丁副局长说的。他说你不把烟拿走他只有两个选择，要么交给单位纪检，要么直接退你。”

“他真的这么过硬？”

“他还说你把烟拿走效果最好，他轻松，你面子上也好看。”

“我做了件最丢人现眼的事情，不仅把丁副局长小看了，更让他把我看小了。”吴远届的话发自肺腑，他痛心疾首，后悔莫及。他觉得眼前一片虚无，脑海里只晃动着丁副局长挥动的手势……

金主任赶紧上前握住队长的手说：“我代表神仙湾全体村民……”

队长听金主任的话有些肉麻，突然想起花嫂先前的行为，不无关心地说：“大嫂没事吧？真不好意思，强子没事，让你们白跑一趟。”

花嫂脸上的表情颇为复杂，看不出是喜是忧，说出的话也语意含混，杂乱无章："对不起……别误会……我真不该……其实，你们都是好人。"

金主任见缝插针："我早就说过，世上还是好人多。这一趟，我们认识了这么多好人，没白跑。"

队长的目光在花嫂和金主任之间逡巡，突然回过神来，想活跃一下气氛，开玩笑说："你俩可以演小品了。"

吴远届又酸起来："社会就是大舞台，生活本是一场戏啊。"

下午四点半钟，金主任、强子和花嫂租车回神仙湾。花嫂和强子坐后排，金主任坐副驾驶位。花嫂这次没晕车，精神头旺旺的。上车没多久，金主任从后视镜里窥见两口子拥抱在一起，而且抱得很紧，像初恋情人那样……

偷　风

一

巍巍武陵山自西向东逶迤而来，抵近澧阳平原时突然打住，向洞庭湖敞开温柔的怀抱，就像一位远行的慈母暂时歇脚下来，抖落一身风尘后深情地凝望烟波浩渺的远方。于是，迎接它的便是南来北往的风，人们便把这儿叫做迎风岭。

迎风岭是界岭，山连东西，地分南北，土家族人世代居住。

迎风岭上，一排风车高高耸立，风能驱动巨大叶片，蓝天之下旋转成一片银亮，点染着山村秀色。村部就坐落在岭南那条峡谷平地里，一幢三层小楼，背靠迎风岭，四季植被葳蕤，鸟鸣山幽。楼前一小溪，溪水蜿蜒东流，清澈可见游鱼。一条五米宽的水泥公路从茶园深处穿插而来直达村部。一楼东头有李宓一间办公室，门口挂着白底黑字的牌子。他每天骑摩托车上下班，警务室是他的半个家。

这天上午，他远远看见有人蹲在办公室门口抽烟，觑一眼便知那人是迎风岭上的养殖户马铁头。他养猪养羊，也养牛养鸡，迎风岭广阔的天然牧场为他家禽畜提供得天独厚的滋养，更拴住了他的心，使他成为村里最后一个移民搬迁“钉子户”，也阴差阳错成了李宓的帮扶“联系户”。李宓认得他那套摘除警察标识的作训服，村里穿制服的除了自己和马铁头再没别人。马铁头这身制服颇有来历，暂且按下不表，留待后面细说。

李宓心里直打鼓，不知道马铁头又来找他干什么。

马铁头看看手机，起身迎上前来招呼：“哎，李警官，你怎么才上班，都九点多了，我等了你快两个钟头。”

李宓住所里，每天上班后，先要处理完手头工作，然后才来驻村警务室打卡。从派出所到迎风岭骑车要四十多分钟，路上还不能出状况。这些情况马铁头并不清楚，李宓也用不着给他多解释。他随便应付一句：“你是说我迟到了，不满意。”

“你们不是每天八点钟上班吗？”马铁头又看了一眼手机，“现在是九点一刻，你迟到了一小时十五分钟。”

“对不起哦，让你久等了。”李宓停好摩托车，把头盔摘下来。

“我没别的意思。”马铁头说话从来不过脑子，“我是说你们当警察真自由，上班没个准点，下班随心所欲，没人管，比天上的云朵还散漫，比山里的鸟儿还自由。”

“我归你管。”李宓的话里也夹枪带棒，“村里如果有两个像你这样的人，我就没法干别的工作了。”

这么刺耳的话，马铁头也不生气，只说："这几年，你确实帮过我不少忙，说句内心话，所见到的干部中，我最佩服你。"

这种阿谀的话，李宓已经习以为常。他说："你今天的心情好像很不错。"

"我要进财了。"马铁头神秘兮兮。

"怪不得的。"李宓开门时，对身后的马铁头说，"你把烟头扔外面。"

"哈，我忘了，李警官不抽烟的。"马铁头把烟使劲吧几口，丢地上，右脚尖踩上去跳了跳，白色地砖上便留下一团乌黑。

李宓进门后开始烧水、抹桌椅、拖地。这样的流程每天都一样，不一样的只有人和事，以及由人事支配的心情。

见李宓忙得团团转，自己又帮不上忙，马铁头只好主动搭讪："你就不问问我来干什么？"

"想必不是请我喝酒。"李宓直起腰身，他料定马铁头找上门来不会有什么好事。他对这个"联系户"太了解了。

"还真让你猜对了，真不愧是干警察的。"马铁头不无得意，"我今天来就是要请你和邬主任上我家喝酒。"

这下轮到李宓摸不着头脑了："有什么好事呦？"

马铁头把事由说出来，李宓差点惊掉眼珠子。他很严肃地对马铁头说："请你尊重点人好不好？玩笑可不是这么开的。"

"我说的是真话，不信，你可以去问邬主任。"

邬主任恰好走进来。他端着茶杯，笑眯眯地说："对马铁头家来说，这的确是件喜事，值得庆贺一下。"

李宓见邬主任不像开玩笑，就说："现在是八小时工作时间，不能喝酒，再说，我从来不喝酒，你又不是不知道。"

"哎呀，小李，喝酒只是一个说法。你不喝酒，谁也不会给你灌酒。"邬主任拍拍李宓的肩膀，"至于说工作时间嘛，一个驻村警察到联系户走访一下，那叫警民一家亲，不算工作吗？"

马铁头马上附和："是嘛，我的养殖业现在形势喜人，请领导去家里指导一下，没什么不可以。"

邬主任和马铁头这么一夹击，李宓只好入乡随俗，但他心里还是耿耿于怀，总觉得拿这样的由头去马铁头家"联系"工作，说出来会让人笑掉大牙。

二

李宓到迎风岭村当驻村民警纯属偶然，马铁头成为他的"联系户"更是偶然中的偶然。

四年前的春天，派出所接到马铁头报警，说有岭北人越境到这边偷东西。所长问偷什么东西。马铁头卖关子说暂时不能告诉他们——好奇怪嘞！所长问为什么要保密。马铁头说："告诉你们后我怕你们不来，你们来了自然就知道了，先不必问太多。"所长问价值多少。马铁头说无价之宝，要多少值多少——莫非是文物被盗？听起来有点像开玩笑。所长说："没见过像你这么报案的，不好好说话警察不来。”马铁头并不恼，回所长说：“这话可是你亲口说的，我录音了。你们若不来，我就把电话打到市里去，打到省里去，你看着办。”所长没辙了（他本来就没打算推托），只好问现场在哪里。马铁头说：“我就在现场，现场就在我家附近，我可以给你们带路。”所长不敢怠慢，慌忙火急带着李宓上山办案。那会儿，李宓刚刚调到派出所，对办案颇感新奇，劲头子很足，听说上山抓盗贼，比一只充满气的篮球还蹦得欢。

刚刚下过一场透雨，上山的路被冲毁得稀烂，警车底盘低开不上去，只能停在村部。所长和李宓租了一辆“爬山王”，邀邬主任随同爬山。邬主任头发少，笑纹多，眼色活泛，人好精明。他以工作忙为借口推托，还说警察独立办案，村里不便干预。李宓心中忐忑，邬主任干工作一向雷厉风行，从不推三挡四，今天怎么啦？李宓预感到这案子可能有猫腻。果然，司机听说是马铁头报案，说那多半不靠谱，警察恐怕上当了。细问方知，马铁头就是个难剃的“马刺头”。迎风岭海拔高，每年云雾天气在两百天以上，交通不便，自然条件恶劣，不宜人居。前些年搞脱贫攻坚，政府号召村民移民搬迁，迎风岭上十几户人家积极响应，都被安置到山下的居民新村去了，唯独马铁头占山为王，给村干部出的难题真不少。

哦，怪不得邬主任回避上山，原来“马刺头”不好惹。

马铁头的家离山顶不远。一栋典型的土家木楼，看上去修建时间不是很久，有正屋三间，西头配两间偏屋，偏屋下面是吊脚楼。房子一色松木立柱，杉木板壁装修，涂了防腐防晒的清漆。马铁头的老婆勤劳能干，颇有几分姿色，儿子正在上一所985大学，家里收入来源主打茶叶，二靠养殖，总体说来，条件还算不错。

主客坐定，进入工作模式。

马铁头提问所长："我先请教一个问题，风可以发电吗？"

这个问题小儿科。所长说："可以的，那叫风能发电，是清洁能源的合理利用。"

马铁头一脸懵懂。他听说过烧煤炭发电，水可以发电，太阳能也发电，就是不知道风怎么发电。

所长启发他："你小时候玩过纸风车吗？"

还真玩过。马铁头想起小时候把写完的作业本撕成纸条条，折成三角形，中间穿一根竹签，迎着风奔跑，纸风车就呼啦啦旋转起来。有一次，他不低头看路，昂着头可劲跑，结果摔了跤，把膝盖磕伤了。记忆尤为深刻。

李宓补充说："你没听过那首歌吗？风车呀风车那个咿呀呀地唱呀，小哥哥为什么呀不开言——"后面，李宓干脆唱了出来。

马铁头看过电影《柳堡的故事》，也听过插曲《九九艳阳天》。他有点明白了，风能可以转化成电能。他又抛出新问题："如果有人偷风，你们警察管吗？"

"偷风？"新鲜啊，所长头一次听说。风天马行空，稍纵即逝，谁也不敢妄称自己是风的主人，所以警察管天管地管空气，还真管不了风。他说："你的话我没懂。"

"你不是说风能发电吗？那么，偷风就是偷电，对不对？"马铁头的话逻辑清晰。

"可是，风来无影去无踪，不属哪家私产，一个找不到受害人的案子怎么叫偷？"李宓提出疑问。

"你们不是说警察连空气都管吗？"

李宓肯定地说："案子与空气有关，我们才会管。"

"空气就是流动的风。"马铁头在给警察下套。

所长有点烦了："我们现在讨论的是案子能否成立。"

马铁头振振有词："风从岭北扫过来，吹到岭南就是岭南风；从岭南吹过去，到了北边就是岭北风。风走到哪儿主人就在哪儿，怎么能说它没有主人呢？"

所长和李宓面面相觑，两张学问嘴一时还说不过马铁头。于是，他们决定放弃争论，先去现场察看。

三人汗流浃背爬上迎风岭最高处，也就是马铁头所说的"现场"。这里竖立着一座高高的铁塔。李宓知道，这是为安装风能发电机组用来观测数据的测风塔。他目测一下，塔高约一百五十米。马铁头说这个塔是岭北人干的，建起两年了，一开始他并没在意，问人家搭建这么个铁疙瘩干什么，人家说用来测量风的数据，问测风的数据做哪样用，说将来要发电。马铁头心里直"呵呵"，他认为岭北人真是聪明过了头。马铁头打死不相信风还能发电，也就没往心里去。后来见岭北人不像是闹着玩儿，他就请教一名正在现场指导施工的工程师，想要搞明白风能发电到底咋回事。人家给他画图解释，说风力发电来头不小，建成后风车叶片迎风转动，唰唰唰，转出的就是大把的钱。马铁头听得热血偾张，他仿佛听到了印钞机工作的声音。他就想，分界岭上一草一木两边共享，谁也不能独自占有。如果风力发电让岭北人干成了，他们就占了便宜，岭南人就吃了大亏。不行，这事必须得两边商量着来，有好处大家都有份，谁也不能吃独食。他找到村里，表达自己的担忧，要求政府出面干预。可邬主任说，迎风岭属省界，是两省政府之间的事，轮不到村里管。马铁头却纳闷：我们祖祖辈辈居住在迎风岭，怎就没有话语权？他不服，骂村干部没卵用。好吧，他们不管他来管，等他管出效果来，到时候看他们的脸往哪儿搁。于是，他操起电话报警，把所长和李宓卷进来。

所长掏出手机给铁塔拍照，然后把马铁头叫到身边，指着塔基说："两省以山岭为界，谁在这儿建铁塔都不算越界，你想多了。"

马铁头早料到所长会这么说话。他问："你知道将来的风车叶片有多长吗？"

对所长来说，这还真是个知识盲点。

"我告诉你，他们设计的叶片有六十四米长。"马铁头比画着说，"三个叶片按照一百二十八米的直径画圆，它能不伸到我们这边？"

怪不得有"偷风"一说。所长和李宓都不约而同地看着马铁头，不能不暗自佩服他有颗精明的商业脑子。

这事还真有难度。所长先摸马铁头的底：“你想怎么办？”

马铁头毫不遮掩：“我想怎么办，你其实心里有数，到时候该怎么办就怎么办。”

所长蹙了一下眉头，心想，这就是头犟驴，得有人摁住他。

这是春天里的一个晴好天气，视野开阔，天空如水晶一样明澈。太阳已经升到头顶，明亮的阳光下，山里的一草一木都焕发出蓬勃生机。杜鹃花开了，阳光在上面跳跃，把花儿映照得更加红艳。一只体型硕大的苍鹰扇动着翅膀，褐色羽翼在阳光下闪闪发亮。它盘旋在高远的天空，时而洒下尖啸的叫声，给辽阔的天穹平添一份野趣；时而冲进悬崖密林，藏匿得无影无踪。熏风过处，山里的树木似乎都活了，枝叶泛光，在静悄悄地颤动。到了一天最热的时候，李宓敞开衣襟，站在塔基旁向北眺望，远山连绵起伏，蓝天之下青山如黛，脚下的迎风岭北侧如刀劈斧削，深渊万丈。再往前看，群峰环抱着一座漂亮的新兴城市，那是岭北刚迁址不久的 H 县。对这座县城，李宓怀有一份挥之不去的牵挂和念想。因为舅舅在 H 县一中教书，他的高中就是在那里读完的，后来他考入岭北一所警校。大学四年，H 县成为他上学途中的必经之地，毕业后有好几位同学也分配到那里工作。此刻，从山下涌上来一股罡风，掀开李宓的衣襟，很快吹干了他脸上的汗渍，也把他的心思送到了遥远的长江边上。

马铁头站在李宓身边，掏出家伙撒了长长一泡尿，尿液刺破阳光，划出一道白亮亮的弧线。

回到所里，所长为“偷风”的事费了好几天神。突然有一天，他找李宓正式谈话。

听说所里安排自己到迎风岭村当驻村民警，李宓一时不知所措。驻村民警的工作职责有外延，他还不甚明了，问所长：“驻村民警该干些什么？”

所长说：“什么都干，没规定动作。”

李宓再问：“为什么别的村只安排辅警常驻，而迎风岭村独树一帜？”

所长说：“因为迎风岭村情况特殊，治安状况复杂，我不说你也知道。”

李宓又问：“怎么就安排我去？”

所长直言不讳：“你对两边的情况比较熟悉，如果因为风力发电产生矛盾纠纷，处理起来会方便些。”

想不到，所长已将自己的底细摸得门儿清。

李宓说：“我在村里驻几年？”

“把迎风岭村的事情捋清楚你就下山，时间你自己把握。”

李宓一听，整个人就像一根丢进开水的面条。要迎风岭村安静，至少要等到岭北那边的风力发电项目建设完工，保守估计也要三到五年时间。这期间不知会发生多少事，肯定会愁白少年头。

“不过，我可以教给你一个办法。”所长给李宓面授机宜。

李宓张大耳朵听着。

“解决迎风岭村问题的关键是要搞定一个人，这叫纲举目张。”

李宓知道那人是谁，可这个“纲”是块硬钢，搞定他不是一句话的事。

所长支招说：“搞定他的最好办法是把他请下山，就是用轿子抬也要把他抬下来。他只要待在山上，就会给你出没完没了的难题。”

这下，李宓心里有数了。

“你要记住，法律是刚性的，但执法更需要柔性，和老百姓打交道既要讲原则，也要充分体现人文关怀。”

所长还在絮叨，李宓已经心领神会——马铁头把自己拖下水了，源头自然是风力发电。

三

到迎风岭村报到后，邬主任干脆把马铁头分到李宓名下，让他们结成帮扶对子。邬主任说：“对付马铁头这头犟驴，你李警官才有办法。”

和邬主任聊起马铁头，自然绕不开那场易地搬迁。

一开始，马铁头是积极支持山上的住户都搬下山来的，他还挨家挨户帮村干部做动员工作，说：“搬家要趁早，落后就会挨打。怎么个挨打法？当然不是政府要惩罚你，而是你自己和自己过不去，你落在人家后面，好风水都让别人选完了，只能跟在人家屁股后面吃屁。”居家可是要讲风水的，风水不是迷信，它来自《易经》，是科学。井里鱼儿井里好，乡亲们都不愿搬家，祖祖辈辈居住的老窝苦是苦点，穷也穷点，但他们住出感情来了，突然要搬离真还不舍。所以，人们在等待观望，挨一天算一天，最好能拖下来不走。经马铁头一番鼓动，大家都开始动心了，明里暗里纷纷行动起来，生怕好风水让别人抢了先机。可是，乡亲们发现马铁头嘴上喊得热闹，自己却不动，怀疑其中有诈。马铁头给出的理由是：有好事优先让着乡亲们，他不和人家争抢。于是，别人都搬下了山，山上就只剩下马铁头一家了。

“我就知道他阳奉阴违，在打自己的小算盘。”邬主任最后说。

李宓不知道啥叫马铁头的“小算盘”。

迎风岭上山大人稀，种植和养殖成为山民生存的基础，尤其是茶园改良提质后，这里的高山云雾绿茶品质优良，已被评定为全省十大名茶之一。乡亲们移民搬迁后给马铁头腾出了大片牧场，留下的茶园也大多承包给他。他买来铁丝网，将山场圈起来，大搞养殖业，牛、羊、猪、鸡一锅烩，规模越搞越大，现在成了村里最大的养殖专业户，还是全镇的脱贫致富典型。

李宓理解邬主任的意思，马铁头成了村里的一面旗帜。这个“钉子户”现在不仅不能拔，还要积极培养扶持，让他钉牢在迎风岭上迎风招展。

天啦，这和所长教给李宓的制胜法宝大相径庭。

驻村没几天，警务室就接到预料之中的报警。电话是岭北施工队的人打来的，说他们在往山上运器材的途中遭到村民阻拦，无法正常通行，按属地管理原则要求岭南出警。李宓脑海里马上跳出马铁头，除了他谁敢胡来！李宓找到邬主任，想和他先商量出个预案，免得到时候被动，邬主任却不在乎，许是见多了，他好像没把这事当回事。

李宓和邬主任赶到迎风岭半山腰，马铁头果然坐在公路中央，挡在运输车前面。车子已经熄火，司机害怕溜车，正在找石头往后轮底下塞。

李宓棒喝一声："马铁头，你想干什么？"

马铁头理直气壮地说："我在替村里护路。"他站起来拍拍屁股上的灰，指着坑坑洼洼的路面说："李警官你看，我们好不容易修的公路，让岭北人的重车轧稀烂了，他们这是搞破坏，我看着心疼啦。"

李宓不吃他那一套。他知道自己嘴上松一尺，马铁头行动上就会进一丈。他说："看来，你在保护集体财产，村里应该发你一张奖状对不对？"

马铁头嘿嘿："李警官，我不是那意思。"

"不管你是哪意思，先给我把路让开再说话。"李宓镇住马铁头，"在我们岭南迎风岭村，不允许有这样的事情发生。"

"我这不起来了吗？"马铁头软下调子却站住不动，"李警官，你用不着发那么大的火，伤肝的。"

司机搓着手，笑嘻嘻走过来，要给李宓和邬主任装烟，遭拒绝。

邬主任见马铁头的威风让警察杀下来，也凑上来说："马铁头，你给我张开耳朵听着，风力发电可是岭北的重点招商引资项目，公路破坏了可以补偿、重修，但如果有人阻工闹事造成工期延误，你是要负法律责任的。哪头轻哪头重，你可要掂量清楚。"

"我早把问题想清楚了。"马铁头又来劲了，拍着胸脯说，"岭北人要在迎风岭上建风力发电站，我们无权干涉。但他们不能占我们的便宜，材料从我们地上过，把我们辛辛苦苦修好的公路搞成这样，我们还不能管？这道理说到联合国去我也不怕。"

"都住一条岭，你就不能有点大局观念？"

马铁头对邬主任这番训斥一点也不买账，跳着脚说："邬主任，你能不能把屁股坐正了再说话！你这么说话还有没有良心？你是不是迎风岭村村民投票选举出来的村主任？你要是，就把你刚才吐出来的涎水舔回去。你要不是，就给我把嘴巴闭紧。"

邬主任被马铁头呛得不行，转而对李宓说："不过，这简易公路也确实烂得不成样子了。"

李宓品咂着邬主任前后自相矛盾的话，隐约有种他和马铁头暗度陈仓的感觉。他也替迎风岭村想过，风力发电如果搞成了，不仅有稳定可观的地方税收，还能带动相关产业，改变落后村貌，帮老百姓脱贫致富，在利益面前谁能不动心？可是，人家已经立项开建，说这些都成了马后炮。他敲打马铁头说：“凡事讲个先来后到，迎风岭的风只要能合理利用造福于民就是好事，谁破坏施工都不行。”

“那就不能两边合作吗？”马铁头的气焰被压下去不少。

李宓说：“合作也是上面考虑的事，我的职责就是维护好秩序。”

马铁头还在叽叽歪歪：“岭北人应该给我们分成。”

“一家人，谈什么分成？”

“怎么就成了一家人？”

“你看看身份证，什么民族？”

“土家族。”

“人家H县什么民族？”

“土家族自治县。”

“就是嘛。”

马铁头落入李宓的话语陷阱，抠着脑袋嘟囔说：“我还是想不通。”

想不通的马铁头仍然站在路中间。

这时候，被冷落一旁的司机正在叽叽咕咕打电话。收起电话后，他走向马铁头，小心翼翼问：“兄弟，我们头儿发话了，问你想要多少钱。只要能接受，给。”

马铁头一跺脚，眼珠子只差瞪出来：“你当着警察的面，把刚才的狗屁再放一遍。”

司机不敢说话了。

马铁头又说："你以为我是车匪路霸收买路钱？那不分分钟就进去了吗？你挖的坑我才不会往下跳呢。"

"那你到底想怎么办？"邬主任说。

"这话我还想问你呢。"马铁头一跺脚，"现在不是我想怎么办，是我们迎风岭村全体村民的事情怎么办，你有责任替大家想个好办法。"

李宓想，马铁头还真有脑子。他代表民意，也就拿住了村干部，让邬主任无话可说。李宓反倒成了局外人，他现在要做的就是说服马铁头，让他给人家放行，不耽误施工。在他的职责里只有警情，事情如果这么僵持下去，李宓会显得低能，让人家瞧不起，对工作也没法交代。而要马铁头让路，该从哪儿下手？李宓的脑子以每小时八十迈的速度飞转，强制带人显然行不通，也不符合所长所说的"人文关怀"。此时此刻，李宓对马铁头也不能盲目地承诺什么。有限的经验告诉他，对胡搅蛮缠的人来说，许多时候无原则的承诺都会有后遗症。他把迎风岭北边险峻的地貌特征和眼前的现实联系在一起，心里开始酝酿一盘大棋。而且，他觉得这盘棋如果下活了，迎风岭村将翻开新的一页，边界也会迎来一个崭新的时代。

他对马铁头说："你先把路让开，我会给迎风岭村一个交代。"

马铁头眼睛一亮："李警官有什么好主意说出来听听。"

李宓当然不会惯着马铁头，别说事情能不能成还难说，就算有十足把握也不能让马铁头牵着鼻子走。他说："马铁头，我再说一遍，你没有理由讨价还价，请你马上让道。”

自讨没趣的马铁头赶紧顺坡下驴，边往路边移步边说：“那好吧，我相信李警官身上的警服和头顶上的国徽。”

李宓一招手，司机猛踩油门轰隆隆将车开走了，大货车朝路面上喷出一团气愤的黑烟。

这时候，邬主任才想起来似的，对马铁头说：“哦，我忘记介绍了。马铁头，经村委会研究，李警官往后负责联系你家，你有什么事情都可以找他。”

见李宓要走，马铁头凑过来：“邬主任说，我有什么事都可以找你，是真的吗？”

李宓心里怪邬主任多话，但还是只能微笑着点头。

马铁头说了一件事。他家现在散养在山上的土鸡被野牲口糟蹋得厉害，每天都有损失。黄鼠狼、狐狸、蛇和天上的鹞鹰都打上了鸡的主意，照这么发展下去，鸡是没法养了。他要李宓帮着想想办法。

李宓嘴上应承着，心里却没底。他连这些野生动物长什么模样都没见过，又哪来对付它们的好办法？

这时候，一辆警车从山下高调地驶上来。李宓远远发现是挂岭北牌照的车。从车上走下来三个人，俩警察加一个施工负责人，打头的不是别人，正是李宓的警校同学钟鼐。钟鼐进步快，如今是岭北 H 县公安局治安大队副大队长。他们显然也是接到货车司机电话报警后赶来的，只是没想到李宓已经先到一步，而且把事情妥妥搞定了。他握着李宓的手使劲摇：“我就知道，没有老同学搞不定的事情。”

“未必。”李宓把钟鼐拉到一边悄悄耳语，“今天算是搞定了，但后面的事还会很麻烦，我们得好好坐坐。”

“坐坐”是他们同行之间约定俗成的说法——许多棘手难缠的问题必须找个合适的时间和地点，就着一杯香茗坐下来聊聊，方可探讨出解决办法。

钟鼐听李宓的口气便知道，他一定揣着什么好点子。

四

李宓和邬主任去了一趟 H 县，效果很理想。

李宓的想法和岭北方面不谋而合。他看准了一个事实，那就是公路必须通到每一座安装风力发电机组的山岭，而迎风岭北侧地势险峻，要把公路从那边修上山来，撇开技术难度不说，代价定然不小。要不然，他们怎会舍近求远借道迎风岭村往山上运材料呢？所以，最合理的修建方案是从岭南这边绕。而在迎风岭村修公路，虽说是岭北风力发电的配套工程，但同时也可以改善岭南落后的交通面貌，打通许多“肠梗阻”，村民还可以按规定标准拿到占地补偿。好啊，按时髦说法这叫双赢。

岭北早先也是这么规划的，之所以没提出来，一方面风力发电尚处在测风阶段，不确定最终是否能立项成功，更重要的是，如果把公路从岭南这边修上山去，将会遇到许多意料之中的困难：房屋拆迁、坟地挪移、占地和青苗补偿，还有施工过程中可能发生的矛盾纠纷，哪一件都绕不过去。你看，刚刚运材料，问题不就暴露出来了吗？

现在，李宓既然把盖子揭开，事情已然摆上桌面，岭北方面求之不得。于是，几轮协调会议开过之后，盘子定下来了，公路从岭南这边过。征地补偿国家有标准，按规定执行就成，李宓只是没想到，公路的要求还会那么高，六十多米长的风车叶片不能折叠，整个运上山，对公路的宽度、坡度、弯度和路面平稳度都有严格要求，这当然好极了。在协议里，李宓坚持加进去一个条款，那就是施工单位所需民工从迎风岭村就地雇佣，除技术和监理人员外不得自带。不能不说，李宓藏着一份私心，那就是安置当地村民就业，让他们挣一点收入。十几座山岭都要通公路，可不是个小工程。当然，李宓对自己的立场有一个合理解释：如果涌入外来民工，施工过程中难免会和当地村民发生利益冲突，产生这样那样的矛盾，到时候将会影响工程进度。

施工方并不傻，他们对李宓心里的小九九洞若观火，也不会轻易放过他，坚持要把岭南方面负责维护施工环境的条款作为对冲条件写进协议里。

这样一来，李宓等于把自己架在火上烤了。他没有犹豫，也不能含糊。他早把这个问题琢磨透了，只要在岭南地盘上施工，碰到任何麻烦都会落到他这个驻村警察头上。有困难找警察，于他来说不是一句空洞的口号，而是实打实的工作日常。所长不是说了嘛，什么时候把迎风岭村的事情捋清楚就下山。况且，就算不塞进这一条，不管工地上发生任何事情，只要老同学钟鼐打一个电话，自己能撒手不管吗？这就是所长所说的“情况熟悉”啊。所以，李宓还不如高风亮节，干脆把责任往自己身上揽。他想，县官不如现管，与迎风岭村村民打交道应该比外人好说话吧。

把村民召集拢来一开会，大家都乐坏了。那些荒芜、贫瘠的山地跟玩魔术似的眨巴眼就能变成现钱，七米宽的水泥公路能够通上山，他们还能在家门口打工挣钱，这一切该不是做梦吧？

李宓说：“是梦，是马上就会变成现实的美梦。”

会上，李宓和邬主任明确由马铁头负责维持施工现场的秩序。马铁头还记得李警官那天的承诺，他以为是自己那次阻工给乡亲们换来了这么大的好处，有点洋洋自得。他的目光在李宓身上摩擦，嘴里开始摆条件了。他说：“我怎么维持秩序？”

邬主任说：“这是村里和李警官授予你的权力，你遇事一碗水端平就可以了。”

马铁头的目光继续在李宓身上溜达。他说：“人家凭什么听我的？总不能就凭你们一句话吧。”

李宓读懂了马铁头的眼神——他看上了自己身上的警服。

于是，李宓把自己的一套作训服摘除警察标识后送给马铁头。以后，马铁头每天穿着“制服”在工地上转悠，某种意义上替代李宓履行职责。他不要报酬，只满足于村里和乡亲们对他的信任，这倒让李宓和邬主任省心不少。

五

四年后，迎风岭上的风力发电项目如期完工。十几台机组坐落在迎风岭大大小小的山巅，远远看去像一排守卫边疆的哨兵。它们不辞辛劳，在风起云涌的时空里夜以继日地工作。叶轮旋转，把沉闷的轰鸣声传播到方圆数公里远的地方，打破了迎风岭亘古以来的宁静与安详。

有天上午，李宓上山来了。他打开车子后备箱，从里面搬下两只大竹筐，竹筐里装着大白鹅。这两只鹅是他从别处花钱买来的，他要送给马铁头当鸡的保护神。李宓在一个村民家走访时，遭到一群大白鹅的攻击。他起先并没把大白鹅当回事。他领教过山里农户看家狗的厉害，但从没见识过大白鹅是啥德性。那天，他妥妥地让几只大白鹅欺负了。群鹅见生人上门，先是发出震耳欲聋的警告声和排斥声，继而轮番着冲上前来啄他。李宓挥手驱赶，鹅用尖利的喙毫不客气地回敬了他。他拿脚踹，结果，他的皮鞋被鹅嘴“问候”出几道口子，令他心疼得要命。如果不是主人及时赶来制止，他就真出洋相了。

李宓安定下来后问主人：“养这些鹅干什么？”

“吃鹅蛋。”女主人说话声音甜甜的，她长着一张鹅蛋形的脸。

男主人补充道："还保护鸡鸭。"

保护鸡鸭？李宓头一次听说。他问："鹅比狗还厉害吗？"

"你说呢？"刚才的情景令李宓很是难堪，女主人一句话撑得他哑口无言。

"厉害多了。"男主人介绍说，"有鹅的地方，凶禽和野兽都不敢靠近，光是它们的叫声就能让对手吓破胆。"

女主人说："鹅比狗忠诚，也更尽职责。狗有时候烦起来不讲武德，还背着主人偷偷咬鸡咬鸭嫁祸野牲口呢，鹅绝对不干那种事。"

听到这里，李宓马上想到了马铁头那天拦路时说给自己的难题。他问男主人："能卖给我两只鹅吗？"

男主人用费解的眼神打量着李宓。他听说过城里人把猫狗当宠物豢养，还从没听说有人养鹅。他不知道一个警察买鹅干什么，买回去也没地方养啊。

女主人说："你如果想吃鹅蛋，我们送给你。"

"警察可不能随便要人家的东西，那是犯纪律的。我就想要买两只鹅。"

男主人说："不就是两只鹅吗？也送给你。"

李宓说："无功不受禄，送给我就算了。"

女主人说："我们从没给警察送过什么礼物，白送也不算贿赂，我们又不求你办事，不会说出去的。"

李宓笑着说："鹅高声大嗓，它们会把所有的秘密都告诉人家。”

说笑半天，李宓最终以每只一百元的成交价买下人家两只大白鹅。

听说李警官给自己送鹅来，马铁头心里十分感激。他们把竹筐打开，让鹅混入鸡场——鸡场很大，用涂过绿色油漆的铁丝网圈起来。两只大白鹅高昂着脑袋，亮出自己长长的尖尖的喙，踩着红靴子大摇大摆地步入鸡群，俨然一副王者归来的派头。鸡群没有半点骚乱，反而表现出欢迎的姿态，或许千百年前，它们本是一家，有着血缘上的亲近。

也不知是不是大白鹅的到来让马铁头受到启发，他的难题似乎没完没了。他说：“李警官，我最近常常做噩梦，梦见我的床在摇晃，有时候还梦见坐船，风吹浪打，船舱里进了水。你说这是怎么啦？”

“你没尿床上吧？”李宓开玩笑。他知道可能是噪声惹的祸。看来，风力发电对马铁头的生活还是造成了些微影响。如果仅仅这样倒也罢了，李宓更多的担心是噪声会不会给马铁头的养殖业带来危害。

“我们去看云海吧。”李宓绕开话题。

他们错过了看云海的最佳时间。头天夜里下过一场雨，山上的树木和青草经过雨水的洗礼，显得格外新鲜和翠绿。阳光普照大地，挂在枝叶上的雨滴开始蒸发，变成水汽，在空中渐渐弥散，眼前的青山反而比平时显得清新而疏朗。放眼山下，白色的水泥公路宛如从银河遗落的纱巾在山间盘绕，九曲回环，时隐时现。李宓想，风车在空中画圈，公路又何尝不是在山里画圈呢？马铁头依然生活在迎风岭这些大大小小的圈里，他的生活需要破圈。

他说："马铁头，我看你还是搬下山去吧。"

"最困难的日子我都挺过来了，迎风岭现在的条件比以前好许多。我过得好好的，为什么要搬下山去？"

是啊，为什么？李宓也在心里问自己。看来，马铁头是没有搬家的打算了。所长教给自己的驻村秘诀用在马铁头身上并不灵验。那么，自己的驻村生活还将持续多久？

六

你一定想知道，马铁头今天请李宓和邬主任上他家喝酒是因为什么喜事吧。

哈哈，说出来笑翻你，马铁头家的母猪要下猪仔了。

大清早，他老婆就被来自猪圈的一阵窸窸窣窣的响动声惊醒，她发现母猪正在"撕窝"——这是土家族人的说法。母猪知道自己要生产了，它害怕小猪仔生下来磕着冻着，便开始把软和的东西（稻草或破棉絮之类）扒拉到一起认真"铺床"，然后躺上去安静地待产，准备迎接宝宝们的诞生，做新一轮幸福的猪妈妈。

在迎风岭村，马铁头家的母猪可是出了名的高产母猪。它正当盛年，是生命力最旺盛的时期，两年下五窝，最多的一窝下过十八头小猪仔，每年都能给主人带来不菲的经济收入。

马铁头喜滋滋地说：“我家母猪今年肚子出奇大，估计又怀得不少。”

马上就到猪仔上市的旺季，马铁头家的猪仔正赶上点，满月后肯定能卖个大价钱，他没理由不高兴。可李宓心里却无端地惴惴，他担心风车的噪声会影响到母猪的孕情，到时候让马铁头夫妇空欢喜一场。他只能在心里替马铁头家默默祈祷。

刚上车，马铁头的老婆来电话，报告喜讯说母猪开始顺利生产。她问马铁头到了哪儿，客人接动身没有，并催促马铁头快点回家。

离开村部没多久，车头昂起来，像要开到天上去。李宓透过车窗仰望前方，视野尽头是刺入云端的迎风岭。它托举着一排风车，风车周围涌动着一层浅白的雾霭，叶片似一只只巨手在云端里长袖善舞，衣袂飘飘，朦胧中的“舞者”若有若无，如梦如幻。李宓听到了萦绕于头顶上空的轰鸣声，沉闷的声音越来越大，搅动的除了空气，还有人心。李宓换了个话题问马铁头：“安装隔音玻璃后，夜里还坐船摇晃吗？”

“没了，一觉睡到大天亮。多亏了李警官，要不是你出面，岭北人压根就不会理我。”

这事自然是李宓出面通过同学钟鼐协调那边解决的。上次当着李宓的面，马铁头既然提到夜里睡觉不够安静，李宓就不能不引起重视。他不能让马铁头老是在梦里“坐船”。

“只要是正当要求，人家肯定会管，你用不着谢我。”李宓又旧话重提，“不过，我建议你还是移民到山下去，把迎风岭腾出来，让给那些嗡嗡叫的风车。”

“可是，我的牲口呢？”

是啊，马铁头已经离不开迎风岭了。山上有他的事业，有他的情感，有昼夜不舍迎风转动的风车。

一阵沉默过后，马铁头说：“李警官，你送给我的鹅真管用，自从它们加入鸡群后，我家的鸡再没少过一只，都是那两只大白鹅的功劳。”

离马铁头家不远时，他老婆的电话又打进来。女人的声音好大啊，恨不得要让全世界的人都听到：“铁头，你猜阿花这次下了多少头猪仔？”

“下完了？”

“胎衣都出来了。”

“下了多少个？”

“让你猜呀。”

“我不猜。”马铁头对着电话喊，“你说呀，都快急死我了。”

“十九个，比上次还多一个。”

李宓听得心里一惊。他比马铁头还急，不过，他是另一种急。他怕风车的转动声影响猪仔的健康。他让马铁头问问，猪仔都好吧。

电话开着免提，里面传来女人几乎被喜悦撑破的嗓音：

“都好着呢，一个个像石磙。”

女人的声音像一股山风，和迎风岭上的风声混在一起，构成曼妙的和声，吹进李宓心里。他感到那么熨帖、温暖，慢慢闭上眼睛，脑海里全是翻爬滚动的猪仔……

网友蓝捉影

一

刚刚刷到的这个抖音视频让王立早又坐不住了。

主播是个中年男人，画面上只现半个身子，剩下的背景空间留给现场。他穿一件红色短袖T恤，发型和年龄、长相高度匹配，大圆脸上肌肉饱满，光洁的皮肤闪动着笑意，看似遇到了某件快意事情，真实的情况却恰恰相反——他的彩票店让人"惦记"了，就在今天凌晨。

碰上这种事情，王立早没法儿不敏感。他是干哪行的人？

王立早有吃饭时刷手机的"臭毛病"——这"病"是媳妇茹给他定义的。他多次更正：这叫"癖"，褒义词，爱好之意。可茹不认，坚持说变相的爱好就是病。茹是护士长，算半个医生，她有权定义什么是"臭毛病"。王立早和茹正在吃晚饭——这是小两口儿一天中难得的交集和恩爱时光。当他刷到这段视频时，神情突然专注，把自己变成了奥特曼式的人物：塞满饭菜的嘴巴停止咀嚼，右手握着的筷子定格在虚空里。他目光炯炯，大有窥视万物的穿透力……二人世界里难能可贵的温馨气氛立马变得诡谲起来。

“看看吧，这就是现场——”

随着画面切换，王立早看见彩票店的玻璃门被砸破，玻璃碎了一地，砸玻璃门的石头还肆无忌惮地躺在门边，一副好汉做事的大义。接着，镜头移到营业柜台，对准玻璃台面，主播的声音充满着无辜：“几百元零钱没了，放在这里的五千多元刮刮乐彩票也被偷走了。”

“找死！”王立早把筷子拍在桌面上。他的忘我和失态吓了茹一大跳，“啊——”随着一声惊叫，同时掉落的碗筷在地砖上碰撞出清脆而混杂的声响。茹的过度反应反过来又吓了王立早一大跳。他安抚完受惊的妻子，又慌忙火急地收拾残局。

主播仍在继续。他在表明自己的观点：“现在，谁还敢这么玩儿？一个‘熊孩子’干的，胆子真是太大了。有网友建议我报警，唉，我想来想去还是算了。损失不大，案子也未必办得利索，就算警察把人抓了，又能把孩子怎样？”

王立早继续往下扒拉视频，看到评论区里早已吵成一锅粥。两派意见尖锐对立，像一场红白双方主题鲜明的辩论赛。支持者盛赞主播有仁爱之德，理由是人家开福利彩票店，本就是冲着慈善来的。现在对未成年人选择宽恕，属本质精神之体现。反对者则认为店主这是放纵犯罪。小时偷针，大时偷金，五千多元啦，货真价实的彩票。中奖概率约为百分之二十，这么算下来，总金额在六千元以上。够条件了！怎能罔顾法律呢？再说，就算是“熊孩子”干的，有监护人嘛，父母得对这件事情负责，养孩子可不能从小惯着。你选择沉默表面是饶人，实则害人，此法不可取。此外，还有所谓中间派。他们认为彩票本身就具有赌博性质，纯粹就是忽悠人的游戏，给社会惹出的麻烦已经够多了，国家最好明令禁止，只差明说受害人遭窃并不值得同情，甚而有那么一丢丢的幸灾乐祸隐含其中。也有人帮店主分析被盗原因，认为破门者并不一定是未成年人，也有可能是亏得一塌糊涂的彩民，砸门只是想出口气而已。那些刮刮乐彩票应该是顺走的，他不敢兑奖，扔掉也是为了泄愤。对这类热心网友，王立早只能暗自呵呵——他们睁眼说瞎话，压根儿就不懂什么叫“电子眼”。

站在职业角度，王立早认为这些讨论纯属多余，完全偏离了生活的正常逻辑。一个不折不扣的入室盗窃案，受害人怎能选择隐忍？国家养着警察是干什么吃的？在案件侦破之前，一切皆有可能，你们怎么能妄议作案者的情况？难道就没有成年人指使或逼迫小孩子作案吗？至于如何处理嫌疑人，那是法律说了算，用不着你们瞎操心！当然，王立早的这些想法是建立在这样的基础之上的：彩票店临街面，店内装有监控设备，调出来一看，谁干的清清楚楚。马路的卡口安装了摄像探头，小偷走出店门后不可能坐飞机从天上走，他的行踪定然会让“电子警察”记录下来。而这一切都将汇聚于王立早那间小小的办公室里，汇聚在那些不为外人（当然也包括茹）所知的“神器”中。他只要回到办公室，打开那些“神器”，锁定时间段，在影子之间来一番检索、跟踪、定位，盗贼就无处遁形了。

王立早恨自己刷到这条抖音视频有点迟。今天凌晨发生的事情，一个大白天都过去了，彩票店早让人踩踏了无数遍，指不定店主连玻璃门都换了新的，还哪来的现场可勘？这还不是问题，报案才是问题。店主刚才明说了，他不想报案。

王立早在评论区跟一句："你应该拨打110。"

他这么说话有自己的盘算：现在办案讲程序，没人报案，就不便立案，不立案就谈不上办案、破案。近年来，随着局里配备给王立早的那些科技"神器"越来越先进，自己的办案经验越来越丰富，他搞案子的兴趣和胃口也越来越大。但有一点他心里很清楚，自己不是那种好大喜功的人，不是那种想在人前显摆什么，或者处心积虑想通过做出成绩爬到什么位置上去的人。他感觉干工作就跟别人抽烟喝酒钓鱼打牌那样上瘾，对，他想清楚了，就是那个"瘾"，也就是和茹理论过的那个"癖"。一看到某些敏感信息或视频，他就马上会联想到办公室里那些"神器"，心里便痒痒，进而萌生出一探真相的好奇。说得低俗点，他有时候觉得自己有窥"私"欲，他怀疑自己是不是得了某种心理暗疾，要不要去看看心理医生。平时，那些"神器"坚守在各自岗位上沉默不语，在主人面前保持着低调与忠诚，但一到关键时刻它们都会说话，随时随地和主人做着无声的交流，帮助主人排忧解难。王立早觉得自己和那些"神器"很亲，嫌疑人似乎也跟它们成了亲戚，动不动就会主动跑进"神器"里来，等待着和他见面，就像一场场约会那样……

这时，主播给王立早回复了："感谢蓝捉影，你的名字好有意思。"

"我建议你赶快报警，破案可是讲时效的。"王立早不想和他讨论名字。他把自己的职业藏在网名里，说保密又犹抱琵琶，主要是好玩儿。

"我不想麻烦警察。"

"不想麻烦才是最大的麻烦。"王立早的话除了含糊，只剩下哲理。见表达得不够到位，他又跟了一句："你不相信警察？"

"就是小孩子干的，报案没意思。"

"盗贼不揪出来，他还会盗别家。这就不是你一家的事情。"王立早听出来，主播对破案没信心。

主播回："我有选择不报案的权利。"

王立早吃瘪了，转而盯着重新斯文吃饭的茹，讨好地笑。

"别这样，我懂你的笑。你有话要说。"茹看穿了他的小心思。

"我没想说话。"

"真没有？"

"当然。"

"那好吧，抓紧吃，吃完了早点洗漱休息。"

"不是，"王立早嗫嚅道，"我想去一趟办公室。"

"你不是没想说话吗？"

"我要去办公室加班。"王立早说，"我不想说话，只想做事。我是个务实的人。"

茹本想对王立早说人家不愿报案，他能不能消停一下，遇事别冲动。可她知道这话对丈夫不管用，否则，他就不是王立早。

果然，王立早说：“这是案子，我有职责弄清楚是谁干的，与报案没关系。”

她说：“加班可以，但必须答应我两个条件。”

“别跟我谈条件。”王立早有理了，“我们约定过，工作上的事情你不能干预。”

茹又何尝不知呢？这不是他们夫妻俩私下的小秘密，而是警察与家属的共同约定，是纪律也是红线。

“我就干预了。第一，人是铁饭是钢，不能一搞案子就忘掉一切。你上次体检查出低血糖，医生说就是长期饮食不规律、营养不良造成的。今天必须吃完饭才准走。第二，凌晨转钟之前必须回来，不能熬夜太久。”

王立早理解茹的话。现在，妻子比以往任何时候都更需要他的陪伴。

茹其实心知，她这些话每次说了都等于白说，王立早一走进办公室，就把所有的承诺忘了，但她还是要说，她觉得这是做妻子的责任。

就在王立早埋头扒饭的时候，茹挪动着笨拙的身体，把一件咖啡色夹克衫翻找出来，放在沙发上。

入秋了，夜凉了。

二

王立早没往单位去，从家里开车出来，直接到彩票店。

这个小县城让一条河从中间分成南北两半，城北只有太阳大道一条主街。张迟的彩票店位于太阳东路，出门往东紧挨着交警大队，西头不远处是财政局，两单位之间正好隔着一站路，大门口都画有斑马线。从安全性上说，彩票店可谓占尽地利。

街灯照亮门店，彩票店被砸的玻璃门还没来得及重新安装，留下的豁口似在诉说着刚刚发生不久的故事。这样的故事不仅引发热心彩民的关切，更招引着过路人的关注和议论。好奇的人们从老板嘴里听到了一起入室盗窃案的发生，还有那些与彩票相关的一夜暴富的传奇。于是，一个盗窃案件外溢出广告效应。“多买少买，多少要买；早中晚中，早晚要中。”大红对联贴在门店两边，不看不知道，一看心乱跳，谁能禁得住这样的诱惑？于是，彩票店的生意反而比以前更好。

王立早就近泊好车，脸上挂着自信的微笑。他瞄一眼手机，离晚上八点不远了。

对陌生人王立早的光顾，张迟毫无察觉。福利彩票的开奖时间是晚上八点半，体育彩票迟半小时。所以，在剩下不多的时段里，正埋头打票的张迟无暇顾及一位不速之客。他的工作事关彩民利益，出不得半点纰漏。时间就是金钱，就是机遇，指不定一分半秒的延宕就会与某位“亿万富翁”的诞生失之交臂。

王立早站在门口望了望，店里的彩民分成两拨，一拨围在机子前盯着张迟打票，生怕弄错了精心挑选的号码；另一拨则挤在隔壁房间，盯着墙面上的显示屏，时不时指指点点，或交头接耳议论几句。还不到开奖的时候，也不知道人们正在蹭什么热点。

“老板，打一注福彩3D。”王立早走近彩票机。

“报号。”正紧张操作的张迟并没抬眼。

“不用，机选就可以。”

“单选还是组选？”张迟举着敲键的右手，等一个明确的答案。

王立早从没买过彩票，不懂什么单选、组选。张迟便解释说：“单选也叫直选，百十个三个位置上的数字都要对上，不能错位；组选只要三个数字出号就可以，不必对号入座的。”

“奖金呢？”

张迟没想到新来的彩民基础知识会这么差劲。“单选中奖每注1040元，组选每注346元。”

“那就组选吧，奖金虽然不多，但中奖概率大。”王立早平静地说，“买彩票本来就是好玩儿，不必太当真。”他把两元钱递给张迟，换来一张小白字条，心想，就当是做慈善了。

张迟回他：“买彩票要的就是这种平常心态，说不定你就能中奖。”

王立早把小字条收进口袋的同时，朝门口努努嘴：“怎么？城门洞开啊。”

张迟指着隔壁房间正扎堆嚷嚷的彩民说：“倒霉，都在欣赏呢。”

王立早转过头去。原来，张迟把自家监控录像的视频资料掐头去尾，专门挑出嫌疑人入室盗窃的精彩片段直接投放到墙面的显示屏上滚动播放。王立早暗自赞道，店主真是聪明。他懒得给人解释，想出这么一招，既满足了吃瓜群众的好奇心，也期待有人能认出作案小子，同时还给他的店带来人气，一箭三雕啊。

本来，为了在不暴露身份的情况下看到彩票店的录像资料，王立早煞费苦心设计了好几套方案，想不到如此顺利，居然就这么过眼了。在墙面不甚清晰的画面中，他看到一个小男孩来到店门口，驻足有顷，然后抬脚踹向玻璃门。小男孩高估了自己的实力，厚厚的玻璃门岂是他那“三脚猫功夫”能对付的？他显然踢疼了右脚，抬起腿原地蹦跶几下，然后踅到马路边一棵行道树旁，捡起一块石头，回头朝玻璃门死砸，带着一股明显的恨意和怨艾。玻璃门哗啦垮掉了，石头随手扔掉，人钻进来，屉子被“检查”一番。他将零散的现金收入囊中，最后翻看着柜台上一摞刮刮乐彩票，迟疑片刻后，还是悉数装进一个塑料袋里拎了出去。他的身影最后消失在门口不远处。王立早根据小男孩模糊的转体动作大致判断，他应该往西走了。

王立早试探着问张迟：“这案子手到擒来，好破啊。”

“算了，我没想报案。”

“啧，财大气粗嘛。”

“没有。”

“慈悲为怀？”

“也不是。”张迟说，“你也看到了，就是小朋友干的，没经世事，不知轻重。警察未必管，我也懒得浪费感情。”

“就是说，你不信任警察喽。”

“一个小屁孩儿，警察抓了也没招儿。”

“那就是信不过法律。”

“这么热心，你要是警察就好了。”张迟不耐烦，说话有点呛人。

王立早不敢久留。他暂时不想惊动店主，只能选择默默离开。

四六分碎盖发型、安踏星云运动鞋……所有信息都刻印在脑海里。对图侦警察王立早来说，这点基本功算不上什么。

三

方大队刚从外地出差回来，按规定他要把警车停在单位院子里，自己打车回家。

隔老远，他发现有灯光从办公楼的刑事科学技术室透射出来。不用猜，又是王立早在“开夜车”。方大队对此并不感到奇怪，每次发大案，都少不了小王在办公室熬几个通宵。可最近刑警大队没有上手的案子呀，都深夜十一点多了，他还在办公室干吗？

方大队是看着王立早一步步成长起来的，他从一名普通侦查员走到今天，成为全省响当当的图侦技术骨干，说起来有些令人意外，细想想又觉得有着某种必然。王立早刚入警就分到他手下，那时候，他还只是副大队长，成天领着一众兄弟负责重案侦查工作。王立早脱颖而出，抑或说他让方大队另眼相看源于那个系列盗窃案的侦破。有一段时间，城区里接连发生入室盗窃案。作案者太鬼了，选择每天晚饭后人们户外散步时下手。天色向晚，那些没有灯光的窗口给盗贼传递出准确无误的信息，时机真是把握得刁钻。攀爬和逃跑都很费劲，盗贼只选择光顾二楼。翻墙、爬水管、越窗，进到室内后，狡猾的盗贼还将人家客厅的防盗门反锁，然后安心“作业”。有一次，主人回家发现打不开房门便咋咋呼呼，外人随之发现，从失主家窗口蹿出一团黑影，黑影飘啊飘，最后就飘得没影儿了。案件连发三四起后，大队长把方副叫去；七八起后，局长把大队长叫去；超过十起后，县长把局长叫去……重案中队的压力越来越大。方副急得上火，召集大家开会商讨对策，谁也拿不出什么妙招，只能每天黄昏把警力编组后撒出去，选择重点位置蹲守，期望能逮住兔子。

王立早却请求单独行动。

方副诧异：“想搞自由主义，为什么？”

“因为我们在明处。”

“你是要把自己藏在暗处，和盗贼比赛躲猫猫？”

“我有自己的思路。”

“有把握吗？”

王立早摇头。

搞侦查除了要有一股子不服输的狠劲，还要有一颗睿智的脑袋。打从同事那天起，方副就觉得在刑警大队一拨年轻人中，王立早是有独立思想的人。他年纪轻轻，却似乎深谙事以密成、语以泄败的道理，在决定做某件事情前从不轻易亮出自己的底牌。方副就喜欢王立早这种沉稳、务实的工作态度。

“好！”方副对王立早充满期待，“你不说，我也不问，好好干，等你的好消息。”

在警校，王立早学的是刑侦专业。彼时，图侦还只是一门新兴学科，在专业课程中的地位似乎并不高。当同学们都不以为意的时候，王立早认定这将是未来科技发展的必然趋势，是侦查工作的“定海神器”，它将为警察赋能，大大提高破案效率。参加工作没多久，适逢县城各小区开始推行安装电子监控，王立早信心满满，认为自己踩上了时代节拍。可发展初期，监控设备的质量不过关，管理更是没跟上，电子警察在历次破案中发挥的作用并不亮眼。久而久之，兄弟们似乎忘了它们的存在，心心念念的只有王立早。

那些日子，脱离团队的王立早没日没夜往被盗的小区里钻，和受害人聊。每到一处，他首先调阅监控记录。尽管大多数监控设备都成了聋子耳朵，但夜路走多了总会遇到鬼的，他就不信盗贼的运气会永远那么好。他坚信一定有抓拍到盗贼的时候。果然，当他熬红双眼、舌头上生出燎泡以后，从麒麟小区的一段监控视频里刨出了那个可疑的身影。那人大背头，瘦高个儿，穿黑色防滑鞋，走路左手垂着，右手摆动，特征很明显。只可惜他留在画面里的影子仅有几秒钟，而且背对着镜头，面目没法儿看到。这样的影像刻印在王立早脑海里，如影随形地跟着他。他每天都在各闹市区转悠，关注每个陌生的背影。有一天中午，一个勉强能对上的身影让他在菜市场捕捉到了。他一路跟踪到出租房，秘密摸清了那人的底细。第二天傍晚，当影子出现在某小区故技重演时，被布控的刑警现场逮住。

从此，王立早迷上了捉影。当同事们大多停留在那些传统侦查手段的时候，他却沉迷于一个个虚拟空间，和那些影子展开较量，且屡获成功。于是，他有了网名“蓝捉影”。

系列案的侦破，让公安局刑警大队刑事科学技术室多了一块牌子：图侦中队。说是中队，其实也就王立早一个人干活儿。他是图侦中队，他是中队长，他是技术员，他是一切……在中队成立之初，领导就说了，这个岗位属专业技术岗，要干就要耐得住寂寞，准备干一辈子。

后来，方副升任大队长。他一直觉得心有愧怍，对不住王立早。手下许多和王立早同时出道的兄弟都得到晋升，干所长或别的什么队长去了，再不济也成了某个二层单位的副职，唯独他一屁股坐在图侦中队就像被520胶水粘住再也挪不动位子。图侦是个技术性非常强的岗位，它需要时间的积累和实战的磨砺，选择它就意味着放弃功利，选择自己的终身职业。方大队心里有数，很长一段时间里，图侦都是王立早一个人在支撑。每当发生大案要案，他就在虚拟世界里和一个个神秘的影子斗智斗勇，最终锁定目标，为兄弟们抓获嫌犯指明方向。然而，每次破了案，他的那些技术手段都只字不能提及，领奖台上，多半也不会出现他的身影。私下里，方大队和王立早有过交流，问他是否后悔，是否有别的想法。面对方大队的关切，王立早也不藏着掖着，掏出自己的心窝子——他做出这样的选择并非一时冲动，而是发自内心热爱，也就是有那个“癖”。他反问方大队：“你一定听说过黄旭华的故事吧？”

“哦，他被称为‘中国核潜艇之父’。”方大队倏然明白，王立早心中其实是住着一个神的。神一旦走进人心就会主宰人的一生。王立早把自己交给了职业。

王立早说：“一个人待在办公室里，于方寸之间通过科技辅助锁定嫌疑目标，让兄弟们一抓一个准，真有那种‘运筹帷幄之中，决胜千里之外’的感觉。”

方大队从他淡定的笑容里读懂了什么叫满足，什么叫成就感。

“方大队，我可以提点要求吗？”

“当然可以。”方大队说，“你的要求我会跟领导汇报，尽量满足。”

“我希望局里能加大投入，把图侦硬件搞上去。这样，我的翅膀就会变得越来越硬，飞得更高更远。”

局里没有吝啬，王立早也从没让领导失望过……

方大队在纷乱的回忆中走进刑事科学技术室。此时，王立早的工作已接近尾声。结果表明，那个小男孩走出彩票店没多远就上了一辆出租车，连夜逃往 Z 市。王立早已把相关信息发给 Z 市的路同学，兵贵神速，剩下的事情只能交给同学代劳。

王立早把张迟彩票店被盗的情况汇报给方大队，末了说：“方大队，这案子有点麻烦。”

“连嫌疑对象的落脚点都查明了，还有什么麻烦可言？”方大队不明白王立早的意思。

“可是，受害人选择躺平。他不想报案。”

“为什么？”

“他知道是未成年人干的，对破案没兴趣。”

“这就由不得他了。你明天带人去 Z 市，把嫌疑人给我带回来，剩下的事情我安排。”

“不，方大队，我想现在就走。”

“Z 市那边不是有同学替你招呼吗，那么急干吗？”

“方大队……你知道，我心里是装不得事的。”

于是，方大队明白再说话就多余了。他太了解自己这位手下，一旦进入工作模式，王立早就像一只闻到嗅源的警犬，会咬定目标一路狂追，不达目的停不下来。现在，方大队要做的事情就是给小陆打电话，让他赶到队里给王立早搭把手。注定又是一个通宵，让王立早一个人出差，方大队不放心，也不合规程。他叮嘱王立早：“先把家里安排好，别让小茹担心，听说她怀宝宝了。”

方大队的话对王立早是个提醒。Z 市地处武陵山脉腹地，从县城上高速去那儿，要穿越长长短短的隧道七十五条，信号时断时续，打电话简直要命。王立早必须提前和茹说好，可是，他想到了餐桌上的约定……

方大队正要离开。王立早犹豫着喊："方大队——"

方大队等着下文时，王立早却没话了。"还有事？"他问。

"没……没事，"王立早期期艾艾地说，"我是说，这么晚了，你应该早点回家休息。"不知怎么，他把那个"家"字咬得有点儿重。

方大队是何等通透的人啊。王立早的神态里分明藏着心事，他的话就是个谜面。方大队已然猜出谜底，他颇有深意地笑笑，先掏出手机，想了想，最后还是用座机拨通了王立早老婆的电话，直接给王立早"请假"："喂，小茹，听出我的声音了吗？"

"方大队长，如果连你的声音都听不出来，我就不算一名合格的刑警家属了，你说是吗？"

"小茹说话就是这么暖心，怪不得王立早经常在同事们面前夸你呢。"

"他夸我？"电话里哼一声，"那还是结婚前的事吧？方大队长，你记忆力真好。"

方大队顿了顿："哦，是这样的，单位临时有事，我安排小王出趟差，他今晚上就不回家了，请你放心。"

"我、放、心——早就习惯了。"

电话里出现短暂沉默。

方大队说："那……我让小王跟你说话。"

王立早从方大队手里接过听筒，刚叫了声"小茹"，对方就“咔嚓”挂掉，电话里传出一串“嘟嘟嘟”的忙音。

一旁的方大队感到难为情：“她一句话也不说，生气了？”

“没有。”王立早说，“她不用说什么，听到我的声音就够了。”

四

凌晨四点多，王立早和小陆赶到Z市。

算起来，他和路同学自警校毕业后七年没见面了。不是有“七年之痒”的说法吗？七年时光，把路同学培养成了Z市下面一个分局的刑警大队副大队长，而王立早注定只能在一个偏远县局的图侦中队“挠痒痒”。

路同学很给力，接到王立早的情况通报后，不仅连夜在一家小旅馆把蒙头大睡的“碎盖头”抓回队里，还收缴赃物，安排手下做完讯问笔录。

王立早过意不去，拱手道：“让老同学和兄弟们一夜没休息，辛苦了。”

路同学抱怨说：“辛苦倒无所谓，我觉得你完全不必连夜赶来。这点事交给我，你还不放心？”

王立早打了个长长的哈欠：“不尽快赶来，就老耽误你和兄弟们。”

“我还以为是什么了不得的大案子呢，原来就是个毛毛雨。”

“对我们搞技术的人来说，案子不分大小，只有破案迟早。”

路同学品味着王立早的话，不无感慨地说：“七年了，你风风火火的脾气仍然没变。不过，你既然提到技术，我倒是想问个题外话。”

“你看，又客套了。”

“你不是一直搞图侦吗，抓人的事还亲自跑？”

“怎么，老同学不欢迎我？”

“说哪里话呢，我们这儿搞技术和出外勤可是分工明确的。”在路同学心里，王立早不是那种好出风头的人。可是，时间会改变一切。士别三日，当刮目相看，都七年了，王立早到底有没有改变，改变了多少，他不得而知。

王立早解释说：“这案子有点儿蹊跷，暂时不会有人接盘，我只好亲自上。”

情况正如王立早所说，未满十四周岁的“碎盖头”在父母离异后跟着外婆过，初中没混毕业就在社会上打流。他最喜欢去的地方是网吧，那里的世界很魔幻、很精彩，能让他暂时忘记生活中的烦忧，饿了，一包泡面就能香喷喷地对付肚子；困了，倒头就能做个随心所欲的梦。可是，外婆每次都没给他多少钱，不能让他尽情享受自由快乐的时光。在欠下网吧一百多元后，老板再不赊账给他。那天晚上，他玩到中途被赶了出来，就像一只流浪狗，在深夜冷寂的街面上漫无目的地游荡，最后来到了彩票店。一开始，他并没打算偷东西。在以往将近十四年的生命里，他是一张白纸，从没干过龌龊事，是玻璃门上的那则中奖喜报激起他心里的愤愤不平：奶奶个熊，凭什么人家的运气就那么好，两元钱一出手就博了一百万？而老子连一场游戏都玩不起，太不公平了！他抬脚朝喜报踹去……后来，他干脆一不做二不休。

“你好歹也上过初中，入室盗窃是犯罪，不懂？”

“我知道。”“碎盖头”抠着自己黑黑的指甲盖，“但我还不满十四周岁，我不怕。”

“连这都懂？”王立早心里一咯噔，“你不是第一次这么干吧？”

“以前从没干过，你们可以查。”“碎盖头”申辩道，“我是在手机里搜到的法律知识。”

“既然不怕，你连夜逃跑干什么？”

“这里离我们县城不远，我想出来玩玩。”

“十四周岁未满之前，还准备干？”

“我说过了，昨天就不是成心要干的，过了年我就满十四岁，想干也不敢了。”

王立早翻着那一摞原封未动的刮刮乐彩票：“怎么没拿去兑奖？”

“那还不如到公安局自首呢。”“碎盖头”换了手，抠另一只手指甲盖里的黑垢，“我原来是想扔掉的。”

“后来还是舍不得，变卦了。”

“我想送回去，我和彩票店老板没仇。”担心警察不信自己的话，他又说，“我知道你们不会相信我，但没关系，我信我自己。”

王立早见过太多的谎言。他知道谎言是在什么语境下产生的，说谎者在违心地表达时会是怎样一种言不由衷的情态，以及谎言之间存在的有违常理的逻辑关系。看着眼前这张稚嫩的脸，他说：“你把刚才的话再说一遍。”

“我——”“碎盖头”的脑袋低垂下去。

“慢，”“碎盖头”刚要开口，王立早要求，“把头抬起来，眼睛看着我说话。”过往的经验告诉他，人的眼睛是真诚的，尤其是孩子的眼睛不会撒谎。

“碎盖头”怯怯地抬起脑袋，迎着王立早刺向他的目光。

“对，就这样，说话时不准躲闪。”

…………

其实，王立早是相信这个小男孩的。最后，他说：“你真想把刮刮乐彩票给人家送去？”

“碎盖头”反应过来：“我悄悄送，不让老板知道。”

“怕人家揍你？”王立早试探他说，“叔叔带你去。你不仅要把彩票还给人家，还要当面道歉。”

“不！”“碎盖头”倔强地把头扭向一边。

“悄悄地拿走，然后又偷偷送回去，不一样是偷吗？我看你是不想认错，更没勇气改正。”

“可是，我把钱用完了……老板不会原谅我的。”“碎盖头”的眼泪涌出来。

王立早知道“碎盖头”在担心什么了。他不想继续下去。

他知道“碎盖头”流出的泪水里除了悔恨、惧怕，还有一种叫作“尊严”的东西。那东西对成年人重要，对一颗脆弱的心灵来说更是需要呵护，何况“碎盖头”还是一个缺失亲情的孩子！王立早决定放弃自己的某些想法：“那，我们来个约定吧。”

“碎盖头”有点蒙。

“你说过的话都要做到。”王立早说，“我们加上微信，你今后有困难可以找我。”

在王立早这里，加上微信就意味着全天候掌握了“碎盖头”的行踪，他可以做到二十四小时关照“碎盖头”。

“碎盖头”将信将疑：“我们做网友？”

王立早已经打开手机微信的二维码。

扫码，添加，点击发送。一套动作下来，“碎盖头”那么熟稔。

“碎盖头”看着王立早别致的网名，深情地叫了声“蓝叔叔”。

王立早分明听到了声音里的颤抖。

临别时，两个同学有过几句简短交谈。

“Z 市可玩的地方并不多，两天时间足够了。”路同学邀请说，“留下来吧，我陪你转转。机会难得，既然来了，公私两便。”

“算了，我看你这儿也没啥好去处。”此话言不由衷，王立早其实无暇滞留。

“起码有个土司城值得一看。”路同学不无骄傲，“它是全国土家族地区土司文化的标志性建筑。”

王立早听了有点动心，土司城还真没去过，作为土家族人的后裔，自己应该去一趟。可是，彩票店的盗窃案和小茹的孕情都扼住他蠢蠢欲动的游兴，不允许他有片刻的稽延。他无奈地说："我手里不是还拘着人吗？"

"好说，人可以先羁押在这儿。实在不行，我安排人给你送过去。"

"已经够麻烦你的了。"王立早显得颇为难。

"我和你们政委好说话。"路同学误解了，"你如果不方便，我出面给你请假。"

"我在单位还不至于混成那样。"王立早顿了顿，"留待以后吧，机会多的是。再说了，心里搁着事，玩起来也不尽兴，客走主安，各自都忙着哩。"

一点儿都没有改变，王立早还是当年读警校时的那个王立早。路同学由是知之。

五

回程路上，王立早又刷到了张迟的抖音视频。这次，他没说彩票店被盗的事，而是给自己做广告：就在昨天晚上，有彩民花十元钱买了五注5D体彩，中了奖。那张兑付过的彩票上，张迟用朱笔写着四个大字："伍拾万元。"

王立早留意到，门店那块被砸的玻璃门换了。

中奖的消息总是激动人心，许多彩民都在评论区为幸运者喝彩。

也有彩民在持续追问店子被盗的事情，问有新进展没有。

张迟回复：“感谢网友关注，那事就算翻篇了，再莫提了。”

网友说：“民不告，官不究。你不报案，就铁定退了财。”

也有网友不无遗憾地表示：“只可惜放过了盗贼一马，让他躲过法律制裁，真是便宜了他。”

张迟回复：“就是个孩子干的，屁都不懂。”

“连彩票都敢偷，也太过分了。这种人不值得原谅。”说这话的网友很不服气，“我本将心向明月，奈何明月照沟渠。主播有菩萨心肠，就怕下次遭偷的还是你。”

张迟回复：“不能因为云彩偶尔遮住阳光，就怀疑太阳永远不会照亮大地。我在街上开彩票店也有小二十年了，这种事情还是头一次遇到，我对县城的社会治安充满信心。”

“主播真逗，还抒情了。你是写诗的吧？”

王立早不想任他们继续酸下去，跟一条：“我相信，谁也逃不过法律的惩罚。”

他的评论立马遭到网友回撑：“蓝捉影，我看你也就是打打嘴炮。你干脆改个网名吧，就叫‘蓝吹风’。”

张迟提醒蓝捉影：“前天有彩民跟你一样，在店子里当面要我报案呢。可是，他就不想想，警察会为这屁大点事操心？连这种芝麻小事都管，他们管得过来吗？”

“我看你是想多了。”王立早有点来气，“送你一句话，梦想还是要有的，万一实现了呢？不过，这话不是我说的，是马云说的。我看，警察不会是你想象的那样，说不准案子能破，你的损失也许会追回来。”

再没人搭理他。

下午，彩票店来了两个人。

王立早他们把“碎盖头”交给队里，就直接过来了。张迟觉得其中一个人有点面熟，好像在哪儿见过。没等他打听，那人就问：“张老板，两天前，你的彩票店是不是被盗过？”

“什么意思？我不认识你们。”愣了愣，张迟反应过来，“哈，你们是警察。”

王立早出示工作证，再从包里掏出一摞刮刮乐彩票，让张迟清点：“你看看，少没少？”

喜出望外。张迟随手翻了翻，他并不在乎彩票的多少，而是感觉发生在眼前的事情跟做梦一样：“没少，一张都没少。”

“只是，钱差不多花完了。”王立早遗憾地说。

“无所谓。”张迟这才知道，警察上门来，不仅给他追回了被盗的彩票，还要他配合做一份接待笔录，就当补个报案材料。他问：“抓住啦？”然后，他觉得这话有点多余，继续道：“孩子很小吧？家里的情况一定不太好。”

“一个没爹疼没妈爱的孩子，十四岁都不满。”王立早淡淡地说。

张迟放下准备签字的笔：“我想给孩子求个情，这案子就不往下走了，可以吗？”

"签字吧，"王立早催他，"后面的事情，我们知道该怎么办，这不是你考虑的问题。"

张迟问："我可以见见孩子吗？我没别的意思，就是见他一面。他应该去读书。"

王立早说："孩子的自尊心很强，见面就不必了，我们会转达你的善意。"

张迟喃喃地说："孩子不懂事。我小时候也喜欢拿人家的东西，不知挨了父母多少打，长大后就好了。"

王立早的手机叮咚一声，是微信提示。他滑开界面，是茹发来的，很简单，就一个"？"。

他回了她一个微笑的表情。

趁张迟签字按指印的当口，王立早从衣兜里掏出那张小白字条，在墙面上的开奖号码表里好一番搜寻、比对。他怀疑自己看错了，又确认了一遍，心里忽然一热——运气还算不错，就当是给张迟找补一点损失了。他不声不响地将小字条揉成一团留在桌面上。

擦完手指的张迟回头盯着王立早："我好像在哪儿见过你。"

"是吗？县城太小了。"王立早起身，目光在桌面的小纸团上稍微停留了一下，然后微笑着告辞。

两人走后，张迟捡起桌面上留下的那张彩票，展开看了看，不禁瞪大眼睛，是案发第二天买的，而且中了组选。他仔细想了想，终于一拍脑袋："天哪，莫非他就是网友'蓝捉影'？"